中国故事 国际表达

赵启正新闻传播案例

贾树枚 解读

上海人民出版社

1991 年 12 月在上海虹桥机场与巴勒斯坦总统阿拉法特彻夜长谈

1993 年陪同美国前国务卿基辛格参观浦东发展模型

1994 年 1 月 8 日向美国前总统乔治・赫伯特・沃克・布什介绍浦东开发规划

1995 年 5 月向时任联合国副秘书长安南介绍浦东

1995 年 9 月 19 日陪同时任奥地利总统克莱斯蒂尔参观东方明珠

1999 年 7 月 15 日在国务院新闻办公室记者招待会上再驳《考克斯报告》

2004 年 3 月 16 日与俄罗斯驻华大使罗高寿交谈

2005 年 8 月向以色列副总理奥尔默特赠送《犹太人在中国》，
发现奥尔默特父亲的照片在其中

2007 年 8 月 30 日在北京国际书展上的“蓝色沙发”德中文学对话

2009 年 5 月 28 日与韩国国会议长金炯旿会谈

2010 年 4 月 23 日和约翰·奈斯比特夫妇在上海世博会前的
“城市阅读，阅读城市”论坛上

2011 年 3 月 2 日在十一届全国政协四次会议新闻发布会结束后继续回答记者提问

2012 年 3 月在上海举行“纪念中日邦交正常化 40 周年国际学术研讨会”，
向日本前首相福田康夫赠送“吴越同舟”国画

2017 年 10 月应邀担任北京卫视《我是演说家》第四季开讲嘉宾，
发表题为《自信讲好中国故事》的主题演讲

2018 年 3 月 17 日在中日安全保障会议上发言

2018 年 5 月 24 日在上海人民出版社与贾树枚讨论本书出版

目录
CONTENTS

案例篇

第一编 亲历伟大的浦东开发

第二编　响亮地发出中国的声音

第三编 向世界说明中国

第五编　新闻发布攻略

第六编　高端交流　智者对话

第七编　公共外交　匹夫有责

第八编　三十岁的年龄　四十岁的智慧

解 读 篇

贾树枚

序　一

赵启正

出版这本书是贾树枚同志创意的，是他以深厚的新闻宣传理论素养和30多年在媒体一线积淀的丰富经验，对我在1998年任国务院新闻办公室主任以来的对外新闻传播工作资料亲自筛选案例、分类编辑并执笔逐篇评析写成的。树枚同志编写此书意在为新闻传播专业的学生、年轻的新闻工作者和新闻发言人提供一种学习和工作的参考，也为对新闻传播有兴趣的读者提供一种深度透明的观察视角。他执着的专业精神令我感动，我借此书出版之际表达对他由衷的敬意。

我比树枚同志大一岁，可以算是同龄。上世纪70年代末，我被评为上海市劳动模范，他作为光明日报记者采访过我，此后，我都是他所工作过的上海《解放日报》、《文汇报》的不渝读者。这许多年以来，他一直热心关注我在浦东的，特别是在国务院新闻办和全国政协外事委时的新闻工作表现，并不时给我极其有益的建议，这对我这样的由“理工男”背景半路出家到新闻传播领域的后来者是极为珍贵的。

我对新闻传播工作的“用心”和开始“用功”，是在1991年担任上海市副市长和浦东新区管委会主任时开始的。那时，我把涉及我国的国际舆论当做浦东发展的宏观环境对待，花费很多时间阅读国际舆论动态，会见国内外媒体、国际要人和全球大企业的投资者，向他们说明浦东开发是中国和平发展的组成部分，是投资者在中国发展的良机。随着浦东开发的节节进展，国际舆论对浦东开发的怀疑论逐渐减少，开始承认了它的成功。我相信，一个国家的不断进步的国情是形成其良好形象的基础，而没有媒体的客观和有效传播，良好的形象也不会“无翼而飞”、“无胫而走”。

1998年我调任中共中央外宣办和国务院新闻办主任，我把这个二合一的机构的任务概括为“向世界说明中国”——说明她的内外政策、政治、经济、文化等诸方面的国情并对国际社会的发问解疑释惑，努力让海外公众了解日新月异的中国的真实情况，改善中国的国际形象。在这期间我大力推动新闻发布的建设，而新闻发布兼有对中国公众的政务信息沟通和向外国媒体说明中国的双重任务。由于强势的西方媒体的固有立场，它们的报道往往有片面性，甚至有所歪曲，再加上中国媒体国际传播的文化障碍，导致关于中国的报道仍然不尽如人意。

政府的和公众承担的公共外交是弥补媒体传播局限性的有效途径。中国公共外交是通过与外国公众的人文交流，以真实、丰满、自然、生动、鲜活、易懂的故事传播中国和中国人的形象。我在全国政协时按外事委员会的职责努力推广了公共外交活动去促进民心相通。

多年来我陆续出版了《向世界说明中国》、《公共外交和跨文化交流》、《浦东逻辑——浦东开发与经济全球化》和《江边对话——一位无神论者和一位基督徒的友好交流》等十几本图书。

我知道如今这本书还收集了我的已经出版的各书以外的好多案例，还得到了洪崇恩高级记者、孟建教授、郭可教授等新闻传播领域资深人士的支持。但是，不言而喻，本书最值得阅读的还是树枚同志的“导读”和“解读”，这正是本书的特色所在。

序　二

贾树枚

赵启正被中外新闻界称为“中国第一新闻官”。

在中国，国务院新闻办公室承担着负责对外宣传和发布全国性重大新闻的任务。赵启正担任中共中央对外宣传办公室主任、国务院新闻办公室主任后，与国内外记者和媒体领导人频繁互动，一连举办了多次有重大国际影响的新闻发布会，“中国第一新闻官”的头衔也就不期然地落在了他的头上。

这不仅是一个头衔，事实上，他也是当代中国国际传播领域贡献最大、影响最广、最富创新精神的学者型官员和专家之一。

赵启正的人生经历丰富多彩。他本来是个“理工男”，1963 年毕业于中国科技大学核物理专业。毕业后在中国核工业和航天部门工作 21 年，多次被评为劳动模范、先进工作者，成为当时航天系统和上海最年轻的高级工程师。

他还担任过中共上海市工业党委副书记、市委常委、组织部长、上海市副市长等重要职务，但他在国内外广为人知的是担任上海浦东新区管委会首任主任，为开发浦东、建设浦东、宣传浦东呕心沥血，成绩卓著，被外国人称为“Pudong Zhao”(浦东赵)。

1998 年，赵启正调任国务院新闻办公室主任，后来又担任全国政协外事委员会主任和全国政协发言人，他的工作从“建设浦东，说明浦东，说明上海”延伸到“向世界说明中国”。

他“转岗”后再次获得成功，被国际舆论誉为“中国对外宣传的领军人物”、“中国政府的公关总领”、“中国屈指论客”、“问不倒的新闻发言人”等。

赵启正在不同行业、不同岗位做过许多不同的工作，但他投入精力最多的是“向世界说明中国”。在中国的国际传播领域，他既是一位掌舵把关的领导者，也是一个亲历亲为的实践者。他以自己的聪明才智、创新思维，全力以赴，把这项工作做得有声有色。

他视野开阔，交际广泛，与法国总统希拉克谈长城、故宫、巴尔扎克和雨果，与美国资深外交家基辛格讨论中美关系和世界秩序，与宗教领袖路易·帕罗研讨科学和宗教，与未来学家约翰·奈斯比特探讨世界大趋势和“中国模式”，与以色列政治家、诺贝尔奖获得者西蒙·佩雷斯切磋哲学、历史和东西方文明，向俄罗斯总统叶利钦、古巴领导人菲德尔·卡斯特罗、巴勒斯坦总统阿拉法特介绍上海发展战略、浦东开发开放，与外交家吴建民探讨公共外交，与人大、清华、北大、复旦学生谈互联网。他与中外记者坦诚对话，释疑解惑，成为中外记者最爱采访的一位新闻发言人。

然而，他也曾陷入对记者的提问“不知道”的困境，而他坦然相告：“你把我问倒了。”接着补充说：“我会尽快了解情况后告诉你。”会后，他很快查清了情况，通报给了想采访的记者。这不但无损于他的声望，反而彰显了他坦诚守信的品格，赢得了更多的信任。

赵启正常说，实现中国梦需要有良好的国际环境，包括国际舆论环境。他对海外媒体对中国的偏见和误解“耿耿于怀”。所以，他大声疾呼，率先垂范，积极“向世界说明中国”。

在他看来，在当今时代，中外交往日益频繁，外国人不但通过各种传媒，而且通过他们所见到的一个个中国人来了解中国，所以，13 亿多中国人，每个人都是世界阅读的“中国读本”的一页。

赵启正也是“中国读本”的一页，只不过因为他的工作的性质和岗位，是更加引人注目的一页。他丰富的经历、渊博的学识，特别是他浑身上下从思想到作风浸透着的中国文化的基因，使他“这一页”特别显得色彩斑斓、耐读耐看。

他的著作、演讲、对话录、答记者问被国内外翻译成英、法、德、俄、日、韩、越南、乌克兰、西班牙等多种文字，在许多国家出版发行。

世界五大洲千千万万的外国人通过他了解中国，认识中国，爱上中国，成了中国的朋友。

赵启正被中国改革开放的浪潮推上领导岗位。他的职场经历和专业背景，他对事业的追求，对信念的坚守，对东西方历史和现状、科技进步和文化思潮的了解，使他在全球化浪潮和中国改革开放的大潮中奋楫争先，成为时代的勇者。

在国际传播领域，赵启正慎终如始，虚心学习，创新开拓。他的新闻传播活动面对的是国内各级新闻宣传部门的负责人，世界各国的总统、总理、部长、大使，国内外主流传媒的总裁、社长、总编和名记者、名节目主持人，以及国内外各界知名人士。赵启正新闻传播活动的出发点不是闭门构建一套理论体系，而是立足中国，放眼世界，面对国际传播中西强我弱的现实，直面挑战，从容应对，含英咀华，标新立异，以新的理念、新的作风、新的形象、新的语言，投射到世界的各个角落。

对赵启正新闻传播的理论和实践，近年虽有少量的介绍评论文章发表，但至今尚无系统的总结和研究。本书汇集收入了赵启正1995年到2018年期间关于新闻传播（主要是国际传播）活动的数十篇文章、演讲、对话、答记者问等，比较全面地记录了他作为中国对外宣传工作负责人进行的理论探索和实践创新，揭示了他不断开拓外宣工作新局面的心路历程。

除了赵启正本人的原作外，本书还有20多篇导读、解读文章，是对赵启正新闻传播理论和实践的介绍、说明和阐述，供读者参阅。这部分内容如有不当之处，盼读者指正。

本书编纂的宗旨是面向实践，侧重案例，突出创新，举一反三，可作为相关专业的教学参考用书和从业人员的进修读本与实战指南。相信大专院校新闻传播专业的师生、新闻传播行业从业人员、党政机关领导干部，文化、宣传、外事、外经、外贸部门工作人员，企事业单位管理层及文宣人员乃至广大文化教育工作者，都能从中分享交流的快乐，汲取知识的营养，感受人格的魅力，领略逻辑的力量，欣赏智者的风范，体验人生的感悟。

案 例 篇

第一编
亲历伟大的浦东开发

【本编导读】

“浦东赵”讲浦东故事

1984年，赵启正从航天部上海广播器材厂调任上海工业党委副书记，随后又担任上海市委常委、组织部长、上海市副市长，1993年初兼任浦东新区管委会主任，全力投入浦东开发。

虽然1990年中央就宣布了浦东开发的决策，成立了协调相关三区两县和处理有关浦东开发问题的办公室，启动了开发工作，但大规模的开发工作尚未全面展开，也没有在这块土地上设立相应的党政领导机关。为了落实邓小平视察南方时关于浦东开发讲话的精神，上海市决定在1993年1月建立浦东新区党工委和管委会，加快浦东开发开放的步伐。

当时不论是国际环境还是国内形势，都十分严峻。国际上，“八九”政治风波后西方国家对中国的“制裁”还在延续，对中国的改革开放政策大多持怀疑观望态度。许多西方媒体说，浦东开发是政治口号，不是行动。诺贝尔经济奖获得者米尔顿·弗里德曼则预言，浦东开发可能是个“波将金村”。当年俄国女皇叶卡捷琳娜二世有个宠臣叫波将金，他造了一个只有外墙的村庄来欺骗女皇。“波将金村”也成了一个国际大骗局的代名词。

国内经济下滑，增长乏力，“姓社姓资”的争论不绝于耳，舆论界有人强调“反和平演变”，主张改革开放“不要冒险”。

浦东的现状也不容乐观。黄浦江两岸似乎是两个世界，虽然上海的经济发展走在全国前面，是各省市中的纳税大户，但1993年浦东一年的财政收入只有4亿元人民币，除了发工资和补贴幼儿园、中小学之外，所剩无几。市区黄浦江两岸的交通全靠落后的轮船摆渡，甚至发生过上班时间浦江大雾陆家嘴轮渡拥挤踩踏死伤乘客70多人的严重交通事故。

赵启正到了浦东，从调查研究入手。他广泛听取国内外专家对浦东开发开放的意见。在黄浦江边著名的和平饭店与一家美国航空公司总裁会谈时，总裁面对黄浦江问赵启正，浦东在哪里？到浦东去是上高速还是坐飞机？

赵启正豁然顿悟：浦东开发，关键就在这里，必须让世人了解浦东，认识浦东，才能吸引国内外的资金、人才和智慧，打通浦东开发的瓶颈。

他提出了一个口号："以经济为体，以外事为刃"，又提出"站在地球仪旁思考浦东开发"。通过对外宣传，吸引世界各地企业家来浦东投资发展，凝聚世界的智慧为浦东所用。为了制定浦东核心陆家嘴金融中心规划，在1.7平方公里的土地上建设400万平方米的高层建筑，让世界级的银行、跨国公司总部、商贸机构、酒店、购物和文化中心入驻，他请来法国、英国、意大利、日本的规划师和中国的规划师一起设计方案，各显神通。在制定产业发展规划时，他坚持大力引进高科技产业和现代服务业，杜绝夕阳产业和污染环境的项目。在资金极端匮乏的年代，浦东谢绝了巨额投资的"诱惑"，把动迁3500户居民腾出的土地植树种草，为中心城区保留了一块绿肺。他力排众议保留了一栋优秀的历史建筑，留住了城市的文脉。由上海设计师博采众长制定的规划建设起来的东方明珠广播电视塔，成了上海的标志性建筑。集现代办公楼、豪华五星级酒店、商业会展、高档宴会、观光、娱乐、商场等综合设施于一体的上海金茂大厦，总建筑面积29万平方米，超过了浦西老外滩27幢大楼的总和。随后兴建的上海中心楼高632米118层，居世界第三高，建筑面积达43万多平方米，成为上海和中国崛起的象征。

赵启正全力以赴，"向世界说明浦东，说明上海"，他诚恳的态度、务实的作风，赢得了合作伙伴的信任。法国总统希拉克听他说浦东一所民办中学想开法语课，就派来了两名法语教师。日本实业家和田一夫听了他对上海前景的介绍，把连锁零售企业“八佰伴”的总部迁到了浦东，位于浦东的上海第一八佰伴商场1995年12月20日开张营业，当天有107万消费者进入商厦参观购物，创造了世界吉尼斯纪录。

1918年，孙中山在《建国方略》中曾提出在浦东建设“东方大港”的大胆设想，如今浦东洋山深水港的集装箱吞吐量已连续7年稳居世界第一。清末民初著名上海作家陆士谔1910年曾发表小说《新上海》，畅想在浦东举办世博会，在黄浦江上造大桥，地下修地铁，浦东发展得像浦西一样繁华。令人难以置信的是，整整100年后，世博会果然在上海举办，黄浦江上的大桥和地铁也顺利通车。赵启正把这些历史和现实说给中外来宾听，听者无不惊叹。

邓小平1992年初在“南方谈话”中提议“再造几个香港”，如今上海的经济规模已经远远超过香港，成为中国与世界对话的城市。1990年，浦东的经济体量不到上海的十分之一，到2010年，已占到上海的25%，是1990年两个上海的规模，产业结构更是今非昔比。浦东不但像浦西一样繁华，道路宽阔，绿树成荫，万商云集，而且其中央商务区陆家嘴成为堪与纽约的曼哈顿、伦敦的金融街、巴黎的香榭丽舍大街、东京的银座、香港的中环比肩的现代化城市中心。

因为赵启正无论在什么场合开口言必浦东，说得清晰而生动，他被国外媒体赠与了一个雅号——“Pudong Zhao”（浦东赵）。

作为主持浦东新区早期建设的领头人，赵启正交了一份漂亮的答卷。

1998年初，赵启正离开上海，奉调入京担任中共中央对外宣传办公室、国务院新闻办公室主任，他的任务从“向世界说明上海、说明浦东”，变成“向世界说明中国”，又被国外媒体称为“中国第一新闻官”，这是后话。

浦东之歌

■（1998年，载《在同一世界——面对外国人101题》）

1998年新年伊始，美国著名的芝加哥乐团的巴洛克音乐小组飞抵上海，他们在为上海人带来风格清新的协奏曲的同时，还把他们谱写和演唱的《浦东之歌》献给了浦东建设者。

一年前，以玛洛·约翰斯顿女士和埃利奥特·戈鲁勃先生为首的音乐家小组首次到上海演出，踏上了正在开发的浦东土地。当亲眼看见那一条条宽阔平坦的大道，那美丽如画的江边花园，那一块块绿意盎然、充满生机的草地，那幢幢高耸云天、雄伟壮观的现代化建筑时，他们忍不住惊叹："太美了，太美了，简直是魔术般的奇迹！"

"是呀，浦东不仅需要有形的建筑，还需要无形的建筑。中国音乐家已经为她谱写了进行曲。"赵启正提出一项请求："音乐无国界，诸位能否为之谱写一首抒情曲？"音乐家们欣然接受，并进一步建议，要写成一首歌曲，由赵启正作词，由他们谱曲，由他们首演。赵启正说，他并不擅写歌词，但受到浦东开发热潮的激励，竟也勉为其难地完成了。他再请复旦大学陆谷孙教授把歌词译成英文，将中英文歌词一起寄往美国。

巴洛克音乐小组忙碌了起来。他们把美国著名作曲家乔恩·波利费龙请来做主创。玛洛·约翰斯顿还特意向母校——明尼苏达州卡尔顿学院的汉学教授请教，以便准确掌握和表达歌的深意。美国著名男高音歌唱家简·贾维斯也应邀加盟，用中文和英文演唱。为了充分表现浦东开发的宏伟气势和深厚内涵，作曲家采用了现代但隐约有巴洛克风格的曲调，并且把歌名“你好，浦东”改为“浦东之歌——为庆祝浦东辉煌成就而作”。

当他们在上海音乐厅首演时，观众们被深深地感动了。有些场合，音乐比语言更易于承担跨文化交流的大任。

浦东之歌

——为庆贺浦东的辉煌成就而作

你好，浦东，	Hi，Pudong，
一个中国的美少年，	A Narcissus of China，
生于长江之畔，	Water-born on The Yangtze，
呼吸着太平洋的清风。	And Caressed by a Pacific breeze.
你好，浦东，	Hi，Pudong，
一个成长中的少年，	A robust fledgeling，
融合着古今的智慧，	Nurtured by the wise，present and past，
面对着 21 世纪的路程。	To the new century will you grow fast.
你好，浦东，	Hi，Pudong，
你迸发出对全世界的热情，	As you reach out to the world，
全世界的人们都爱你。	All world falls for you with favor.

回望浦东十五年

■（2005 年 4 月 18 日在北京接受《第一财经日报》记者采访）

孙中山曾设想在浦东建“东方大港”

《第一财经日报》记者（以下简称记）：您能否介绍一下，浦东开发的战略决策是在怎样的历史背景下作出的？

赵启正（以下简称赵）：上海浦西的开发和建设，至今已有 150 余年历史。当浦西已经发展成繁荣的著名大都市，享有“十里洋场”、“东方巴黎”之称时，与之一江之隔的浦东却依旧是一派荒凉景象。顺便说一下，浦东开发前，并无“浦西”这一称呼，那时说“上海”主要是指现在的浦西。虽然 20 世纪 30 年代上海的局部景象颇近国际名城，但其功能却相距伦敦、巴黎、纽约甚远。在世界上，建立在河流两岸的国际大都市不少，如纽约、伦敦、巴黎、布达佩斯，皆有一河穿越，但都是两岸兴旺。像上海浦江两岸经济文化发展的差别如此巨大，可以说是罕见的。面对这种强烈的反差，中国近百年来都曾有人筹划开发浦东。20 世纪 20 年代，我国民主革命的先行者孙中山先生曾亲自到浦东考察，他在著名的《建国方略》中曾叙述了在浦东建设一个“东方大港”的设想。但是由于“革命尚未成功”，这一开发计划，如同辛亥革命后他的铁路开发计划一样，皆成泡影。

曾经致力于浦东开发的还有著名的民主人士黄炎培先生。20 世纪 20

年代初，黄炎培等浦东同乡以发售股票的办法筹集资本金20万银两，在浦东铺设由庆宁寺到川沙城的铁路，后又延长至南汇祝桥镇，全长33公里。这条铁路一直运行到20世纪60年代。但是，由于财力、物力所限，虽然这种小规模的开发在当时也是一个成就，但对于浦东和整个上海面貌的改观，影响甚微。

在上海解放前，国民党政府中一些有识之士也曾酝酿、制定了一个“大上海计划”，包括在浦东建立一个大港区及在陆家嘴建设一个新市区等。国民党政府还在“都市计划委员会”下专设越江工程委员会，由我国著名桥梁专家茅以升、赵祖康主持，拟定了三种越江方案。国民党政府还拨款2亿元，作为设计费用。但当时的恶性通货膨胀使这2亿元迅速贬值，很快就只能买一袋大米。这个计划再次成为泡影。

记：如果这些历史上的计划能够实现，现在的开发会不会更容易一些呢？

赵：不一定。有些事情，看起来是坏事，但仔细一想，实际上是一件好事。假设浦东在半个多世纪以前就开发了，它可能就会像浦西一些地区一样，建设得杂乱无章。那么，现在面临的任务，首先就不是开发，而是旧城改造。旧城改造，比建一座新城，要困难得多，有的问题子孙几代都改不过来。日本前首相田中角荣在《日本列岛改造论》中说：改造旧的东京，比在平地上建设一个新的东京要多花九倍的价钱。他所估算的数字未必准确，但这个观点是很有道理的。要拆多少旧房？道路怎么打通？大规模的公园怎么有地方安排？由此看来，我们倒是应该感谢前人，在上海的宝贵地域给我们留下了一张白纸，好画最新的图画。

邓小平要求“再建几个香港”

记：提到邓小平关于浦东开发的论述，人们最熟悉的恐怕就是他说的：“回过头看，我的一个大失误就是搞四个经济特区时没有加上上海。要不然，现在长江三角洲，整个长江流域，乃至全国改革开放的局面，都会不一样。”小平同志在这里感慨浦东开发还是晚了些。他这样讲，究竟有什么含义？

赵：这的确曾是一个引起人们纷纷探究的话题。1995 年我访问日本，日本一家大报记者采访我。他问：为什么邓小平每年过春节都在上海？为什么邓小平说浦东开发晚了是他的失误？当时我回答说：第一，邓小平他老人家过冬的时候在上海，是因为上海的气候比较适合他，他也比较习惯。他到上海过春节，不单是休养，还要研究中国的经济。上海是研究中国经济的好地方。第二，深圳是 1980 年开始开发的，浦东是 1990 年宣布开发的。我们也许可以问，浦东为什么不可以早两年开发，或者早三年开发？但是不可以问，为什么不可以早十年开发？上海和深圳毕竟不同。在开发之前，深圳不过是一个小渔村，以它为试点，即使遇到重大困难，甚至失败了，对于整个国民经济来讲，影响甚小。

记：即使如此，邓小平还讲要“杀出一条血路来”，可见也是有风险的。

赵：而上海则完全是另一种情况。在改革开放之前，上海就是中国最大的工商业城市，这个城市所提供的税收，曾占到全国的六分之一或七分之一。以此为试点，一旦失败，整个国民经济都会受到严重影响。再则，是在深圳开发积累了十年经验的基础上才开始浦东开发的，披荆斩棘的是深圳，而不是浦东。深圳开发时我们有多少观念是落后的，如土地不能批租，如不能实行股份制，如与外商合作是不是让他们占了便宜，如能不能让一部分人先富起来，等等，都是一个问号。这些问题都由深圳开发解决了。所以，在改革开放历时十年之后，在深圳开发已经获得基本成功之后，中央才下决心开始浦东开发。这实际上是邓小平对中国的责任心所致，浦东开发可以说是恰逢其时。那么，为什么邓小平要说浦东开发晚了？我理解，这无外乎是对我们的激励，鼓励我们后来居上。他本人也确实讲过：“浦东开发比深圳晚，但起点可以更高，我相信可以后来居上。”听了我的回答，日本记者很满意，表示能够理解和接受。

记：这个解释确实有道理。那么，您能否进一步解释一下，为什么说是“恰逢其时”呢？

赵：首先，必将兴起的经济全球化的浪潮，迫切要求中国有几个能够与世界经济对话的国际大都市。国际上的交往需要对话，而对话有两种，一种是政治对话，一种是经济对话。政治对话是在首都间进行的，比如北京怎么说，华盛顿怎么说；而经济对话则不同，是具有世界经济、金融、贸易中心地位的大都市代表国家和地区进行的，当然，世界上有不少国家的首都同时也是世界经济中心城市。一个国家，特别是大的国家，没有这种世界级的大都市参与国际经济对话，所谓参与经济全球化就十分困难。在20世纪80年代末90年代初，除了还在英国治理下的香港，中国实在还没有一个城市具有这种地位。

记：在我的印象中，当时人们还很少提“全球化”这个词，后来有些人还很反感和排斥这个词。

赵：是这样，当时，“全球化”这个词至少在媒体上还使用得较少，但小平同志是有中国如何面对“经济全球化”思想的。比如他说：“世界各国的经济发展都要搞开放，西方国家在资金和技术上就是互相融合、交流的。”“现在世界发生大转折，就是个机遇。人们都在说‘亚洲太平洋世纪’，我们站的是什么位置？”正是基于在经济全球化浪潮中站在一个有利位置这一战略思考，邓小平才提出：“现在有一个香港，我们在内地还要造几个‘香港’，就是说，为了实现我们的发展战略目标，要更加开放。”当时我们对这段话不是很懂，有的同志问：造几个“香港”是什么意思？我的理解是：小平同志的话是说，在国际经济发展格局中，中国需要有几个具有国际影响的经济中心城市，这样的城市在全世界是屈指可数的。当时内地哪一个城市最具有这种潜力呢？首先是上海。邓小平在1990年3月初就指出：“比如抓上海，就算一个大措施。上海是我们的王牌，把上海搞起来是一条捷径。”1991年初，他更加明确地说：“上海过去是金融中心，是货币自由兑换的地方，今后也要这样搞。中国在金融方面取得国际地位，首先要靠上海。这个要好多年以后，但现在就要做起来。”因此，浦东开发一开始所确定的战略目标就是建设一个国际经济对话中心城市。

记：小平同志的这个思考，确实是远见卓识。我曾看到一篇报道，说江泽民同志在任时，十年中曾十次调研浦东。江泽民同志如此关心浦东的建设，可能也与这一战略思考有关吧？

赵：是的。江泽民同志在上海主持工作时，直接领导制定了浦东开发的计划。1992 年 10 月，他在党的十四大报告中专门提到了浦东开发："以上海浦东开发开放为龙头，进一步开放长江沿岸城市，尽快把上海建成国际经济、金融、贸易中心之一，带动长江三角洲和整个长江流域地区经济的新飞跃。"这实际上是在党的代表大会上确定了浦东开发的战略目标。在党的代表大会报告中具体部署一个城市的经济建设，这还是第一次。此后，江泽民同志对于浦东开发的进展非常关心。1996 年 4 月，他视察浦东。他在审阅陆家嘴中央商务区规划图时，看得非常认真。他问我们，这些规划的高楼，到香港回归时都能建成吗？我们回答，现在已经在建的，到明年大多数都可以封顶，陆家嘴的中央商务区可见雏形。他听了非常满意。一年多以后，党的十五大闭幕不久，江泽民同志再次来到浦东，见到中央商务区初步形成规模，高兴地说："浦东开发不容易，每年都有大变化。"他还为陆家嘴金融贸易区题词："努力把陆家嘴建设成为面向国际的现代化金融贸易区。"

"站在地球仪旁思考浦东开发"

记：邓小平所说的浦东开发可以起点更高，是否也是指要把目标定在国际经济中心上？

赵：这也体现了他的同一战略思考。在这一思想的指导下，我常说这样一句话："要站在地球仪旁来思考浦东的开发。"后来我们的宣传部长把这个口号写在了我们的机关食堂里。浦东人应该时刻明确这样一个目标：要使外国人到了浦东，能够感觉到国际市场的气息。

记：现在已经跨入了新的世纪，当年小平同志的战略思考，江泽民同志提出的具体战略目标，是否实现了？

赵：从计划的日程表看，阶段性目标应该说已经达到了。但和世界几个经济大城市相比，还有许多路要走。据最新统计，世界 500 强跨国公司中，目前已有 150 家在浦东投资了 200 余个项目，26 家跨国公司将其地区（亚太）总部设在浦东，160 多家中外金融机构聚集浦东，使浦东初步呈现了国际金融中心、资源配置中心、创新创业中心、大企业决策管理中心这样一种面貌。中国各省市在浦东的机构都有置身国际经济社会中的感觉，从而帮助本省市缩短了和世界的距离。

如今，我国已经加入了WTO，国际间的经济对话日益增多，日显重要，上海的经济中心作用也日益突出。如果没有当年浦东开发的战略决策，我们今天面临的形势，肯定要严峻、困难得多。

小平同志曾嘱咐说：我们的机会不多，要抓住这个世纪的尾巴。当1997年发生亚洲金融危机之后，我们庆幸：浦东开发已经开始了7年，我们抓住了这个世纪的尾巴。倘若再晚几年，就一定会遇到国际经济环境的巨大困难。浦东开发是对国际社会的庄严承诺。

记：20世纪80年代末90年代初，正是我国改革开放和经济建设遇到一定困难的时刻。对于改革开放，是继续前进，还是知难而退？浦东开放，是否与这一背景也有密切关系？

赵：在当时，我国的改革开放确实遇到了严重困难。这些困难主要有如下几个方面：其一，1988年的经济过热和价格闯关导致罕见的抢购风潮，为防止许多国家曾发生的经济失控局面，中央不得不作出对国民经济实行“治理整顿”的决策；其二，对国民经济的治理整顿，制止了经济过热现象，但同时也出现了改革开放以来第一次GDP增长速度放缓；其三，1989年春夏之交的政治风波，以美国为首的西方国家借机挑起了一场“制裁”风潮。这样，在20世纪80年代末，我国在改革开放、经济建设、国内稳定以及国际关系方面同时遭遇严重困难。这种“三碰头”的最严重局面，是共和国成立以来所仅见的。正是在这样的历史背景下，党中央作出了慎重稳妥而又高瞻远瞩的浦东开发决策，上海也走进了改革开放的新阶段。

记：当时，国内一些人对改革开放这个基本点产生了怀疑。而国际社会则对中国能否坚持改革开放政策也持观望和怀疑态度，由此在1989年导致改革开放以来实际利用外资的第一次负增长。显然，不克服国内的思想阻力和国际上的疑虑，我国的改革开放事业很可能会半途而废。

赵：所以，邓小平在1989年6月16日就提出：“要把进一步开放的旗帜打出去，要有点勇气……现在国际上担心我们会收，我们就要做几件事情，表明我们改革开放的政策不变，而且要进一步地改革开放。”由此可见，浦东开发实际上也是向全世界宣布：改革开放作为中国的基本国策不会改变。20 世纪 80 年代作为改革开放重点的地区一般都在边境前沿及经济不甚发达的地区，其原因就是前面所讲的，尽量减轻改革的风险。而浦东的开发则具有更深刻的含义，它意味着中国共产党和中国政府拿出中国最发达、最富庶的区域来继续改革开放的试点。这一重大举措足以证明中国把改革开放推进到新阶段的义无反顾的决心和信心。

基辛格说：“更宝贵的是你们的国际信誉”

记：在浦东开发刚刚起步时，国际社会有什么反响？

赵：当然，一开始有人还是持怀疑态度的。1990 年我们宣布开发浦东时，有许多西方报纸说：这只是政治口号，而不是行动。但是随着浦东开发的进展，越来越多的西方政治家和企业家被浦东所吸引和感染。基辛格博士再次访问浦东后对我说：“当时我就认为，浦东开发不是口号，而是行动。你们这些大楼和高科技工厂都很成功、很宝贵，但更宝贵的是你们的国际信誉，使你们建立了良好的国际公共关系。当初那样偏僻的浦东，人家敢来投资，是对你们的信任，这比这些大楼和工厂更宝贵。”

浦东开发拉开更高层次改革开放序幕

记：前面您谈了对外开放方面的情况。浦东开发对已经进行了十余年的经济体制改革起到了什么作用？

赵：当改革进入第十年的时候，一方面，一系列改革措施大体上结束了长期困扰传统计划经济的许多弊端，使人民群众的生活水平有了显著的提高，其效果十分突出；另一方面，“有计划商品经济”的有限体制改革目标又束缚了改革进一步深化的步伐，并产生了一系列新的突出问题。当时比较突出的问题有：容易出现经济过热和通胀现象；生产资料的价格“双轨制”带来生产、流通领域的秩序混乱和权钱交易的腐败现象；土地、房屋、资金、外汇、产权等要素领域仍是高度集中的计划主导，导致这些方面的供给仍然处于瓶颈状态，与整体的改革趋势严重背离，这些都不适应经济发展的要求。改革何去何从，可以说到了一个十字路口。当时有两种改革的思路可以选择：第一种思想是放慢速度求稳定，推迟与减轻改革开放的进程与力度；第二种思路主张抓住机遇，加快发展，深化改革。第二种思路，实际上就是小平同志的思路，即“大胆地试，大胆地闯”的思路。当时，在“有计划商品经济”体制改革目标基础上再跨越一步，就进入了“社会主义市场经济”体制改革目标阶段。浦东开发其实就扮演了在我国率先建立社会主义市场经济运行体制和机制的区域经济试点角色，由此也拉开了我国20世纪90年代更高层次、更大范围的改革开放的序幕。

记：是不是可以这么说，浦东开发的成功，也就是社会主义市场经济的成功?

赵：确实是这样，对此我深有体会。浦东开发是以市场经济为基础的开放，而不是以计划经济为基础的开发。按照市场经济的规律去开发，就形成了一些显著特点。例如，浦东开发不是靠政府的命令进行的开发，政府是创造一个宏观条件，提供规划和服务，引导开发，而不是像计划经济那样由政府直接投资和安排所有项目。两种开发，会导致两种不同的结果。

现在，我们站在黄浦江边眺望浦东，都会为那一幢幢大楼的精美形态所折服，更为那众多楼宇错落有致的组合而击掌。浦东向人们展示了现代国际城区所应有的整体建筑风貌。这正是我们按照市场经济法则，在开发过程中十分注重城市整体功能目标而要求现代形态规划的结果。

为了在陆家嘴地区建世界一流的金融贸易区，我们利用了世界智慧对它进行整体规划。有五个国家的著名设计专家参加了规划工作，最后由中国专家统筹诸方意见，提出整体规划方案，然后呈报上海市人大常委会审定。浦东的土地批租遂由“被动批租”变为“主动批租”。投资者需要土地，必须严格按照规划进行选择，而不能随意变动规划。在严格控制整体规划和个体主要参量，保持政府主动性、避免被动性的同时，我们对投资者的每一单体设计不随意干预。在建筑风格上，我们不表现出对某一建筑风格或类型的特别偏好，以免造成建筑风格的趋同；在具体的建筑工程设计上，尤其是美学上我们更不加以干涉。事实证明，这是一个明智的管理方法。错落有致的城市整体形态证明了这一点，争奇斗妍、风格各异的建筑单体也证明了这一点。

浦东开发的出发点：功能开发

赵：以市场经济为基础的开发，还有一个显著的特点，即浦东开发以功能为出发点，而不是以形态为出发点。什么叫形态？就是有多少路，有多少楼，有多少居民区，就是看得见、摸得着的东西，就像计算机的硬件。而功能就是这些形态是拿来做什么用的。没有软件或没有先进软件的计算机，只是一件摆设。所以，1991 年，我们就提出了要搞功能开发，反复强调形态规划必须服从功能规划。就好比建成一个绿草如茵的足球场，这只是形态开发，还要有国际规则、国际裁判、国际球队，一年要赛 50 场，这个足球场才发挥了功能。浦东就像一个大球场，所谓实现了功能，就是举办了“世界杯”。当我们请五国专家规划陆家嘴金融贸易区时，给他们五张地图，五张说明书，说明这个地方将来是一个金融中心，是外国商社的中国总部所在地，不仅是一个与浦西连接的区域，还是与世界的交接面，我们预定总的建筑面积是 400 万平方米。这些简约的说明，实际上就是功能的说明，以功能带动形态规划和建设。

七亿修个大花园？

赵：注重功能开发的一个明显例证就是浦东“绿色工程”的建设。当时，东南亚一位很有名的企业家劝我：陆家嘴中心区的地价这么高，沿江边和在中心位置搞绿地太可惜了，不能这样做。当时我回答：从城市的功能考虑，必须这样做。因为城市需要呼吸，需要“肺”，需要绿色。再说，这里全盖大楼，上下班时间，到处是人，到处是车，交通非阻塞不可。

有人说："上海人气魄大，7亿元修个大花园。"潜台词就是说我们太奢侈了，其实7亿元是动迁了10公顷土地上的3500户旧住房的成本。从城市功能来考虑，这个大花园的价值就远远不止7个亿，当有了这个绿地的规划时，周围的地价就已大幅度上涨了。实践证明，这样考虑问题，既符合市场经济的法则，又符合环境保护要求。将来这绿地之下会修建停车场，就更能取得最佳的社会效益和经济效益了。

记：浦东开发的过程，实际上也就是社会主义市场经济体制可行性的论证和实践过程。这也可以说是浦东开发的一个突出贡献。

赵：社会主义市场经济体制一经产生，就显示了强大的生命力和竞争优势。这里有一个对比。20世纪90年代初，在浦东开始开发后，台湾地区也搞了一个与浦东开发决策相仿的"亚太营运中心"的计划。这个计划是著名的美国麦肯锡公司替台湾做的，论证相当完备。1994年，台湾地区公布了这个计划，也轰动一时。当时在开全国人大时，有一位台湾大报的记者问我：浦东开发如何呼应这项计划？我告诉她："浦东开发已经起步了，'亚太营运中心'计划则刚刚宣布，应该问后者如何呼应前者，然后再互相呼应。我希望这个计划能够成功。"没想到几年过去，"亚太营运中心"计划消失了，而浦东新区则崛起在东海之滨。两个看起来有些类似的计划，竟有如此不同的结局，确实令人深思。这一对比充分说明了社会主义市场经济体制的可行性和生命力。同时也说明，台湾地区"亚太营运中心"的规划看似完备，但忽略了大的前置条件。而我们实行的是社会主义市场经济，在建设开发区时就充分体现了它的优越性。

阅读上海

■（2010年4月23日在上海“城市阅读，阅读城市”论坛上的演讲）

我们的论坛，是“城市阅读，阅读城市”。我们要阅读中国所有的城市的话，就太多了，中国有661个城市。今天我们就近阅读我们所在的、正在举行世博会的上海。

我先讲两个在上海发生的、与我有关的小故事，都是最近一个月的事情。

日本的NHK在17年前拍过我的一段录像，叫《赵启正的一天》，主要拍浦东最初的景象以及我们这些公务员如何忙碌。这次因为要召开世博会，他们又回来了。他们设计的方案是，让我沿着浦西刚刚修好大堤的大道，由路边走向江边，他们的镜头就由浦西慢慢转到江面，然后转到浦东。这时候，让我回答问题。他们问，上海160年以前，对外国人“开放”过，现在又开放了，这两次开放，有什么不同？我的回答是，在1843年，是在清朝政府无能的背景下，开放了，并且还超出了《南京条约》，额外准许了租界，有公共租界、法租界。今天的开放，是在国家完全的主权下的，自主的开放，外国人必须按照中国的法规办事。NHK的主持人说，明白了。然后他们请我到浦东隧道口的清末民初的旧宅去寻找历史的痕迹。我请他们在100年前的小院子里，把镜头扬起来，拍下古代的、清朝的飞檐，同时将两个近500米的摩天大楼，一并摄入。他让我解释。我说是“上下500米，前后100年”。NHK的人说，好感动啊！

美国作家兼金融家罗伯特·库恩[①]在黄浦江上采访我，美国的制片人说，我们的船不要往远处开，就在原地转圈。我们镜头一会儿对着西边，一会儿对着东边。转到西边，就讲西边；转到东边，就讲东边。他请我讲租界、新中国、“文化大革命”，讲计划经济向市场经济改革中上海的作用。他说，你们很熟悉的，美国人并不熟悉。美国人对中国所知甚少，评论却很多，所以你一定要讲解美国人有兴趣的这些问题。美国的制片人随着我们船的转圈，反复地说，真美丽，比曼哈顿好看。

我们阅读上海，是怎么阅读的？外国人是怎么阅读的？我们习以为常的事情，其实对外国的电视人是很珍贵的。那么我们不妨在阅读上海之后，来检索一下我们的时代。

在1993年浦东开发初期，著名社会学家费孝通先生来到浦东。我对他说，上海城市化过程如果从20世纪30年代算起，至少是用了四代人到五代人。也就是说，我的祖父前半生是拖着辫子的，我的父亲是会英文的大学教授，我就是完全城市化的人，我的孩子则是在一个更现代的中国的年轻人。社会学家观察社会，他的生命不容许他观察100年，所以必须用前一代人的研究成果做继续的研究。但在上海、在浦东不同。浦东城市化的过程，只用了20年。也就是说，时间的坐标压缩了，使一个社会学家有机会用他的一生的时间，观察一个完整的城市化过程。在浦东开发的最初7年，我们让10万农民转成城市人。老年农民在搬家之前，围着家里的水井转圈，不肯离开。中年人说，到城市怎么生活，我不会开车，不会用车床，不会使电脑。中老年人表现得一片迷茫。而小孩子、少年们，欢喜跳跃，我们要上城市水平的学校了，我们长大了，就要做当代城市人所从事的工作了。我对费孝通先生说，浦东呼唤社会学，应当如何帮助农民城市化？请社会学家出主意。后来，费孝通先生在回顾文章中说，赵启正说呼唤社会学，深深打动了他。他曾派他的博士生到浦东考察农民问题，

---

① 罗伯特·劳伦斯·库恩博士（Robert Lawrance Kuhn，1944年—　），美国金融家、作家，花旗集团全球投资银行的高级顾问，全球体育、传媒和娱乐公司国际管理集团（IMG）的高级合伙人，库恩基金会董事长，著有《他改变了中国：江泽民传》、《投资银行文库》、《走近真实》等。

作为博士后的题目。

20年来上海的经济发展，把通货膨胀的因素去掉，实实在在地增长了8倍。浦东的经济体量由原来不到上海的十分之一，到现在占上海的25%。今天的浦东，是1990年的两个上海的规模。但是它的经济结构可比20年前进步了，不是纺织业、玩具、塑胶鞋、食品，而是高科技的项目，是IT技术，是生物工程，是汽车工业，都是崭新的工业，巨大的民航飞机产业也开始筹建了。

我们往前看，20年后的上海，会是什么样子？我们可以有不太离谱的“上海梦”。有些梦，今天看来很离谱，但实际上并不离谱。最生动的例子，就是100年前，上海有一个叫陆士谔的人写了一本小说叫《新中国》，他说一百年后会在上海浦东举行世博会，会有跨江的隧道，浦东和上海市区一样繁荣，道路宽阔、车马往来不绝，电灯到处点亮。今天我们实现了这位陆先生的梦，这是一个很值得我们思考的事情。所以，如果没有想象力，就没有好的明天。

我想，20年后的上海和纽约、伦敦、巴黎、东京相比，从担当国际经济、金融中心城市角色看，也是一个可以并列的城市了，中国的人均GDP应该接近中等发达国家水平了，中国必然是能够为世界做较多贡献的国家之一。这些国家还有印度、巴西、俄罗斯，也许还有南非。中国并不只想着自己一个国家前进，希望大家一起前进，才能和谐与和平。

那么20年后，中国的文化呢？文化问题很难像经济问题那样用数字表述，但我们也不能不想象一下。英国的李约瑟说，近500—600年以来，中国对世界的文化和科学贡献比较少。今天我们中国人说，我们是文化大国，其实，我们是在分享祖先的光荣，是愧对祖先的。

文化最主要的载体是图书。我们今天中国图书版权对外贸易存在着严重的逆差。在经济上，如果有20%、30%的逆差就很严重了。但图书版权的贸易，中国约有500%的逆差。中国卖一本版权，要买外国5本，但也不能简单的说，这是外国文化渗透到中国来了。因为我们翻译的书，特别是欧美的书，大量的是高科技书。在我们中国接纳世界文化的时候，要想到我们要回馈世界。如果不能回馈，那我们心中应该感到歉疚。

上海的城市精神是“海纳百川、追求卓越、开明睿智、大气谦和”，这是一个很高的标准。如果这种精神能在上海绝大多数人的心中植根，能得到后代的发扬，上海就更伟大，上海就具有了强大的文化力量，就不再只说上海是一个经济大城市了，上海就能更好地服务全国、贡献世界。我们在仔细阅读中国、阅读上海之后，我们要明白，我们不是在过平庸的日子，我们处在一个空前的伟大的变革时代。伟大的变革时代，应当诞生伟大的作品。伟大的作品，应当描写时代的文化变迁。伟大的作品，应该有横向的向世界传播的力量，有纵向的传统文化遗传的潜质。时代是作家之母。大作家是佳作之母。我们需要有深厚的传统文化底蕴，又能够真切体验现在生活的伟大作家。写世界意义的作品的作家，需要保持与世界文化的沟通，以克服“不识庐山真面目”的困境。刚才奈斯比特先生阐述了他们夫妻的大作《中国大趋势》的主题，提出了支持中国新社会的八大支柱。这些支柱就在我们身旁存在并且长大，但是我们却没有把它们归纳出来。他们写出如此有深度的关于中国的书，对我们，不就是一种启示吗？

追求卓越，需要勇气

■（2014 年 5 月 25 日在《解放日报》“文化讲坛”上的即兴演说，节录）

什么是“海纳百川”?

中国现在处在一个什么历史阶段？是城市化、城镇化兴起的阶段。我们不要等到城镇化到了很广泛的程度之后，才想到城市精神，就像不要等到雾霾发生了后才想到雾霾治理。城镇化的过程需要与文化发展同步，如果不提前思考，海纳百川之后会纳入很多我们不希望有的因素，会出现贫富不均，会出现贫民窟，会出现急于进城却不能就业的人口激增，城市人的文明素养如何与城镇化同步，而这些都是与文化有关的问题。

上海的城市精神用的是“海纳百川”，这四个字很有文学性，黄浦江由太湖上游众多河流供水，上海地名里有个“海”字，有黄浦江流过。“海纳百川”的“海”在地理上指大海，在文化上就指上海了。既然是那么大的海，就不能不追求卓越、开明睿智、大气谦和。

外国人怎么看上海?

最近美国出了一本书叫《中国梦》，副标题翻译过来就是“世界上最后一个尚未开发的大市场”（*The China Dream*：*The Quest for the Last Great Untapped Market on Earth*）。书的序言里说，美国人关心的是，中国人是一天喝一瓶可乐，还是一周喝一瓶；有多少人会买 IBM 电脑，作者忘了 IBM 个人电脑已经被中国联想收购了。（全场笑）很多外国人的中国梦就是能够在中国获利。

我们并不批判这种“China Dream”，因为我们欢迎世界各国人来投资，我们需要和世界沟通。

外国人看上海，比较有名的一本书是美国大学教授罗兹·墨菲依靠他早期的调研在 1953 年出版的“*Shanghai*，*The Key to Modern China*”，意思是“上海，通向现代中国之路”，或译成“上海，中国现代化的关键”，好像有点不谦虚啊。可这不是我们说的，是外国人说的。我一直建议把这句话作为上海的一个口号，外国人一看就懂。

外国人很早就见识到上海的地位，说上海是中国的大门，今天依然如此。

追求卓越需要什么？

大家回顾一下改革开放的进程，第一批开放 14 个沿海城市，可以叫改革试验区 1.0 版，接下去的深圳等经济特区和浦东新区，是 2.0 版。当时小平同志鼓励上海，说后来者居上，浦东开发不要动摇。后来我们果然居上了。

我们得感谢深圳，它在前面披荆斩棘，像土地批租、股份制改革等，当时非议很多，深圳都顶下来了。

改革开放至今 36 年了，坦率地说，现在确实需要新办法来推动新一轮发展。有的同志跟我说，现在我们的基础更好，怎么事情好像更难办了呢？我说那时候土地多，劳动力便宜，我们什么先进工厂都没有，外国人来投资，造汽车，欢迎！生产计算机，欢迎！现在再来建汽车厂，我们不一定要了。再来生产计算机，我们得看看是什么样的计算机，不高级的我们就不要了。虽然当时上海的地价已经比较高了，但现在更高。

现在，新一轮改革怎么走？中央说相信上海，要求上海接着做排头兵，做先行者。交由上海开辟一块中国（上海）自由贸易试验区，这实际上就是改革试验区 3.0 版。从 1.0 到 3.0 都给了上海追求卓越的机会。

这个自由贸易区，名字挺长的。有人不明白为什么弄这么长，那是因为上海本来就有自贸区——上海外高桥自贸区。当时英语翻译成“Free Trade Zone”（即“自由贸易区”），但中文名称叫“保税区”。

只会英文的人始终没有发现这个矛盾，只有日本人问我，为什么外高桥保税区的中英文名称不一致？有什么深层原因？我说，因为一般中国人对自由贸易区的意思不甚了然，可是对保税仓库就了解得很清楚，知道货物进了保税仓库，不用上税，拿出来再上税。保税仓库多一点，就是保税区了。上海不是没有自贸区，但是现在这个新版自贸区走得更深远。

现在的自贸区不只是免税，以后还会实现货币的自由兑换和投资自由，就给了上海去创新的机会，还要几年内能拿出可以推广、可以复制的制度创新的成果。这是一个严峻的考验，因为任何一个新的做法，必然会和现有的习惯矛盾，不矛盾就不需要创新。可是矛盾多了，上海是不是就有压力了？所以，追求卓越是需要勇气的。

真正的复兴是人的文化的提升

“中华民族的伟大复兴”，其中必须包含着文化复兴。

英国前首相撒切尔夫人写过一本回忆录叫《治国方略》，其中亚洲那一章的第一节就讲中国，开头是这么讲的：冷战结束了，最高兴的是美国和中国，因为他们少了一个敌人。但是，我们亦喜亦忧，因为共产主义还没有结束，那就是中国。她还说：中国不会成为超级大国，“因为中国没有那种可用来推进自己的权力，而削弱我们西方国家的具有国际传染性的学说。今天中国出口的是电视机而不是思想观念”。

虽然她不喜欢中国，她这些评论的出发点也不正确；但我们要从“大气谦和”的角度听一听这句话有没有某些道理。

有人说，中国的科学技术落后。我们反驳，我们历史上有四大发明。可是四大发明至今多少年了？其后，却没有什么重大贡献！我们分享祖先的光荣要到何时为止？

撒切尔夫人说，中国人没有思想贡献。我们说，有啊，我们有孔子和老子啊！这都2500年了，新的能在世界广泛接受的思想呢？

对于文化复兴，我们千万不要以为就是动画片、电影播到国外去，这些只是“文化走出去”的一部分，真正的复兴是人的文化的提升。人走出去了，文化如影随形。我们的一言一行都是文化表现，反映着你的价值观和你的信仰。

我一直说，世上有一本书叫《中国读本》，它很厚，有13亿页。一个外国人一般只能读其中的几页、几十页，这就是他记住的中国人了。每个中国人都是一页，把自己的这页做好，《中国读本》这本书就放光彩了。

浦东之路

■（2017 年 4 月 21 日答阿拉伯班专题讲座进修学员问）

沙特学员：城市发展是更多依赖外国投资还是本国政府资金的投入？上海、浦东的发展规划是外国人设计的还是中国人设计的？中国证券交易所中的交易是否有什么限制？

赵启正（以下简称赵）：在浦东的开发与开放过程中，外资投入只占17%。国内投资主要集中在基础设施建设领域，而外资投入则主要集中在宾馆、工厂等的建设方面。

一方面，中国政府的投资是吸引外资的基础。政府投资是一种自信的表现。另一方面，中国与美国不同，在中国，地方法律与中央的法律是统一的、一致的。中央对地方的规划有指导意义，地方重大投资项目的开展需要得到中央批准。上海在这一方面比较有经验，所以中央政府对上海吸引外资这一块的审核较为宽松。但部分欠发达地区所申报的项目合理性不足，中央就会予以制止。

浦东发展规划是中国自己提出、论证和完成的，但是我们开过很多次国际研讨会征询意见。一些项目是国际招标完成的，如一些摩天大楼、艺术厅馆和医院。但是中国设计院作为顾问参与其中。

中国证券交易由《中华人民共和国证券法》规定其全部规则。它符合国际惯例和中国的实际情况，也有过修订。

利比亚学员：您提到，中国按照吸引外资的需要在一定程度上修改了法规。但是，一个国家的身份归属与开放发展之间的关系如何处理？

赵：我们讲的“开放”是有标准、有限制的开放。例如，我们坚决反对西方的夕阳产业、没落产业进入中国。由此，我们必须学会分辨，认清哪一部分产业属于夕阳产业。例如，在20世纪90年代我们预计当时的电视显像管，相比正在开发的液晶显示屏，就是夕阳产业，我们就谢绝了此类投资，尽管当时在中国还有较大的市场。还有一家外国的造纸厂希望在上海建厂，我拒绝了，因为我清楚，该厂在上海开展生产会造成水质污染；同时，造纸业也并非高科技产业。面对这种情况，解决办法是公开两张清单。第一张是优先引进产业清单；第二张则是负面清单，专门列出我们无须引进的产业，例如钢铁、普通汽车等行业。这两张清单会很长，相应的工作效率也会低一些。但是我们要牢记的原则就是：夕阳产业不要，污染环境的不要，与中国已经发展较好的产业发生冲突、对中国市场造成冲击的不要。

在20世纪五六十年代，我们曾经强调百分之百中国生产，这是很笨的。如果中国养羊的成本比澳大利亚高，我们就应该去买澳大利亚的羊毛。但问题的关键是：如何给中国原本的牧羊人新的职业。

上海也放弃了一些传统产业，上海的纺织业曾经是几十年的支柱产业，但是除了进口外，也要从新疆购买羊毛，从山东购买棉花，于是上海关闭了许多纺织厂。而新疆和山东的纺织业有了新的发展。

摩洛哥学员：在实现市场经济的路上，中国做出了哪些艰难的决定？中国如何维持供需平衡？

赵：中国有过30年计划经济的历史，所以在改革刚刚开始的阶段，我们不熟悉市场经济，于是中国开始了学习的过程。我们派人去国外进修，政府派代表团去国外访问。我本人去过六十多个国家考察访问，就是为了了解其他国家的经济是如何运行的。

在改革的过程中，我们做出的艰难决定有：

1. 国有制股份改革——这一点最初遭到许多人的反对。但实际上，某些行业（如百货、日用品和许多服务业等）适于私营，某些涉及国计民生的重要领域（如飞机制造、国防工业）等，则更适合国营发展。

2. 物价改革——曾经中国的物价是由国家统一计划，但这实际上非常不合理，因为供不应求会导致地下交易的出现，造成一种商品两种价格的局面。于是中国政府决议将统一调控物价改革为市场定价，国家仅仅由供需规律调控少数物资的价格（如石油）。

3. 引进外国企业——有三种方式：一是中国股权，外国专利；二是中外合资，一方控股；三是纯外资企业。

4. 为职工提供社会保险——原本每个城市的社保制度不同，现在有了社会保险，职工退休后可以获得养老金。过去曾经是企业付给员工养老金，如此，为了退休职工养老，企业就无法破产。当时的中国是没有破产法的，这样很不利于经济的发展。

改革的确涉及很多人的利益，我们首先要考虑的是广大职工和城市化过程中农民的利益。

阿联酋学员：如果价格不稳定，政府是否会进行调控？

赵：中国政府会通过政策杠杆调控市场。政府会对某些与民生相关领域（如房地产等）的物价进行调控。

巴勒斯坦学员："一带一路"倡议的实现需要良好的政治环境和经济环境，中国在这方面是如何考虑的？中国目前的发展仍不全面，您在讲座中也提到，目前居民生活水平以及地区之间的差异依然存在，那么政府和党如何处理发展不平衡的问题？有一种观点认为，曾经的全球化就是美国化，那么我们现在是否是要开启"中国化"的时代？

赵："一带一路"是中国的倡议，我们倡导跨国合作，这种合作不是哪一个政府单方面的行动，而是需要政府、企业家、民间等多个层面加强合作。中国愿意在"一带一路"上付出自身的努力，帮助沿线国家实现共同发展。

我们特别愿意在以下几个方面与沿线各国加强合作：基础设施建设、如交通、开发区建设等。我们可以提供已有的成功经验和设计标准，或许还可以提供一定的贷款。

我不久前在肯尼亚，调查了"一带一路"的铁路项目（蒙内铁路）。我了解到，肯尼亚对中国的高速铁路并无需求，120 公里 / 小时的标准铁路就可以满足需求，这样就能够将成本合理化地降低。中国的倡议不是中国出主意，然后径直就去做，而是希望各国通过商议选择适合本国国情的发展道路。所以，“一带一路”是一个提倡合作与互利共赢的倡议。在合作的过程中，任何问题都可以讨论。

有关地区发展不平衡的问题，中国的做法是将富裕地区的税收转移到欠发达地区。中央政府完成这一调控过程。发达地区多交税，贡献给落后地区。中国还有富裕城市和落后城市之间结对子的项目。

全球化并不是美国化，我们反对美国模式的全球化。您的问题非常有深度，提醒我们要警惕“美国化”的全球化。美国模式并非普世道路，不适合全世界。当然，也不适合中国。

事实上，从来不存在“中国化”。中国没有扩展中国模式的想法，中国历史上就从来没有扩展的野心，从来没有殖民地，也没有主动进攻过哪个国家。这是中国的传统。中国倡导和平、和谐，不喜欢发生冲突。这一点与美国有区别，甚至相矛盾。我们尤其反对美国干涉中国内政。美国的报纸对中国往往不够友善。但是，中国有足够的自信。浦东在二十年前也不被看好，但今天浦东的成就举世瞩目。所以，信心是成功的基石。

索马里学员：中国在对外开放、吸引外资、发展科技等方面都值得索马里学习。请问您对索马里的发展有何建议？发展过程中最应注意的事项有哪些？

赵：改革需要良好的环境。一方面需要良好的国际环境，一方面需要良好的国内环境。一个国家的国际环境是自身无法完全左右的，只能通过合理的外交政策对此进行改善。但对于改革的推行而言，更重要的则是国内政局的稳定。如果国内宗派斗争不断，政治人物彼此攻击，改革就很难实行。

中国政府始终强调要处理好改革、发展与稳定的关系。稳定是改革与发展的基础。例如，在网络上挑拨民族关系，编造经济谣言的人，号召不正当游行的人，政府要及时给予教育，乃至判刑。

约旦学员：在浦东城市化快速发展的过程中，地方的就业市场发生了什么变化？

赵：浦东的农民变成了城市居民，但他们缺少在城市生活的必备技能。我们需要做的就是为他们培训新的生活技能，并同时发放补贴，安置房屋，给他们的第二代平等受教育的机会。仅凭农业知识无法变成真正的城市人，城市化的过程不是农民从农村搬迁到城市，而是帮助农民知识化的过程。政府所能做的就是养好老年人，并让年轻人去学习。浦东快速城市化的过程中确实有很多矛盾，如果不能及时解决问题，社会就出现混乱，开发就会遇到重大障碍。

苏丹学员：在吸引外资的过程中如何保护自身的利益？

赵：社会的发展终归是不平衡的。浦东在这一方面的经验是坚持只引进科学技术先进的产业。如果引进了普通的产业，与当地市场产生了冲突，则一定会对本地的就业市场造成冲击。在此过程中，一定也会付出相应的代价。引进先进工厂，原来的落后工厂就会停产，很多工人会暂时下岗。对此中国政府鼓励成立中外合资的工厂，并鼓励工人转行，尽力保障工人的生活。中央政府的威信在这一过程中非常重要，只有中央领导有力有方，地方政府积极配合，才能平衡吸引外资与维护自身利益之间的关系。

沙特学员：科技转型与失业率、大人口基数之间的矛盾如何处理？

赵：新行业的出现必然会造成一部分人的失业。对于这一问题，解决的办法则是大力发展服务业。因为服务业是最需要人的行业。例如电商阿里巴巴公司、淘宝网就增加了许多就业机会，解决了很多人的就业问题。另外，设立养老院、托儿所等，也可以解决一部分人的就业问题。

阿尔及利亚学员：请问浦东吸引外资发展经济的过程中，中国与外商的权利占比如何？

赵：在此过程中的关键问题是股份占有的协商，由股权决定权利。中国人喜欢商量。通过充分商议，双方让步，就可以达成一致，解决问题。

历史让我亲历了伟大的浦东开发

■（2018年2月8日赵启正口述，曹正文整理）

一张白纸可画最新最美的图画

光阴似箭，弹指间，中国改革开放已40年，上海浦东开发也已经28年了。

多年来，我常常重回浦东，看着这片土地上发生的种种神奇变化，不由思绪万千，心潮澎湃。我离开这块火热的土地20年了，但我对这片土地发生变化的一系列往事，至今记忆犹新，当年风云变幻的感人情景一幕幕在眼前浮现。

我生于北京，读中学于天津，后来考入中国科技大学核物理专业，分配在核工业部工作。1975年调到航天部上海广播器材厂。21年间，我一直是从事科研设计的工程师。1984年我的人生发生了转折，先是担任上海工业党委的副书记，不久又调入中共上海市委组织部任副部长，后来又任部长，并任中共上海市委常委。当年的上海市委组织部部长周克同志对我们这些新干部说，你们走上新的岗位是改革开放时代的呼唤！要努力学习，勇于改行，不要辜负了这个时代。

在我担任上海市委组织部部长时，组织部有一项重要任务是落实知识分子政策，要把组织部办成“干部之家”和“党员之家”，在贯彻这个任务的同时，我努力把市委组织部也办成“知识分子之家”，让上海成为一个真正落实党的知识分子政策，更加重视知识、尊重人才的地方。1990年中央按照邓小平同志的决策宣布了浦东开发。这使当时经济发展困难重重的上海有了奔头。虽然宣布了进行浦东开发，地图上规划了浦东区域，成立了协调相关的三区两县和处理有关浦东开发的办公室。但这块土地上还没有浦东新区党的机构和行政机构。为响应邓小平同志的视察南方的讲话，上海市决定尽快成立浦东新区党工委和管委会。我于 1992 年下半年奉命去了浦东，担任筹备委员会的主任。

早在 1918 年，孙中山先生在《实业计划》中就设想在浦东建立一个“东方大港”，这个美好的梦当时并没实现，现在这个历史机遇突然摆到了我们这一代人的面前。改革开放是个令人激动的话题，也是一个伟大的使命，她点燃了我们思想的火苗。开发浦东、振兴上海、服务全国、面向世界，这十六个字，让我们眼前呈现出一幅雄伟的蓝图。

那时，浦东与浦西相比，还是一张白纸，浦东开发要达到怎样一个规模与高度，西方舆论纷纷，有人认为开发浦东是一个口号，而不是一项行动。《波士顿环球报》发表一篇长文说，如果这“野心勃勃的计划”能够成功，美国到时“该怕中国了吗”？当时，浦东新区在法制、体制与机制等方面如何建设，一时还都不很清晰，但已有深圳开发的先例，更有邓小平同志的对浦东开发的多项指示，在上海市委的领导下，浦东筹委会就热火朝天地干起来了。

1993 年 1 月 1 日，浦东新区工作委员会与管委会正式成立了，一张白纸可画最新最美的图画，我们有太多的事要做，就要有清晰的开发思路。我们提出要在地球仪旁思考浦东开发，要通过浦东开发把上海振兴成为像纽约、伦敦、巴黎和东京那样能进行国际经济对话的现代化城市；浦东开发不只是经济开发，也是社会开发，是争取社会的全面进步。

1993 年，浦东一年的财政收入只有 4 亿人民币，应该说除了发工资和补贴幼儿园、小学、中学之外就没有多少了。那么，开发浦东必须挖掘一切资源，这既要依靠我们自己的力量，还要吸引更多的外资进入浦东市场。要做到这一切，我们必须加大宣传力度，让国内外更多的投资者明白：上海将成为一个与国际经济直接对话的重要城市。

那时，我与不少国内外人士谈起浦东时，我发现许多人还不认识浦东，甚至不知道浦东在哪里。一次，一家美国航空公司总裁和我在和平饭店会面，他面对窗外的黄浦江问我："这里到浦东远吗？是上高速？还是坐飞机？"我觉得这是个必须要解决的问题。我在 1994 年初访问了迪士尼总裁佛兰克·威尔斯，提出在浦东建设迪士尼的建议，其实我是"醉翁之意不在酒"，我的目的是希望由此引起海外媒体的注意，使浦东出名，进一步吸引世界投资者与我国投资者的关注。威尔斯立即派人去考察了浦东，认为浦东适合迪士尼的要求，可惜由于他不幸意外逝世，而使此事中断了许多年。

浦东开发的使命所在，是要谋求一个她在世界经济全球对话格局中的重要位置，也就是浦东要承担上海的对外开放、搞活经济的一个重要角色。国际对话包括政治对话与经济对话。上海通过浦东开发会逐步成为世界经济中心之一。

浦东开发后，上海不仅要成为亚洲经济走廊上的一盏明灯，与东京、首尔、台北、香港、新加坡、吉隆坡相映成辉，而且将可以与纽约、伦敦、巴黎一样令世人瞩目。我希望一定要让参与开发浦东的亲历者与建设者具备与世界大城市比肩的意识，这样才能起步高，才能激发后来者居上的长久奋斗力。

记得浦东初期开发时，不少当地的农民对迅速城市化很不适应，有些人对新安排的工作也有所挑剔。比如去做出租车司机，农民种田习惯了，开车不认识路，他开了几个月，就觉得太累了，不想干了。还有的人介绍他去电视机厂当工人，他不愿意在流水线工作，招工考试干脆故意做不好，宁愿回家领补贴。为了给失地农民更多更好的就业机会，并加快发展乡镇经济，我们提出了鼓励几个成熟的功能开发区，让他们带动周围乡镇经济发展的"列车工程"，对农民在技术上进行具体辅导，在精神上给予热情鼓励。

我手头有一份浦东开发前四年的成绩数据，当年浦东已经在基础设施方面花了大力气，南浦大桥、杨浦大桥的建成，浦东国际机场开工、陆家嘴、金桥、外高桥、张江开发区和现代化的孙桥农业区也初具雏形。新区当时已吸引外资 2134 项，总投资达 87.3 亿美元，协议外资 48.4 亿美元。

前四年就充分显示了浦东发展的好势头。

为了促进和推动浦东开发，浦东在产业发展顺序上实行“三个先行”，即基础设施先行、金融贸易先行，高新技术产业先行。在城市功能上，我们将新区的各项基础设施包括路、水、电、气、通信、医院、学校、工厂与商贸大楼全面开发，要完成这些项目，积极引进了许多外资，我当时几乎天天都有重要的外商要会见。

记得日本森大楼集团总裁森稔先生先是在陆家嘴建了一个113000平方米的森茂大厦，他说，你们规划了陆家嘴绿地，并说到做到，我很受鼓舞。于是他又投资建设了381600平方米环球金融中心。他也说到做到，他克服了1997年的亚太金融危机的干扰，建成了当时中国最高的这座大楼。还有台商汤君年、徐枫夫妇在浦东建高尔夫球场，因为土地投标花钱较大，他们开始觉得有点吃亏，但我们的规划图上显示这个球场靠近浦东国际机场的高架道路，沿路的车站恰好正在高尔夫球场旁，我们也是说到做到，让汤君年、徐枫夫妇很高兴。

基辛格博士后来对我说：“浦东开发最宝贵的不仅仅是建造了那些高楼大厦与高科技工厂，而是你们建立了一种良好的国际公共关系，你们讲究信用，你们说到做到，投资者才对你们有信心。”

在地球仪旁思考浦东开发

在宣布浦东开发后，有些外国人一直认为这是一个口号。以自信推动行动，以事实澄清舆论，我们在浦东管委会机关食堂进门处贴了一条标语：“在地球仪旁思考浦东开发”。也就是提醒每个开发建设者要在世界大格局的实践中来进行浦东开发。比如以陆家嘴为例，我们请来了法国、美国、意大利和日本的规划师以及我们中国自己的规划师，请他们分别设计，各显神通。陆家嘴的1.7平方公里的范围内要建400万平方米的高层建筑与商贸大楼，为的就是要让世界级的跨国公司的总部、大银行、贸易公司等各种重要机构在那里办公。

在开发战略、开发步骤、开发项目上，我们都必须考虑她要纳入世界经济轨道的前景。也就是说，开发浦东，我们必须“惜土如金”，也要高瞻远瞩。要拒绝近期会落后的产业，也要舍得拿出土地建设四跑道的大机场和4.5公里的长跑道。我们以为，这样才符合“在地球仪旁思考浦东开发”的理念。

当时，我在接待世界各国与各地代表团时，我总在漂亮的立体模型前向他们详细介绍浦东开发的宏伟远景：这块土地要造多少高楼，要建多大的绿地，我们的水、电、煤气如何按计划配套成龙。对于投资者的各种提问与疑惑，我们都要一一认真对答，也不回避我们暂时的不足，他们的信任感和投资欲才会油然而产生。我向我们的客人们讲述浦东，不讲大道理，只讲她的现状与未来，详尽而委婉，有张且有弛，这样的交流和互动，使宾主之间往往就有了共同的话题。这样的会谈是亲切的、随和的，也是活泼的、郑重的。最多的时候，我一天就要接待十多个国内外团组的来访者。

我常常和年轻的同事说：“如果你不能放下稿子讲浦东，宣讲你的工作，说明你还没有用心思考浦东开发的眼前和明天！”也就是说，作为浦东开发的承担者和宣传者，一定要常做功课，只有把浦东的存在与未来远景清晰地记在你的脑子中，你才能保持创新的激情和勇气。

在浦东这片土地上，日新月异的可见变化是开发区建设的“硬成果”，对国际有相当的说服力。“硬成果”是什么呢？那就是用数字描述的成果，如基础设施完成多少，引进外资多少，GDP上升的百分比，税收和进出口的数量等成就。这些数字当然是相当实在的，表现的城市形态也是可见的。但我个人关注的不仅仅是浦东开发的“硬成果”，还有不是一眼就能看出的浦东开发的“软成果”。

依我看，“软成果”就是在浦东开发的实践过程中，体现浦东开发者在经济发展、社会进步、城市建设、跨国合作、转变政府职能、人才培养与环保意识等方面体现出来的创新思路、工作方法与思维逻辑，以及有益经验。这些以“硬成果”为基础的“软成果”，更能体现中国特色社会主义的意义，对今后的浦东发展有着承上启下的连接作用。如刚才说到的“在地球仪旁思考浦东开发”、“浦东开发不仅是土地开发、项目开发，而是社会开发，是争取社会的全面进步”、“一流党建带动一流开发”等，都是我们体会很深的“软成果”。

我在浦东开发的日子里，每年 12 月 31 日的晚上，我都会在浦东财税局办公室等待 GDP 的统计结果。在宁静的夜色中，我透过窗外闪烁的灯光，观察着新区每一个细小而巨大的变化，一望无际的大片农田正在逐步变成一座五光十色、绚丽灿烂的现代化城市。而上海通过浦东的巨变，正强有力地告诉世界：中国正在改革开放的汹涌大潮中，昂首屹立，越发傲人而美丽。位于长江三角洲的上海浦东，她的成功开发，与中国伟大的改革开放的节拍是一致的，她不仅与浦西联动，与长江三角洲联动，与整个中国联动，也与世界联动。

作为一个开发新区，浦东必须造成一个良好投资环境，才能吸引投资者，保护投资者。在创造好的投资环境的同时兼顾消费者和投资者的利益，要保护良好的市场秩序。减少复杂的审批环节，提高办事效率。教育公务员养成勤政廉政的好习惯。在法制上，浦东建立了全国第一个知识产权法庭。我们明白，浦东开发是全国改革开放大棋局中的一个小棋局。由于这盘棋是在一个风起云涌、壮阔无比的时代背景下展开的，我们浦东的棋手们每下一步棋，都要大胆，更要谨慎，不要失误，我们没有悔棋的机会。

保留历史文脉与建设摩天大厦一样重要

每次在浦东穿行，一系列令人瞩目而让人熟悉的建筑物，总会让我想起它们诞生的故事。

直插云霄的东方明珠电视塔、白玉兰形的东方艺术中心、宝塔形的金茂大厦、状如鲲鹏展翅的浦东国际机场、别致新颖呈螺旋波浪式形状的上海科技馆、象征“大珠小珠落玉盘”理念的国际会展中心、获 2008 年世界最佳高层建筑荣誉的环球金融中心、气势如虹的杨浦大桥，2016 年新崛起的上海中心……浦东建筑群是一个又一个世界建筑大师竞相献艺的壮丽杰作。今日目睹这一切，不由让我想起当年动迁中的一件小事。

今天，从西至东，车子从浦东陆家嘴隧道出来，左边是一块约 10 公顷的绿地。在 1994 年，这里还住着 3500 户居民，加之房屋破旧不堪，类似棚户区。当时规划这块土地为高层办公楼，觉得楼房盖得密不通风，让人感到压抑，于是决定在此处造一块绿地，作“城市之肺”。这是上海市第一块在寸土寸金的地方拆房而不建房，却作为绿地的地方。

拆迁工作在进行过程中，被一座大院落“卡”住了。这幢房子建于民国初期，墙上瓷砖由英国进口，门框上还刻着法国画，屋梁上则有“三国演义”的人物木雕。有关人员召开了会议，决定还是要将其拆除。我没有同意。

我想到的是，浦东的人文历史遗产已经很少了，这么好的民宅，恐怕在浦东也只有这么一幢，那就决心留下吧。但有关人员还是试图说服我，他们说：“那片地价很高的，我们可以将这幢房子搬迁到其他地方去‘原拆原建’，再还原这套‘老房子’。”我说：“如果拆了，将来不能原样复建，拆房部门只须写个检讨报告。这个人文历史遗迹就在浦东这块土地上被抹掉了。”我最后拍板：“这是一个决定，希望大家执行，如果我‘英年早逝’，那就是我的遗嘱。”

这番话说得当时在场者无不为之动容，于是，保留了这座民宅，也保留了浦东一段历史文脉。事后，澳大利亚一位外交部副部长访问此处时，他给我留了个条子，写了几句话：“建造摩天大楼容易，留下一个人文遗迹很难。”

这件事已过去许多年了，与那些雄伟壮观的摩天大楼相比，似乎微不足道，但让我十分珍惜。我想，伟大的开发建设，当然要追求完美与速度，但建设者如果忽视历史文脉的遗迹，以后必会追悔莫及。

勤政廉政是重要的投资环境

在浦东开发建设中，工作真是千头万绪。引进外资、建路造桥、项目招标、资产交易、人才使用、干部调动……在这经济大潮的奔涌中，有人担心出现腐败是必然的。有香港的外媒记者直言不讳地问我：“浦东开发成功的那一天，你们的腐败是不是也会走向顶峰？”这是个尖锐问题，我毫不犹豫地回答：“在你看到浦东开发的辉煌之日，同时也会看到一个廉洁的浦东。”

首先，勤政廉政是良好投资环境的可靠保证。我提议浦东新区设立了“三条高压线”：第一，领导干部不准直接与投资者谈判地价；第二，领导干部不准干预项目招投标，甚至不需要知道标底；第三，领导干部不准因为动拆迁等私事，为认识的人向有关部门打招呼。后来市纪委又作了补充，并设立了更为详尽的“七条高压线”。时任中央纪委书记尉健行同志就说“廉政是重要的投资环境”的说法很深刻，把纪委工作和以经济为中心的工作联通了，还要我以此写一篇文章在中纪委杂志上发表。

接着，我们继续提出“一流党建带动一流开发”的要求，在浦东新区成立了重大工程项目办公室，每个重大项目办公室都建立了党支部，还在大型项目中建立临时党委，在强化重大项目中的党建工作中，真正做到“重大工程建设到哪里，党组织就延伸到那里”的格局。对于党员骨干，要让他们到最困难、最艰苦、矛盾最突出的地方去做排头兵与楷模。

记得1993年，一位对浦东开发很有兴趣、也花了很多时间来认真采访的美国记者问我：“浦东开发需要50年吧？”我当时回答：“不需要这么长吧！我想在20年内会可以把一个繁荣而廉洁的浦东呈现给世界。”时间到了2009年，浦东经济规模已经超过1990年整个上海经济规模的两倍，前后不到20年。

浦东开发是上海人民在中国共产党领导下，实践中国特色的社会主义的丰硕成果。如果说浦东开发是一首雄浑壮阔的交响乐，它的谱曲者就是邓小平同志，在上海市委的直接指挥下，我能作为这首交响乐中的一个演奏员参与其中，体验其难，感受其乐，真是三生有幸，我要感恩于我们伟大的时代，感恩于伟大的浦东开发。

第二编
响亮地发出中国的声音

【本编导读】

世界需要倾听中国的声音

中国崛起，从世界比较边缘的地方，走到了世界舞台的中心。中国需要了解世界，世界也需要了解中国，倾听中国的声音。

但是，由于近代以来中国内忧外患，积贫积弱，又长期处于封闭状态，外界对中国了解甚少。世界人口70多亿，能亲自来中国走走看看的人毕竟是少数。他们对中国的了解，大多来自外国人编写的书刊、拍的电影和西方媒体的报道。由于东西方文化的差异和意识形态的原因，那些书刊、影视作品和新闻报道常常并不客观真实，夹杂了大量成见和偏见，使读者、观众和听众产生误读、误解和误判。

改革开放以来，这种状况有所改变，但中国与外界信息交流失衡的状况依然非常明显。据2003—2005年前后统计，全世界重大新闻有80%来源于西方几家主流媒体，互联网上90%的信息是英文，讲汉语的人占世界的20%，但互联网上的中文信息只占4%。中国已是货物贸易第一大国，但进口的书报刊是出口的4倍，进口的影视作品是出口的14倍①。

这种状况说明，中国迫切需要在国际上发出自己的声音，树立中国的形象，在世界新闻传播和文化舞台上占有一席之地。

赵启正担任国务院新闻办主任后，以“向世界说明中国”为己任，用响亮的声音向世界介绍真实的中国，包括中国的立场、中国的政策、中国的制度、中国的经济、中国的文化、中国的进步、中国的不足、中国的机遇和挑战。本编收入的案例和文稿，就是在国际舞台上响亮地发出中国声音的经典案例。

---

① 见赵启正：《向世界说明中国（续编）》，新世界出版社2006年版，第28、110页。

·驳《考克斯报告》·

【导读】

1999 年 5 月 25 日，美国国会众议院特别委员会抛出了一份敏感的重量级文件——《考克斯报告》①。这份由克里斯托弗·考克斯众议员牵头撰写的“报告”，诬称中国窃取美国导弹、核弹和卫星等军事技术，危害了美国的国家安全。

这一报告的发表立即引爆了国际舆论。因为这毕竟是一个世界大国对另一个世界大国的严厉指责，用的是美国众议院特别委员会的名义，涉及的又是窃取机密和国家安全问题。

中国如何应对这一指责，全世界都睁大了眼睛。

美国为炮制这份报告蓄谋已久，而抛出这份报告的时机也可谓用心良苦，包藏祸心。

有专家分析，1999 年当地时间 5 月 7 日夜间（北京时间 5 月 8 日），北约的美国 B-2 轰炸机发射三枚精确制导炸弹击中了中国驻贝尔格莱德大使馆，当场炸死三名中国记者，炸伤数十名其他人，造成大使馆建筑严重损毁。国际舆论对美国和北约一片指责声，美国的处境十分尴尬和被动。

中国人民在等待美国就这一野蛮行径作出交代的时候，美国国会却抛出这份所谓的调查报告——《考克斯报告》。《报告》一出笼，似乎一夜间转移了国际舆论的视线，世界开始用怀疑的眼光盯上了中国，美国人似乎也由被动转成了主动。这份长达 872 页的长篇报告，指责中国二十多年来在美国国家核武器实验室窃取了七种核弹头和中子弹的机密；说中国从学术交流、旅游观光、接触实验室雇员等渠道搜集核弹头和高性能电脑技术的秘密资料；还说中国目前正利用这些机密资料研发两种陆上机动洲际弹道导弹，以及一种潜艇发射的洲际弹道导弹。

---

① 考克斯（Chirstopher Cox），美国众议员。《考克斯报告》，全称《考克斯报告——关于美国国家安全以及对华军事及商业关系的报告》（U.S.NATIONAL SECURITY AND ILITARY/COMMERCIAL CONCERNS WITH THE PEOPLE’S REPUBLIC OF CHINA），美国众议院特别委员会 1999 年 5 月 25 日公布。

中国外交部发表声明，断然否认考克斯报告的指责。

然而驳倒考克斯的指控需要过硬的具体事实才能令人信服。

考克斯报告的指控涉及中国国务院七八个部门的业务，谁来牵头应对考克斯的挑战？这是一个难题。

就任国务院新闻办公室主任不久的赵启正向江泽民主席提出，应公开以新闻发布会的形式批驳考克斯报告。江泽民主席表示同意，那么谁来牵头做这件事呢？赵启正说："我来牵头。"

于是，在考克斯报告出笼的六天后，赵启正以国务院新闻办公室主任的名义，召开了批驳考克斯报告的第一次新闻发布会。7月15日，又召开了第二次新闻发布会。

赵启正在新闻发布会上列举大量事实，把考克斯驳得体无完肤。如果说这是一场拳击赛的话，可说是一击决胜负，把考克斯打倒在地，让他再无还击之力。

新华社记者黄燕这样描写新闻发布会开始时的情况："赵启正来到会场，打开一台便携式电脑，开始发表讲话。他的讲话不长，约3000字，用播音的速度，大概只需20分钟，留下更多时间给记者提问，尽量满足海内外读者对中国信息的需求。这是他胸有成竹的表现，给人耳目一新的感觉。"

中国和世界各大媒体纷纷对赵启正的讲话和答记者问作详细报道。美国《国际先驱论坛报》把这一消息登在头版头条，认为考克斯搬起石头砸了自己的脚，自取其辱。美国《时代》周刊把《考克斯报告》评为1999年的"十大国际丑闻"之一。

赵启正通过两次新闻发布会，扭转了国际舆论，树立了中国经济发展、科技进步、人才辈出、光明磊落的形象，可说是中外新闻史上的经典。

黄燕在回忆文章中说："记者会后，赵启正与几家国内媒体的记者交谈，他建议其中一家媒体采写会议花絮。未等他人应答，我主动向赵启正提出，新华社可以写。他略感意外，大概认为这不是新华社的强项吧。获得他的首肯，我马上着手写了一篇《赵启正笑斥〈考克斯报告〉》，文中引用他的话说：建议考克斯把自己的报告送到好莱坞拍电影，并在片头注明'情节纯属虚构'的字样。稿件不足500字，调子轻松，在雅虎等网站迅速流传开来。与此前播发的《国务院新闻办主任赵启正指出：美炮制〈考克斯报告〉是煽动反华情绪破坏中美关系的闹剧》一稿一道，形成了批驳《报告》的强大声势。当然，这‘正剧’、‘喜剧’相结合的报道正是得益于赵启正软硬兼施的外交技巧。新华社的两篇报道，堪称姊妹篇，包括首次公开披露中国已掌握中子弹制造技术这一爆炸性新闻，垄断了海内外几乎所有媒体的版面、时段，将批驳《考克斯报告》的声势推向高潮。”

回顾这两次新闻发布会，有很多经验可以总结。我们可以看到赵启正作为“中国第一新闻官”高度使命感和责任心。《考克斯报告》发布，矛头直指中国，中国要不要回应？当然要回应，如果沉默，不就等于默认了吗？谁来回应？因为澄清考克斯的指责，涉及很多部门，无论哪个部门，单独承担这项任务都有些为难。赵启正挺身而出，主动牵头组织有关部门，收集材料，主持会议，承担起了批驳《考克斯报告》的任务。

当然，赵启正并不是贸然承担这项任务，他有他的优势，甚至可以说，他是承担这项任务最合适的人。因为他在大学里学的是核物理专业，毕业后又长期从事核物理工程的研究和设计工作，是高级工程师，拥有足够的理论和实践功底。《考克斯报告》把许多基本的科技知识、公开的技术标准作为美国的“机密”，污蔑中国“窃密”，蛊惑人心，欺世骗人，制造轰动效应。外行人不明真相，难免产生困惑，甚至上当受骗。但赵启正作为核物理专家，一眼就看穿了考克斯之流的阴谋诡计。他在新闻发布会上当场演示把考克斯称为“机密”的资料从美国相关研究机构的公开网站上下载下来，在中外记者面前把考克斯的“皇帝新衣”当众剥光，宣布了《考克斯报告》的彻底破产。

赵启正用他掌握的大量事实和专业知识，以高度负责的敬业精神和独特的魅力与才华，给中外记者记者们上了一堂“向世界说明中国”和普及高科技知识的课，提供了写好新闻的丰富素材，也为新闻发布会的组织者留下了一个经典的案例。

这个案例也从一个侧面说明，一个优秀的新闻工作者和党政机关特别是文化宣传部门的领导者，除了熟悉自身的业务外，多学一点知识特别是现代科技知识也是很重要的。

驳《考克斯报告》

■（1999年5月31日在国务院新闻办公室记者招待会上的讲话）

以考克斯为代表的美国一些反华政客，经过半年多的策划，炮制了一份冗长的所谓调查报告，于5月25日公开出笼。这篇报告把中国自力更生、独立自主发展起来的国防尖端技术和关系到国民经济发展的重大科学技术都污蔑为从美国“窃取”或非法“获得”。对这种捏造事实、颠倒黑白、无中生有、捕风捉影的攻击，中国政府和中国人民表示极大的愤慨。

《考克斯报告》断言，“中华人民共和国利用各种人员、组织机构和手段获得美国的敏感技术，中国的科学家、学生、商人和官员以及职业情报人员对美国国家安全构成威胁”。这是对中华民族的极大污蔑，是典型的种族偏见。中国是有悠久文明历史的大国，中华民族是勤劳智慧的民族，中国历来靠自己的力量办自己的事情。中国过去没有、现在没有、将来也不会依赖“窃取”别人的技术发展关系到国家安全和民族利益的重大国防尖端技术。中国国防科技的发展立足于自主开发，这是中国一贯坚持的基本方针。

众所周知，在美国对中国进行全面封锁和讹诈的年代，中国依靠自己的力量发展了“两弹一星”等国防尖端技术。在中美建交前15年，1964年6月29日中国就成功发射了第一枚自行研制的地地导弹，同年10月16日中国又成功爆炸了第一颗原子弹；在中美建交前12年，1967年6月17日，爆炸了自己的第一颗氢弹；中美建交前9年，1970年4月24日中国成功发射了自己的人造地球卫星。这些事实说明，中国完全有能力自主研发任何国防尖端技术。考克斯等一些美国反华政客无视这一事实，极力贬低并否定中国人民开发国防尖端技术的创新能力。

《考克斯报告》攻击中国长时间广泛“窃取”美国的各种军事技术，但通篇从头到尾都用“似乎”、“大概”、“如果”、“可能”、“或许”、“将来或许会”等猜测性语言。没有任何实质性证据，没有任何确凿的具体的事实，竟然就判定中国有组织地广泛“窃取”美国敏感技术、危害美国国家安全，这是十分荒谬的。这种耸人听闻的结论是站不住脚的。《考克斯报告》还把调研公开资料和进行国际学术交流这种正常的学术活动，说成是“窃取”美国技术情报，这是十分可笑的。它所采取的方法是先认定中国有“窃取”行为，然后主观臆造、东拼西凑甚至蓄意捏造。我顺便在这里告诉大家一个事实，《考克斯报告》提到的激光模拟核爆炸，本来依据的是中国科学家王淦昌先生1964年提出的惯性约束核聚变思想，中国从来没说其他国家使用这一思想是窃取。中国核武器是独立自主开始研制的，核武器的发展也是依靠自己的力量进行的。中国从来没有像《考克斯报告》中所说的那样，从美国核武器实验室“窃取”机密。实际上，《考克斯报告》中所说的W56、W62、W70、W76、W78、W87、W88这七种核弹头的性能数据早已在美国公开出版物上发表，不是什么秘密，更谈不上“窃取”。例如，1984年托马斯·B.科克伦等著的《核武器手册》第一卷《美国的核力量和能力》，1988年丘克·汉森撰写的《美国核武器秘史》等，对上述几种核弹头的威力、重量、长度、直径、所用材料、圆概率偏差等性能数据以及研制单位、配备的运载系统、装备的军种均有详细介绍。该书作者还特意说明，书中引用资料均来自美国国会听证会记录、美国能源部三大核武器实验室和国防部，以证实其权威性和可靠性。而且，近几年来，在国际互联网上随时可以看到美国从早期的MK-1到最新装备的W88核弹头的性能数据。

《考克斯报告》称，美国进行了约1030次核试验，而中国只进行了45次核试验，却研制出在技术上与美国相近的先进的热核弹头，报告在这里闪烁其词，暗示中国是因为“窃取”了美国核技术，才做到这一点，否则是不可能的。这种逻辑是十分荒谬的。按照这种逻辑推论，世界上任何其他国家取得的每一项科技进步，特别是比美国发展快的科技进步，都是靠从美国“窃取”技术来实现的。这是极其狂妄的。从第一颗原子弹爆炸到第一颗氢弹爆炸，中国仅用了两年零八个月时间，中国这一成就是在美国进行严格封锁情况下取得的。这一事实恐怕是美国某些反华政客无法否认的。

《考克斯报告》对中国的航天事业也进行了大量的歪曲。中国航天事业开始于西方国家禁运和封锁的时代。中国航天事业完全是依靠自己的力量发展起来的。中国的中近程导弹、远程火箭、潜艇水下发射固体燃料火箭、返回式卫星、一箭多星、地球静止轨道通信卫星，都是在没有任何外国帮助下独自完成的。1985 年，中国宣布进入国际商业卫星发射市场时，已经具备了高、中、低三种轨道各类卫星的发射能力，积累了 20 次成功发射的经验。1990 年，中国首次进行国际商业卫星发射，长征三号运载火箭发射休斯公司制造的亚洲一号卫星，其入轨精度是该公司 31 颗同类卫星中入轨精度最高的。上述事实均表明中国航天技术已跻身于世界航天先进行列。

商业卫星发射是空间技术的和平运用，是互惠互利的正常的商业活动，考克斯报告污称中国通过商业发射获取了美国的制导技术并推进了中国导弹的发展，这完全是一种移花接木、欺世惑众的说法。尽管中国早已拥有高精度的导弹制导技术，但稍具科技常识的人都知道，商业卫星发射决定了只需要采用精度适用、经济上合理的制导系统，而没有必要采用弹道导弹那样高精度的制导系统。通过商业发射能提高导弹制导精度，如果是外行人这么说还可以理解，但出自美国国会专门委员会的调查报告，就太令人惊诧了。

考克斯的报告用大量篇幅渲染 1995 年和 1996 年中国两次商业卫星发射的故障，认为故障原因的判断都是在美国专家的指导下完成的，中国以此改进了运载火箭技术并用于导弹，这简直是无稽之谈。火箭是中国自行研制的，各种飞行数据在中国人手里，中国人有自行研制火箭 30 多年的历史，经过无数次的成功与失败，难道排除故障还需要别人来指点吗？况且中国人的火箭制造细节当然也不轻易向外人泄露，美国人不知道底细又如何指点？中国既然有能力独立成功地研制运载火箭，当然有能力解决飞行中的技术问题。中国从来没有、也没有必要通过故障调查获取美国敏感技术。

中国发射美国卫星是严格按照两国政府间的协议进行的，美制的卫星的安全完全由美方实行 24 小时的严密监控。《考克斯报告》却说，当美国制的卫星相关设备和文件都在中国时，如果中国不利用美国监控的某些疏漏这是令人奇怪的。找不到任何证据说明中国通过商业发射窃取美国敏感技术，就采取这种主观臆断的方法妄加推测，这才是真正的怪事。

《考克斯报告》不仅污蔑中国窃取美国核武器和导弹技术，而且还攻击中国将美国高性能计算机、民用航空、精密机械等先进技术用于军事目的，并据此建议要全面加强对中国两用商品和出口的控制，甚至无理要求中国建立所谓的公开和透明制度，以使美国指定的美国国民在不事先通报的情况下对最终用户进行检查，这是无视中国主权，违背国际关系基本原则的霸权行径，中国不会答应。

不久前以美国为首的北约用导弹袭击中国驻南使馆，遭到中国政府和人民以及国际社会的强烈谴责，考克斯报告选在这时出台完全是别有用心的，是美国一些人近年来制造的一系列反华事件后，又一股反华的逆流。他们的目的是转移视线、煽动反华情绪、诋毁中国形象，试图把中美关系拉向后退，扼制中国发展，这是注定要失败的。

中国将坚定不移地坚持以经济建设为中心、坚持改革开放、坚持独立自主地和平外交政策。中国是个爱好和平的国家，中国发展自己的科学技术事业、发展自己的国防力量是为了捍卫自己的国家安全和民族利益，维护国家主权、维护世界和平。中国反对霸权主义，中国永远不称霸。

再驳《考克斯报告》

■（1999 年 7 月 15 日在国务院新闻办公室记者招待会上的讲话）

一个多月以前，也就是 5 月 31 日，我曾就《考克斯报告》发表过谈话，指出美国炮制《考克斯报告》是煽动反华情绪、破坏中美关系的一出闹剧。随后我们又进一步就该报告涉及的内容作了调查。为澄清事实、说明真相，在这一调查基础上，国务院新闻办公室今天将发表《事实胜于雄辩，谎言不攻自破——再驳〈考克斯报告〉》一文，列举大量事实说明《考克斯报告》的荒谬性，这份报告的结论不仅毫无事实根据，甚至报告在许多方面违反了基本的科技常识。

《考克斯报告》攻击中国“偷窃”美国所有最先进的热核弹头机密情报，这是毫无根据的。我在上次的谈话中已经指出过，这是对中国人民和中国科学家的极大诬蔑，是明显的种族歧视。这里，我还要告诉大家，中国在七八十年代就已先后掌握了中子弹设计技术和核武器小型化技术。

《考克斯报告》十分武断地臆测中国“窃取”美国设计热核弹头的计算机软件，以便发展新的核武器，称中国已经得到美国的计算机软件程序 MCNPT、DOT3.5 和 NJOYC。事实上，这三个程序是国际上近几十年来在核反应堆工程设计、核反应堆辐射屏蔽安全分析等核能研究领域中广泛应用的标准程序，与热核武器弹头的设计毫无关系。为了促进中国核电建设的发展，与其他成员国一样，中国在 80 年代从国际原子能机构无偿获得这三个计算机软件程序。中国科学家的科研成果和计算机软件，也经常提供给国际原子能机构，供各成员国分享。《考克斯报告》的炮制者把这几个计算机程序诬蔑为中国为了发展核武器“非法”获得的，这只能暴露他们对科学技术常识的无知。

《考克斯报告》诬蔑中国“窃取”美国微聚变核爆炸试验的机密，这纯粹是无稽之谈。中国著名核物理学家王淦昌院士早在中国第一颗原子弹爆炸成功的1964年就提出激光核聚变的初步概念，这在国际上也是属于最早的独立提出者之一。中国著名理论物理学家于敏院士和他领导的一批中国科学家在70年代中期就提出了激光通过入射口，打进重金属外壳包围的空腔，以X光辐射驱动方式实现激光聚变的概念，并提出了在柱形黑腔中心放置靶丸的结构设计。70年代末到80年代，中国建造了自己的用于激光核聚变研究的激光器——神光装置。

《考克斯报告》攻击中国通过商业发射“窃取”或非法“获得”美国导弹技术，用于提高中国的导弹能力。稍有科技常识的人都知道，运载火箭是在弹道导弹的基础上发展起来的。运载火箭和导弹对制导精度的要求是不同的。火箭制导主要是控制卫星的入轨精度，而导弹制导需要控制动力飞行段、自由飞行段及再入段这三大段的偏差，最终满足弹头落点的命中精度。显而易见，导弹制导精度高于运载火箭的要求。商业卫星发射精度越高，成本越大。一般情况下，出于经济合理的考虑，商业发射不需要采用过高的制导技术。怎么会用火箭的制导技术来提高导弹的制导精度呢？

《考克斯报告》称，中国通过商业卫星发射得到了美国运载火箭整流罩技术，“有助于中国设计、改进未来的多弹头再入大气层导弹和潜艇发射弹道导弹及其可靠性”。事实上，中国有成熟的整流罩设计经验。早在1992年前，中国已研制成功两种整流罩，多次在冬季高空风条件下发射成功。更需要指出的是，运载火箭整流罩的设计技术与导弹多弹头整流罩设计技术存在显著的不同。多弹头导弹整流罩要求全天候、全方向的工作环境，一般采用整体式设计技术，而运载火箭通常采用横向分离式设计技术。因此，不存在利用火箭整流罩设计技术来改进多弹头整流罩设计技术的问题。

对 1996 年 2 月 15 日长征三号乙火箭发射国际 708 卫星的故障调查，《考克斯报告》也进行了大量歪曲，称由于独立评审委员会中美国专家的指点，中国才找到此次故障的最终原因，从中“非法获得”了美国技术。事实上，故障的原因完全是由中国专家独立查找出的。确定的最终故障是火箭惯性平台随动环回路中电子器件的焊接质量问题，这种低层次的问题根本不涉及火箭的设计改进问题。中方的故障调查过程持续了 5 个月，做了大量试验验证。独立评审委员会实际工作的 4 天，当时“2.15”故障调查尚处于故障模式分析验证阶段，大量分系统、部件和元器件的试验尚未进行，怎么能预知细化到元器件的最终故障点呢？

《考克斯报告》中最荒唐的莫过于第七章即“关于中国的发射场安全问题”。考克斯等人收集、罗列了大量所谓的材料和细节，试图证明中国“偷”了美国技术，但最终又找不到任何证据，只好用了大量“如果 ”、“可能”等推测性语言来误导视听。这里，我可以举一个例子说明美方对美制卫星控制之严：在卫星测试厂房、卫星加注厂房、卫星控制室和发射塔架上的卫星操作平台，美方配置了 18 台由美方控制的摄像机，对卫星及其测试设备进行 24 小时监视。仅卫星测试厂房的卫星工作区，就配有 4 台摄像机，从不同角度对准卫星。来而不往非礼也，由于美方对美制卫星加强监控会涉及中国运载火箭的技术安全，中方不得不采取措施，对中国火箭实行每天 24 小时监控。

《考克斯报告》把中国发展科学技术的国家政策和方针，在中美两国间从事正常科技交流活动的科研机构和科研人员，从事两国经贸往来正常活动的商务机构和商务人员，在美从事正常工作的官方的、民间的驻外机构和驻外人员，在美华裔人士，留美中国学生等，都与所谓的间谍活动联系起来。这是一种典型的种族偏见，是对中华民族的极大诬蔑。这是美国 50 年代麦卡锡主义幽灵的重现，是美国一些反华政客仇视中国发展和强大的变态心理的表现。

《考克斯报告》罗列了不少材料，但这些材料或是蓄意编造的，或是经过极力歪曲的，尽管一时可以起到制造舆论、蒙骗视听的作用，但毕竟不可能骗人于长久。一段时间以来，美国一些政客抱着过时的冷战思维不放，在国内政治斗争中借中美关系大做文章，煽动反华情绪，试图以此捞取政治资本。多年的实践证明，中美两国关系的健康发展符合中美两国人民的根本利益。美国一些政客采取编造谎言的手法试图破坏中美关系，实在是不光彩，这种企图也是不可能得逞的。

·发布人权状况白皮书·

【导读】

人权是人类最基本的权利，改善人权状况是世界各国人民的共同愿望。但是，人权问题也是被西方所谓“人权卫士”搞得最混乱的问题之一，他们挥舞人权的大棒，干涉别国内政，培植反对势力，制造民族分裂，颠覆别国政权，创下一个又一个世界纪录。

人权问题也是中美关系中纠结几十年的一个症结，因为美国国务院每年都要发表一份长篇《国别人权报告》，对全世界100多个国家和地区的人权状况评头论足，横加指责，掩盖自家的丑闻，袒护亲美的盟友，制造重重迷雾，抹黑别国形象，把自己的意识形态和政治制度强加于人。

20世纪90年代起，美国把“人权攻势”的矛头集中指向中国。赵启正在回答外国记者的提问时说：“中国是一个重视人权的国家，并且还在不断改善中国的人权状况。美国和中国之间关于人权的争论，总是美国发球，中国回球。美国每年三月份有一份《国别人权报告》，涉及130多个（有时多达190多个）国家和地区。《报告》对这些国家和地区进行攻击性的评论，但是对美国自己的人权状况却讳莫如深，一字不提。中国国务院新闻办每年在美国的报告发表之后，会发表一份《中国人权状况》白皮书，澄清事实真相，作为对美国《国别人权报告》的回答。”

赵启正担任国务院新闻办主任后，延续国务院新闻办从1991年以来的做法，除每年发表一份《中国人权状况》白皮书作为对美国国务院《国别人权记录》的回应外，还每年发表一份《美国人权记录》，根据国际媒体包括美国媒体发表的材料，介绍美国人权现状。把这两份报告对照起来看，是一件颇为有趣的事。

过去二十多年来，中国解决了13亿人民的温饱，7亿多人口脱贫，占全球减贫人口总数的70%以上，为7.7亿人提供就业，免除中国历史上实行了2000多年的农业税，实现了9年义务教育全覆盖，关爱2.3

亿老年人、700多万大学毕业生和8500万残疾人，保障6000多万城乡低保人口基本生活。当然，受经济、社会发展水平的限制，许多福利保障水平还比较低，还要随着经济社会的发展会不断提高。

世界上没有哪个国家的人权状况是十全十美的。但这不能成为干涉他国内政、推行霸权主义的理由。

可能有人会说，也许是美国自己在保障人权方面做得好，以自己为标准，自然对别人要求也高。

以中国国务院新闻办在2017年3月9日发表的《2016年美国人权纪录》为例，对这个问题做出了有说服力的回答。2016年美国的人权状况在一些重要方面继续呈恶化趋势，如涉枪犯罪高发，监禁率居高不下；贫富差距不断扩大，中低收入群体生活状况堪忧；种族主义持续存在，种族关系日趋恶化；妇女儿童老年人权利保障状况未见改善，弱势群体权利受到严重侵犯；侵犯他国人权现象屡有发生；拒绝批准核心国际人权公约，拒不接受联合国有关人权决议草案，等等。

在国际上，中国的人权主张被越来越多的人所理解和欢迎，美国的人权主张却常常碰壁。1990年以来，美国等一些西方国家在联合国人权委员会上提出了10次反对中国的人权提案，每次都以失败而告终，这是一个明白无误的“否决票”。联合国人权理事会成员每次选举，中国都以高票当选，则是一次明白无误的“赞成票”。

中国人民享有前所未有的人权

■（2002年2月10日接受《人权》杂志记者采访）

让国际社会全面真实地了解中国人权状况

问：国务院新闻办公室自1991年成立以来，一直致力于对外介绍中国的人权状况，您本人自1998年担任国务院新闻办公室主任以来也很重视这方面的工作。请问，您对中国政府对外介绍中国人权状况的工作有何评价？

赵启正（以下简称赵）：国务院新闻办公室有责任就一些国外非常关注但了解很少、疑虑很多、误解很深的重大问题作出回答、说明和澄清，以让世界认识一个真实的中国。中国人权问题，就是一个国外对中国缺乏了解、存在疑虑和误解的问题。

20世纪90年代初，由于苏联、东欧剧变和冷战的结束，美国和一些西方国家由于意识形态和价值观念的原因，迅速将“人权攻势”的矛头集中地指向中国，经常通过决议，发表报告，把中国的人权状况描绘得一团漆黑，将所谓中国人权问题与对华政策挂钩，并屡次在联合国人权委员会提出反华提案，使人权问题上升为一个直接影响中国国际声誉和国家利益的重大问题。

为了向世界说明中国人权的真实情况，阐明中国政府在人权问题上的立场，国务院新闻办公室于1991年11月1日发表了中国第一份人权白皮书——《中国的人权状况》。

这个白皮书将国际社会关于人权的普遍性原则与中国人民促进和保护人权的实践相结合，系统地介绍了中国从半殖民地半封建社会走向人民民主的现代社会的艰难历程以及人权状况发生的沧桑巨变，鲜明地向世人阐述了中国的人权观点，有针对性地驳斥了西方媒体散布的谎言，在国内外引起了很大的反响。

中国的人权状况白皮书和文章，不断向世界介绍中国的人权状况及其进展。到目前为止，先后发表直接以人权命名的白皮书6个，另外还分别就改造罪犯、农村扶贫开发、妇女、儿童、计划生育、民族、宗教等与人权密切相关的问题，发表了12份白皮书和若干篇文章。

与此同时，对于西方国家对中国人权进行的系统的歪曲和攻击，如美国国务院每年发表的《国别人权报告》中国部分，国务院新闻办公室还适时发表有分量的文章，摆事实，讲道理，予以驳斥和澄清，还在《国别人权报告》发表之后，随即发表《美国的人权纪录》，对他们避而不谈的美国人权状况，做个提醒。对于一些西方舆论对中国比较集中的问题，如所谓“政治犯”、出售人体器官、出口劳改产品、囚犯待遇、孤儿院虐待儿童等问题和一些所谓个案，我们还通过组织外国记者进行实地采访、及时发布新闻、发表文章等方式，说明事实真相。

中国在大约10年的时间里，发表了18个有关人权的白皮书，阐述自己的人权状况和主张，这本身就是中国社会不断走向开放的一个重要标志。我们的人权白皮书与某些国家发布的人权报告有着本质的区别，因为它并不以“世界人权法官”自居、以指责别国为己任，而是立足于阐述本国的人权理论与实践，总结自身在维护和促进人权方面的经验，推动本国人权的发展；同时还因为它并不强加于人、颐指气使，而是立足于阐明自己的观点和状况，与国际社会进行平等和相互尊重的对话与交流，谋求与世界共同进步与发展。

应该说，这些年我们通过发表白皮书和其他各种形式，比较系统、深入地向世界阐明了中国的人权观点和实践，揭露了谎言，澄清了事实，为国外一切关心中国人权的人士提供了获取信息的官方渠道，有助于国际社会全面和真实地了解中国人权的情况。虽然现在国际上特别是在西方还有一些人对中国的人权有各种各样的不理解、误解甚至偏见，但是与前几年相比已经较少见到完全否认中国人权进步、把中国的人权说得一无是处的情况。我们还能够不时地听到联合国官员和一些国际知名人士对中国的发展和人权进步的比较积极和公正的评价。中国关于人权的一些基本观点，也在世界上特别是在广大发展中国家赢得了广泛的理解、支持和认同。这当然最主要是因为中国确实在维护人权方面取得了显著的成就，中国的人权观是合情合理和合乎国际准则的，但毫无疑问也与我们长期不懈地向国外介绍和说明中国的人权状况和观点有很大的关系。

在人权认识问题上存在分歧是正常的

问：众所周知，国外对中国人权的看法与我们有很大的分歧，中国在人权方面长期以来受到西方一些国家的抨击，您对解决与西方在人权方面的分歧和冲突有什么看法？

赵：我们与西方在人权问题上的确有很大的分歧。1990 年以来，美国等一些西方国家在联合国人权委员会上提出了 10 次反对中国的人权提案，虽然每次都以失败而告终，但始终没有彻底放弃，这本身就反映出美国等一些西方国家与中国在人权方面有着很大的矛盾和分歧。这些分歧大致可分为两种，一种是对事实认识上的分歧，一种是人权观上的分歧。比较起来，人权观上的分歧更带有根本性，对同一事实的认识往往由于受到不同人权观的支配而得出很不相同的结论。

尽管中国的人权状况在许多方面仍有待改进，但是，改革开放以来的 20 多年是中国人权发展最快的时期，这不仅表现在人民生存权、发展权和经济、社会、文化权利的改善上，而且表现在民主法制建设的加强和公民权利、政治权利的扩大与维护上。事实上，人权的实现是一个与社会的文明进步密切相关的不断发展的过程。各国的经济发展水平和历史文化各不相同，采取不同的发展道路和人权模式，是很自然的。强迫世界各国都采用一种发展模式、一种人权模式，是不符合人类发展规律的，也是背离人权的基本精神的。

改善中国的人权状况，是一项符合中国人民根本利益的事业，是中国促进社会全面发展的一个重要目标，中国政府和人民愿意为之付出长期不懈的努力。我们愿意吸收世界其他国家的好的经验，充分利用人类文明的一切优秀成果，真诚地希望一切关心中国人权的国家、组织和人士，对中国人权发展提出好的建议和善意的批评。

世界各国追求人权的总目标应该是一致的

问：一些人认为，中国和西方在人权问题上不应存在分歧，世界上没有不同的人权标准，您是否同意这种观点？

赵：我不能同意世界上只有一种人权标准，更不同意以某一国家或地区的人权标准作为普遍适用的标准。当然，世界各国追求人权的总目标应该是一致的，这就是《世界人权宣言》和联合国人权公约所规定的普遍人权和基本自由。中国政府赞赏和支持国际社会为实现这种普遍人权和基本自由所做的努力。

中国与西方国家的历史、文化和宗教背景不同，社会制度、经济发展和意识形态不同，在人权问题上存在这样那样的分歧，是正常的。这些分歧不应该成为对抗的理由和沟通的障碍，相反，应该成为互相借鉴、加强沟通的动力。我们认为，解决分歧的办法不应当是扩大分歧，而应当是缩小分歧。双方应当在平等和相互尊重的基础上，大家心平气和地坐下来商谈，而不应当颐指气使，要求别人完全按照自己的意志行事。对于国际上一些人士由于不了解中国情况而存在的对中国人权的误解甚至敌意，我们希望通过接触、对话和交流，尽量减少误解和分歧，增加了解和理解，扩大共识和合作，暂时不能达成共识的，可以先把分歧搁置下来，求同存异。但是，我们反对把人权政治化、以人权为借口干涉中国内政、破坏中国社会稳定和国际声誉、阻碍中国发展的行为。最近一些年来，中国与美国、欧盟、加拿大、澳大利亚等许多西方国家进行了多个层次上的人权对话，这对于增加彼此间的相互了解和加强合作起到了积极的作用，我希望这种对话今后能够继续积极有效地进行。

人权的基本目标、理想和内容是共同的、一致的，但是，不同历史文化、不同发展阶段的国家实现普遍人权的方式、方法和模式有所不同，人们对人权保障的看法和理解也有差别。例如，东方文化和中国传统文化比较强调个人与社会的和谐和个人对社会的责任，表现在人权上就是比较强调个人权利与集体权利的协调；而西方文化则更关注个人、个人自由和价值的实现，表现在人权上就是比较强调个人权利与政府、社会的分离和对立。又如，人权与经济发展水平有密切关系，许多发展中国家比较重视社会经济的发展，以及人民生存权、发展权和经济、社会和文化权利的维护和促进。因为对于这些国家来说，发展问题是最突出、最根本的问题，是解决一切问题包括人权问题的关键。这与西方发达国家强调的有很大的不同。另外，东方国家在婚姻、家庭等问题上，也与西方许多国家有不完全相同的理解和看法。这些在很大程度上都与各国的历史、文化和发展水平有关。

当今世界没有一个国家的人权状况可以说是完美无缺的，世界各国都存在着程度不同、表现形式多样的人权问题。各国应该根据自己的实际情况和存在的具体问题，促进人权的发展。

中国人民享有前所未有的人权

问：您如何评价中国人权在最近20多年来取得的进步和存在的不足？对中国人权未来的发展方向您有何预期？

赵：中国人权进步最突出的表现是中国人民的生存状况在最近的20多年来发生了巨大的变化。1978年以来，中国政府坚定不移地实行改革开放政策，极大地促进了经济发展和人民生活的改善。从1979年到2000年，按可比价格计算，中国国民经济保持了年均9.5%的增长速度，中国的贫困人口由1978年的2.5亿减少到不到3000万①，23年中消除贫困人口约2.2亿人，这不仅在中国历史上而且在世界范围内都是前所未有的。占

① 不同时期对贫困线规定的标准不同，统计数字也会有所不同。

世界人口五分之一的13亿中国人民生存状况的巨大改善，是中国人权发展史上具有历史意义的进步，也是中国对世界人权事业发展作出的巨大贡献。

改革开放以来，中国政府根据中国的具体国情，采取循序渐进的方式，稳步推进民主法制建设，促进中国社会的全面进步，保障人民的公民权利和政治权利。中国人民现在享有了历史上从来没有过的自由和个人权利，例如，个人从事经济、商业、文化活动的自由，选择职业的自由，言论、出版的自由以及法律对个人权益保护等等，都有了很大的发展。

中国积极参加国际人权领域特别是联合国人权方面的活动，尊重《世界人权宣言》和联合国人权公约及其基本原则。到目前为止，中国已经批准加入了18个国际人权公约，并依据中国的实际情况，将这些公约规定的保护人权的原则和标准纳入中国的法律当中。

当今世界局势错综复杂，国与国之间的利益争夺，不同民族、宗教、文化、价值观念的冲突，都有可能上升为影响人类和平与生命安全的因素，对世界的和平与安全构成威胁和挑战。在这样的国际背景下，中国作为一个多个民族、多种宗教共存的、处于经济和社会发展过渡期的大国，能够保持社会稳定、民族和睦、经济持续快速发展、人民生活逐步改善，这是一个很了不起的成就，是值得我们倍加珍惜的。

中国在人权方面还有很多不足和问题，其中最大的问题是还有3000万农村贫困人口没有解决温饱问题，还有8507万15岁以上人口是文盲半文盲，医疗健康保障水平还比较低，劳动者权益的保障面临不少挑战。另外，法制不够健全，执法不严、执法犯法等侵害公民合法权益的事件时有发生。中国政府维护人权的态度是十分明确的，对于一切侵害人权的现象都坚决予以纠正。但是，我们深知，中国的发展需要分阶段逐步实现，发展过程中存在的问题不可能在很短的时间内全部解决，解决中国的问题要有决心和信心，更要有恒心和耐心。

对于中国人权的未来，我是乐观和充满信心的。随着中国经济的发展，人民生活更加富裕、社会更加公平开放和文明进步，是可以预期的，经过中国政府和人民的共同努力是完全可以达到的。随着经济发展和社会进步，中国人民将在更广泛的领域和更高的层次上享受人权。中国目前正处在一个重大的变革时期，有着良好的发展机会，我深信，每一个中国人都会以积极的姿态热情参与这个伟大的社会变革，为实现中国美好的明天积极贡献自己的力量。

把你们的见解留下，把我们的友谊带走

■（1998年10月21日在"面向21世纪的世界人权"国际研讨会①闭幕式上的讲话）

中国人权研究会和中国联合国协会举办国际人权研讨会，这是中国人民与世界各国人民就人权问题的学术研究和实践，互相学习与借鉴、增进了解与友谊的一个难得的机会。中国政府完全支持这一十分有意义的活动。本人任职的国务院新闻办公室担负着向世界说明中国，让世界更加准确地了解中国的重大责任。向世界准确介绍中国的人权政策与实践，增进中国和世界各国在人权问题上的相互了解，自然也是我们工作的一个重要部分。因此，我首先代表国务院新闻办公室对这次会议的召开表示祝贺，对远道而来的各国贵宾表示热烈的欢迎。

20世纪是世界人权取得重大发展的世纪，也是中国人民深刻改变自己命运的世纪。中国是在1900年八国联军入侵北京的枪炮声中带着巨大的屈辱进入20世纪的，也是在国家濒临灭亡、人权遭受空前劫难中步入20世纪

---

① 为纪念《世界人权宣言》发表50周年，由中国人权研究会和中国联合国协会联合举办的多边国际人权会议。共有来自五大洲26个国家的近百名人权研究专家和学者参加。中国联合国协会是联合国世界联合会的创始会员之一，由热心联合国事业的中国公众、各界知名人士和社会团体组成，是中国人民支持和促进联合国和平与发展事业的非政府组织。联合国世界联合会于1946年8月2日成立于卢森堡，为非政府国际组织，其宗旨是通过非官方活动，争取公众了解和支持联合国，实现联合国宪章的宗旨和原则。

的。在此前后的100多年时间里，由于贫穷落后，中国先后被西方列强强加了大小数百次侵略战争和1000多个不平等条约，国家财富遭到洗劫，人民的生命和尊严遭到粗暴的蹂躏。饱受战乱、贫穷和没有人权之苦的中国人民，为争取和平、发展与人权，进行了长期的不屈不挠的斗争，付出了沉重的代价。直到1949年中华人民共和国建立，中国人民才结束了备受欺压的历史，赢得做人的起码尊严和权利。

中华人民共和国成立后，尽管由于各种原因我们在建设国家过程中产生过失误，甚至遇到过非常巨大的挫折，但是，总的说，中国政府和人民为实现享有充分人权的目标，作出了坚持不懈的努力，取得了举世瞩目的成就。特别是改革开放以后，中国政府将人权的普遍性原则与中国的具体国情相结合，坚持将生存权、发展权置于首位，在改革、发展、稳定的条件下，加强民主与法制建设，全面推进人权，深刻地改变了中国社会的面貌。在短短20年内，不仅使贫困人口减少两亿多，全国人民普遍实现了丰衣足食，正在迈向小康生活，而且民主法制建设取得长足进展，极大地提高了人民依法行使和享受公民政治权利的水平。可以说，一个世纪以来，中国的人权状况发生了翻天覆地的变化。

今年，中国遇到了历史上罕见的特大洪水。在与洪水灾害作斗争的过程中，中国政府始终把保护两亿多灾区人民的生命安全放在首位，保证受灾群众有饭吃、有清洁的水喝、有住处、有地方看病，保证灾区学生都能上学读书，使灾区人民的生活得到了妥善的安置，使他们的生命财产损失减少到最低程度。1931年中国水灾的规模比今年小得多，却造成了14万多人的死亡，与现在的情况形成了鲜明的历史对照。这也从一个侧面说明，中国政府使人民的基本权利得到了有效的维护和促进。

当然，与世界其他国家一样，中国的人权状况也远非完美无缺。中国受自然、历史和经济发展水平的限制，要实现现代化，使人民享有充分的人权，还有相当长的路要走。去年，中共十五大在总结经验的基础上进一步提出了依法治国、建设法治国家的目标，强调共产党执政必须尊重和保障人权，并将依法治国和保障人权纳入中国跨世纪发展战略之中，这为中国人权事业的跨世纪发展开辟了广阔的前景。

为了向世界说明中国人权的真实情况，我们国务院新闻办公室从1991年以来，先后发表了十个有关人权的白皮书。但是，中国人权的真实情况并没有被国外广泛了解，而一些关于中国人权的不正确信息却被广为传播。

今年6月克林顿访华时带了一支庞大的新闻队伍，使美国民众有了一个比较广泛地了解中国发展变化情况的机会。

用法新社的话来说，克林顿访华的报道，才“使‘新中国’的形象首次深入到美国的千家万户”。至于美国的政治家和新闻媒体则对所接触到的中国实际情况大感“意外”。究其原因，主要是西方有一些人习惯于用政治化、意识形态化的眼光看待人权问题，习惯于把一种社会制度看成是人权的化身，而把其他社会制度和发展模式看成是侵犯人权的表现，因此，总是把共产党领导的中国想象为是一个反人权的国家。这种思维方式，使他们深深地陷入类似英国哲学家弗朗西斯·培根所说的“洞穴假象”①之中。由于受固有的“洞穴”所蒙蔽，他们无法正确认识中国人权的真实情况，看不到中国的积极变化和发展，甚至把中国促进人权的努力都误认为是侵犯人权的表现。

和平、发展与人权是世界各国的共同要求，更是一个多世纪以来中国人民矢志不渝的奋斗目标。中国当前正在致力于建设富强、民主、文明的国家，这是一项使全世界五分之一人口彻底摆脱贫困、充分实现人权的跨世纪的伟大事业，也是世界和平、发展和人权事业的重要组成部分。开放的中国需要吸收人类一切优秀文化成果和有益经验，也需要得到各国的最大理解和支持。

两天来，各位专家就人权问题进行了热烈的讨论，发表了很多很好的见解，增进了中国与世界各国在人权方面的相互了解。相信这有助于中国学习和借鉴世界各国在促进人权方面的有益经验，也有助于促进国际人权的健康发展。希望把你们的见解留下，把我们的友谊带走。

---

① 弗朗西斯·培根（1561—1626），英国哲学家。他认为要追求新知就得先清除头脑中原有的一些错误的意见、偏见或幻想。“洞穴假象”是假设一群人一直生活在某个洞中，他们从未出过洞，从未见过别的人，也不知道自己长什么样子，只能从洞壁上的影子来幻想自己的模样。直到有一天，他走出那个洞，见到了别的人，通过水或镜子看到了自己的模样，才知道自己原来的想法完全不是那么回事。

·在全国政协新闻发布会答记者问·

【导读】

每年年初，中国政坛有两项重大活动特别引人注目，这就是三月初召开的中国人民政治协商会议全国委员会全体会议和全国人民代表大会（简称全国两会）。

全国两会期间有四场新闻发布会是中外媒体关注的焦点，这就是先后举行的政协新闻发言人新闻发布会、人大新闻发言人新闻发布会、外交部长新闻发布会和国务院总理记者招待会。因为在这四场新闻发布会上，中外记者可以随意提问，提问的问题涉及政治、经济、民生、国防、文化、科技、内政、外交等，内容十分广泛，特别是涉及一些敏感的问题，常常引起国际国内舆论的高度关注，是国内外各界人士观察中国走向的重要窗口。

在2009年到2012年期间，全国政协新闻发言人赵启正、全国人大新闻发言人李肇星、外交部长杨洁篪、国务院总理温家宝分别在这四次最重要的新闻发布会上会见中外记者。

根据会议议程安排，最先举行的是全国政协的新闻发布会。按赵启正体会，三峡水库蓄积了一年的库水，一开闸门，当然会倾泻而下，中外记者们积累了一年的问题，也常常在政协的新闻发布会上一股脑儿地提出来，给准备新闻发布会增加了很大的难度。

这类新闻发布会通常开一个半到两个小时，可回答中外记者提出的20个左右的问题。赵启正说，他为了回答这些提问，通常要准备两三百个问题的材料。但这种提问是没有限制的，所以事先没有想到、没有准备的“突然袭击”的事件也时有发生。因此这些新闻发布会就成为对新闻发言人政治水平、专业素质、应变能力和职业道德的一次大考。

这类新闻发布会有规定的程序，发言人自我发挥的空间很有限，在这有限的空间里，要准确介绍中国的形势和变化，回答记者的提问，解释中国的政策，难度是很大的。

赵启正常常用网球比赛比喻新闻发布会上发言人和记者的互动，记者的提问和发言人的回答，就像网球赛的攻和守、发球和接球一样，有凌厉的进攻才会有漂亮的反击，有尖锐的提问才会有完美的回答。

赵启正从2009年全国政协十一届二次会议到2012年全国政协十一届五次会议，担任政协大会新闻发言人，在历次新闻发布会上的答记者问，信息量大，内容精彩，不回避敏感问题，频频与记者互动，既坚持原则，用事实说话，又机智灵活，滴水不漏，展现了大国风范，给政协新闻发布会带来了一股新风。

新闻发布会全程由四家电视台向全国和全世界直播，在国际新闻界和广大观众、听众中赢得称赞。

如果这是一次考试的话，赵启正无疑是交了一份令人满意的答卷。

对于从事新闻传播、外交外贸、公共关系等工作的人来说，这些答问实录都是不可不读、不可不细读的经典之作。

在全国政协十一届三次会议新闻发布会上答记者问（节录）

■（2010年3月2日）

政协的协商民主是“立体的民主”

美国之音记者：您最近表示，政协最大的权力是话语权，我想知道，在政协的讨论会议上有没有讨论禁区？再有，政协在社会上和在国外，往往被称为是“清谈馆”，在此向你请教，你所说的话语权跟“清谈馆”有什么区别？

赵启正（以下简称赵）：我的确说过，政协有最大的话语权。话语权的定义，不只是发言权，而是他的发言能够有权威性，能够有效果。否则不能说是有强大的话语权。

随便聊天不是话语权，那是聊天权。政协委员在会上发言都是经过了一年或者几个月或者几个星期的调查研究，经过深刻思考后才提出的，并且他在了解情况的过程中，是得到支持和保护的。比如说，我们对粮食生产关心，我们就可以到那里去视察，对边境贸易中存在的某些可能会引起一些混乱的现象，我们也可以去调查，并且我们调查的结果可以以书面的形式向执政党也就是中国共产党中央和国务院正式提出意见或建议，并且可以保证得到一个严肃的回答。如果单用“发言自由”来描述政协委员的活动就太弱了，他们视察自由，监督有关的公务人员也自由，所以说政协的会议不仅形式上生动活泼，内容也是十分深刻的，并且结果是有效的。

中国的政治协商会议是中国政治生活的一个重要组成部分，它体现了中国民主的一种特色，从界别上看，是横向广泛的，并且由于他们的身份，他们对上、下的协商也是充分的，不妨说这个民主是立体的。如果你理解我的“立体的民主”有困难的话，会后我们再交流一下。

中美关系要多些合作，少些遏制

香港凤凰卫视和凤凰网记者：请问全国政协如何看待2010年中美关系的走向？

赵：从1979年到现在，中美建交30多年了，整体地看，中美关系发展迅速，其中贸易最为明显，可以说比当年增加了差不多一百多倍，文化、政治、经济也都有许多交流，中美关系的发展对双方都有利，这是中美双方都承认的。

奥巴马当政之后，似乎感到他对中美关系的思维有新的进展，但是今年年初，二十天内就发生了两件事情，似乎有点“春寒”的感觉。一个是不顾中方的严重抗议，执意会见达赖喇嘛，严重干扰了中美关系，随后又宣布对台出售武器，严重违反“三个联合公报”，特别是“8.17公报”，这损害了中国的国家安全和台海的和平稳定。这两件事情都损害中国的核心利益，让人感到中美关系的风云有变幻，像天气一样，时晴时阴，这引起了广大中国人民的注意。

关于中美关系，不仅中美两国的媒体有许多评论，在座的很多中外记者也是中美关系问题的专家，你们都写过很多文章，我就引用一个美国著名智库在几年前关于中美关系的说法。这个美国智库说，经过他们的研究，美国对中国的政策是有两手交替使用，一个叫做“Containment”，一个叫做“Engagement”。“Containment”就是遏制，就像一个汽车一踩就刹车；“Engagement”就是接触，一抬脚就接触了，或者翻译成合作。这个智库还创造了一个新的美国单词，“Containment”+“Engagement”，等于“Congagement”，字典上没有，你们得记下来，翻译成中文也很困难，就翻译成汽车的那个“闸”吧。但是也有美国人不这样描述，佐利克说中美是相互的“利益攸关者”，他原来是美国副国务卿，现在是世界银行的行长。斯坦博格曾经提出，中美关系的新概念是战略性保证，我想这是互相保证，应当是平等的。我对这三种美国说法的评论就是，今后为了双方的利益，应该多一点合作，少一点遏制。美国人应该明白，假如中美关系是一辆汽车的话，它不是一个驾驶者，它是两个驾驶者，除了美国，还有一个是中国，他也有一个方向盘、油门和刹车，两个人必须商量着做，中美关系这辆车才走得正常，否则会原地打转。

希望国企和民企比翼齐飞

中央电视台和央视网记者：我们注意到目前有不少文章说去年是“国进民退”的一年，也就是说，国企的发展挤占了民企的生存空间，不知道这样的一个事情是由于政府的政策造成的还是由于其他的原因？

赵：我的确注意到，国内外媒体都有说中国存在着“国进民退”这个现象。我就在想，这个印象是怎么来的？我觉得可能是由于去年在我们克服国际金融危机影响的时候，我们有大量的兼并、重组和关闭一些不符合安全规定的厂矿引起的。山西是一个小煤矿、大煤矿都很多的地方，山西的煤矿去年由2600座减少到1053座，企业的主体由2200多家减少到130家，这样一看，这不是“国进民退”了吗？印象就是这么来的。印象不是判断的最可靠的手段，最可靠的手段是数据。可以说，改革开放30年来，国有经济、非公有经济比翼齐飞，在这个很特殊的2009年，并不是“国进民退”。我们来比较“私营企业”与“国有和国有控股企业”的几组主要数据：他们的同比（今年比去年），工业增加值，私营企业是18.7%，国有和国有控股企业是6.9%；总资产或者说资产合计，私营企业增长20.1%，国有和国有控股企业增加14%；从业人数，私营企业增加5.3%，国有和国有控股企业增加0.8%；主业务收入，私营企业增加18.7%，国有和国有控股企业降低0.2%。最重要的是利润，这最有说服力，私营企业的总利润增加17.4%，而国有和国有控股企业为负4.5%。

市场经济是有内在规律的，但是政府要尽量创造好的宏观条件。政府曾经发布过《国务院关于鼓励支持和引导个体私营等非公有制经济发展的若干意见》，全国政协也有贡献，我们向中央报送过关于新形势下民营企业发展问题的调研报告，我们政协委员中有很多私营企业家，因此报告十分地接触实际，反映了他们内心的利益诉求。

顺便我也想谈一个我们思考经济的判据或者方法论的问题，是不是每年都用“国进、民进”或“国退、民退”这样的一个尺子来衡量，这样恐怕不太能够描述我们中国的经济发展状态，因为不同的行业、不同的年头，可能会有变化，但是我们希望他们比翼齐飞就是了。

中国的军费是这样花的

道琼斯通讯社记者：关于国防方面的问题向您请教，首先您能否透露一下今年国防预算的安排？这个预算跟去年实际情况相比，增速是多少？中国为什么觉得有必要每年都增加国防支出预算？谢谢。

赵：你再稍微忍耐两天，全国人民代表大会开会的时候，要有我们财政的预算和决算报告，报告将有很精确的数据。我提前宣布，好像表现我太性急了。但是大体上说，近年来，中国国防开支大体上占 GDP 的 1.4% 到 1.5% 左右，这在全世界来看是一个中等的程度。贵国，也就是美国是超过 4%，何况你们的 GDP 是我们三倍以上。中国是一个领土面积很大的国家，并且边界线还特别长，海岸线是 1.8 万公里，陆地边界线是 2.28 万公里，有 20 多个邻国和近国，那么当然我们有保卫国家的任务。我也请教过我在部队中的朋友，他们都是高级将领，我说能不能给我透露一点，这些钱都干什么用了，他说你们的工资这么多年来涨了没有？我们的军官和战士的待遇也要提高吧？这大概用了三分之一。我们的军衣破了、设备旧了，打靶要消耗炮弹和子弹，要补充吧？这大概要三分之一。剩下的三分之一，除去做点科研，添点新武器等种种开销，所余大概不够买一架 B2 轰炸机的。

中国于 2007 年正式参加《联合国军费透明制度》，每年向联合国提交军事开支报告。中国有限的军事力量完全是为了维护国家的主权和领土完整，不会对任何国家造成威胁，请你放心。

“回头吃好草的马是聪明马”

人民日报记者：“谷歌事件”本来是一个商业公司的商业行为，但最近有评论认为，它已经成为一个“外交事件”，您对这个事件怎么看？

赵：关于“谷歌事件”，国内外的媒体大量报道，提出了很多我们原来不很清楚的一些背景，也提出了大量的评论。2005年的时候，我还在国务院新闻办公室，所以我确切地知道，2005年，他们来中国考察互联网的市场和投资环境，做得很仔细。一个大的外国企业，无论是哪个行业的，到中国来都要考察投资环境，谷歌特别地对法律环境做了逐字逐句的了解。2006年正式进入中国的时候，他们对这些法律都有郑重的承诺。现在他们说中国的黑客攻击了他们，并影射是中国政府的攻击，这是毫无根据、毫无道理的。因为中国法律也是严禁任何黑客攻击行为的，并对黑客有法律的惩罚。我们在座的每天用计算机，我本人也让黑客黑过屏，丢过东西，对黑客我深恶痛绝。

任何网络企业，它的经营环境都有一个值得注意的方面，就是黑客的存在。相当于我们普通人的生活环境当中有病毒、有H1N1病毒存在一样，谷歌这样高技术的公司，对这些病毒的抵抗似乎是不在话下，没有问题的。

达尔文进化论告诉我们，物种的进化首先就要求物种适应环境，没有听说要环境去适应物种的。

有些外国和中国媒体说，如果谷歌真走了，那么百度就“独霸天下”了，一定很高兴。我认为百度未必这样看。王濛在跑道上滑冰，如果没有强劲的对手在旁边，她很难创造新纪录。所以，好的企业需要有对手一块儿跑。

中国民间有个谚语，“好马不吃回头草”，这句话有毛病，如果有好的草为什么放弃？好马要吃好草，所以“回头吃好草的马是聪明马”。中国的互联网是开放的，中国继续为外商创造良好的投资环境，保护其合法利益。中国欢迎包括国际互联网企业在内的各国投资者在中国展开业务，也希望外国投资者尊重中国的公众利益、文化传统和中国法律，承担相应的社会责任。

在全国政协十一届四次会议新闻发布会上答记者问（节录）

■（2011 年 3 月 2 日）

“两会”花多少钱

美国之音记者：我想请问发言人，每年开“两会”花多少钱？

赵启正（以下简称赵）：我很少在这个会议上被别人难住过，花多少钱我还真不确定，既要保持大会顺利进行，够满足会议需要，又要尽量节约，我想钱还是不少的。请允许我会后一两天内给您发个邮件告知您。①

严重的食品安全犯罪可处死刑

中央人民广播电台记者：请问新闻发言人，近些年来我国的食品安全问题相对比较突出，从牛奶、面条，再到鸡蛋、大米等，给广大人民群众制造了一定的恐慌，甚至给某些产业带来了一定的影响，这种局面什么时候能控制，老百姓吃得放心的这种愿望什么时候能够实现？

赵：最近全国人民代表大会出台了一项很引人注目的法律，也就是关于法律的修改，废除了十几种死刑罪，但是增加了一种大家十分支持的死

---

① 在发布会后，赵启正及时在政协官网上公布了政协会务费是 5900 万人民币，并同时通知了该记者。

刑，食品犯罪最严厉的可处死刑，说明中国政府各部门越来越重视食品安全，必须在法律情节上更加严厉。

食品安全犯罪可处死刑是一种威慑，更重要的是和食品安全有关的各部委更要加强日常工作，他们正在这样做。卫生部、国家质检总局和工商部门正在加快完善相关的配套法律，加大执法力度，对打假和对消费品质量监督力度也在加强，加强食品流通环节监管。但是也会有少数不讲诚信、丧尽天良、不惧怕法律的奸商，还需要强有力的舆论监督，在座的各位也都有监督的责任。

我们的公共外交是向世界说明中国

人民网记者：前不久美国参议院外交关系委员会原主席李查德·卢格对中美公共外交进行了对比，他说中国目前的公共外交发展非常“迅速”，作为中国公共外交的倡导者和推动者之一，您对此有何评论？请您详细介绍一下全国政协在公共外交方面的主要工作。谢谢。

赵：美国参议院外交关系委员会原主席李查德·卢格说中国的公共外交发展很快，要超过美国了，其实我们公共外交花的钱、做的事才刚刚开始，并没有超过美国。公共外交在中国并不是刚刚开始，以前我们的民间外交都做得很好，只是公共外交这个词汇最近被大量使用，它主要是指一个国家对外国公众说明本国情况，以取得外国群众对本国的理解和支持。在早期的公共外交中，广大的公众是受众，以电台、电视或其他的方式对外国公众讲解，但是随着经济的发展，随着国际间往来的方便，互联网的发展，公众现在不仅是受众，也成了公共外交的参与者。

在中国，公共外交有三方面来参加，由政府主导，民间团体、社会组织、精英人士是中坚力量，普通公众也适当参与，这也是外交的基础。各国公共外交的定义大同小异，但做法却大有不同，有的大国的公共外交气势汹汹，要说自己的国家多好，要把自己的价值观强加于人，甚至干涉其他国家。而中国与此不同，我们是向世界的人们说明中国自己，说明中国的文化传统、社会发展、内外政策，回答人们对中国的疑问。中国近两年举行的北京奥运会和上海世博会，都是中国公共外交的大舞台，不仅中国利用这个舞台表达中国自己，外国人也利用这个舞台来表达他们，而我们政协在这个当中，做了很多事前、事中的研究工作。

我们还办了《公共外交季刊》，每期目前发行1万份以上。我们举行了“21世纪论坛”，邀请了一些国家的重要人物进行了国际研讨，来表达中国，倾听他们的意见。我们还多次在北京、上海召开了公共外交的研讨会。

政协把研究、普及和实践公共外交作为一项任务。我们有这样的基础，政协已经同世界上128个国家、239个机构、13个国际或区域性的组织建立了长期的联系。

附：赵启正说到做到，让谁羞赧？（节录）

王石川

去年政协全体会议的花销是5900万元。7日中午，全国政协办公厅新闻办公室通过手机短信将这个数据告诉了一位记者。在3月2日的全国政协十一届四次会议的新闻发布会上，这位记者曾经问过大会发言人赵启正这个问题，当时赵启正表示会通过邮件或短信回复他。（3月9日《北京青年报》）

“君子重然诺”，赵启正答应记者“容我会后一两天内给你发个电子邮件或者短信告诉你（去年政协全体会议花费）”，未几便说到做到，这一点令人钦佩。当然，身为全国政协十一届四次会议大会发言人，说到做到应该是基本素养，而告知记者（公众）会议花费也是其职责，但在“我无可奉告”成为流行语的现实语境中，不仅不回避会议花费，而且作出承诺，且践诺，确乎需要一定勇气。

去年政协全体会议的花销是5900万元，虽然是简单的一句话，却释放了令人欣慰的信号。多年来，两会到底花费多少，一直是个不解之谜，正因为无法获取准确、权威数据，坊间议论纷纷，产生了多起猜测版本，并由此质疑举行两会到底值不值的争议。诚然，全国两会是国家政治生活中的大事，其重要性决定了不宜简单地拿成本说事，但是在“花了多少钱，办了什么事”已经成为上下共识的当下，追问两会花销颇有必要，一方面凸显了民众强烈的知情诉求，另一方面也表明公众具有积极的成本核算意识，希望税钱每一分都花在刀刃上、花得值。而全国政协办公厅新闻办应记者要求，公开会议花费，同样具有积极意义，既体现了接受公众监督的自觉，也潜含了对纳税人负责的意识。

赵启正说到做到，让谁羞赧？对公众负责，就应该多晒一晒账本。遗憾的是，我们看到，在现实中，不少部门被问及账本时，不是像赵启正那样坦诚，更遑论说到做到、马上就晒账本，而是要么恼羞成怒，要么打太极。

我们还看到，全国政协办公厅新闻办在答复中还表示，根据政务公开的有关规定，全国政协办公厅收支预算可在互联网查阅。笔者查了查，确实如此。当然，有网友认为5900万元这个数字过于笼统，不够详细，只是简单地说明这些开支“包括了会议期间委员、工作人员及各项会务、后勤保障等方面的花费”，诚然，将花费的精确度定格在5900万元这个巨大的整位数，确实有粗疏之嫌，而且也没有将每一笔开支的详细数字具化出来，但笔者相信，随着时间的推移、经验的丰富，相关部门必然推出一个更详细的账本。

此外，还需要厘清的是，尽管全国人大、全国政协与政府部门不同，但是无论是哪个部门，无论如何定位、扮演着何种角色，只要本着对人民负责的基本底线，就应该公开账本，因为其花销来自公众的纳税钱。而且，十七大报告明确指出，“保障人民的知情权、参与权、表达权、监督权”、“必须让权力在阳光下运动”。满足公众的这四项基本权利不只是政协的事，也不只是人大的事，也是政府部门的事。

温家宝总理在今年的《政府工作报告》中强调，要“加快实行财政预算公开，让人民知道政府花了多少钱，办了什么事”。3月9日还有一则消息，财政部表示：今年将公开中央部门“三公消费”。可以预期的是，公共财政必然向透明财政转化，笔者认为，透明既意味着总数的透明，还意味着具体细节的透明，正如全国人大常委会预算工作委员会原副主任王大成委员所称："从不公开到公开，从特例式公开到制度化公开，从被动公开到主动公开，从粗线条公开到相对细致的公开……'国家大账'晒在阳光下，体现了财政透明度不断提升。"

在全国政协十一届五次会议新闻发布会上答记者问（节录）

■（2012 年 3 月 2 日）

政治体制改革和经济改革并没有截然分开

美国之音记者：我们知道中国政府和执政党一直提议要积极稳妥地推进政治体制改革。请问发言人，中国进行政治体制改革的内容、路径和目标是什么？现在是否已经具有足够的政治意愿和动力来推动政治体制改革？谢谢。

赵启正（以下简称赵）：政治体制改革的必要性和它的艰巨性，邓小平先生做过很详细的论述。中国自从实行改革开放以来，政治体制改革和经济改革并没有截然分开，如果截然分开，经济改革不会进展得那样顺利。关于政治体制改革，委员们虽然有很多讨论，但最后成为政策，这是由中共中央和国务院去做部署。但无论怎样改革，都要在中国共产党领导下的、中国特色社会主义这个框架内进行。政治体制改革是要在深思熟虑、征求各方面意见之后才能进行，所以你可以指望中国政治体制改革方面会有新的进展。

多包容，多协商，总会解决的

中央电视台记者：我们注意到近期部分香港居民对有些内地人的行为

有一些不满的情绪，比如内地的孕妇赴港生子被看作是挤占香港的医疗服务资源，内地游客去香港大采购也被看作是提高了当地的物价水平。在最近甚至出现了大规模的口水战。不知道您对这些现象有何看法？另外，在这次会议期间，您是否会和来自香港的委员就这些问题进行讨论？

赵：本来内地公众到香港去采购是受到香港欢迎的，现在大概买得太多了，供不应求了，就出了问题。这不是大问题，只要改善供应，买得越多，他们的利润越大。政协有很多来自香港的委员，对于“双非婴儿”的事情早就有过讨论，内地有关部门也采取了许多措施，配合香港特区政府做了许多工作。内地公安部门不断加强力度，打击组织内地孕妇赴港生育的非法活动。兄弟姐妹彼此往来难免有磕磕碰碰的时候，一则极端广告不能代表整个香港社会的看法，一句极端的语言也不能代表内地人的意见，口水战有害无益。我们要看到两地的绝大多数公众在交往中是融洽的、友善的，彼此也都有很多朋友。至于某些问题或者说是临时问题引起的摩擦，只要大家多交流意见、多包容、多协商，总会解决的。

孔子学院会更加成长和更加完美

中国国际广播电台记者：近年来，中国在海外多个国家建立了上百所孔子学院，引发了一些国家的质疑，美国认为中国此举会引起美国语言输出的逆差。请问发言人，您是怎么看待这个问题的？

赵：中国在100多个国家建立了大约350所孔子学院，这都是经外方邀请后成立的，现在还有很多邀请，但是一时不能够完全满足。中国派去的教师，许多是志愿者，他们在当地受到了欢迎。汉语是使用人口最多的语言，但是使用国家却很少，只有中国和新加坡。而一些语言，比如英语，有170多个国家流行，西班牙语有30多个国家流行。所以中国语言的国际传播是为了沟通中国和世界，也呼应国际上学习汉语的需求。你说的美国参议院的这篇报告是去年由美国资深议员提的。他说到，中国在美国有70多所孔子学院，而美国在中国只有5所文化中心，这就是公共外交的逆差了。为此，我在美国和他讨论了这个问题。我对他说，你没有必要焦虑在美国学汉语的人这么多，中国的小学、中学、大学有2.4亿人在学英语，还需要你在中国建立美国语言学校吗？他说，哦，是这样吗？孔子学院受到各国的欢迎，现在还有大量积累的邀请。孔子学院是一个新生事物，是在成长中，我也给孔子学院的老师们上过课，他们多数是富有激情的大学毕业生，我相信孔子学院在发展中会更加成长和更加完美。

新闻发言人的使命庄严、责任重大、压力重重

新华社记者：作为中国新闻发布制度的倡导者和推动者之一，您对此有什么看法？

赵：中国的新闻发言制度几年来已经逐渐普及了，去年中央部委以及地方省市以上的新闻发布会就有2000多次，它已经成为中国政治生活和社会生活的一部分了。新闻发布会的效果就是对内政务公开、透明，扩大了公众的知情权，也有助于公众监督政府。对外就是向世界说明中国的真实情况，解疑释惑。我深知新闻发言人的使命庄严、责任重大、压力重重。

随着国际国内形势的发展，新的问题不断出现，加之互联网带动的舆论传播线路的现代化，我们新闻发言制度以及新闻发言人本身都要与时俱进。发言人应该走向职业化，要专职化，少用兼职的岗位，他们需要经常性的培训才能进步，需要一个成长的过程，也需要社会的支持，也希望记者们爱护他们。

新闻发布会的台前幕后

■（2012 年 3 月 11 日与优米网网友对话，节录）

主持人王利芬（以下简称王）：赵主任，您在政协新闻发布会上一个多小时答记者问，要做多少功课，是怎么做的？

赵启正（以下简称赵）：我要做两种功课，就像高中生要高考，平时要用功，每天看国际国内重要新闻和评论，重要的要下载。在发布会前三个星期，我有一个小组，包括一些我们政协的同志，我的六位博士生，还有一位副教授，每天白天、晚上，集中精力做调研和准备。

王：您用什么标准来选这些人呢？

赵：这几个博士生在新闻学和传播学的知识方面是很成熟的，我们政协有一位资深报社的社长，他最了解表达的特点和公众的想法，还有几位大约四十岁的处长或者是局长，他们很熟悉政协的事务。我们做广泛的调研，了解国内的公众想知道什么，国际公众想知道什么，然后提炼出最重要的问题来做准备。

王：政协要回答的问题特别广泛，记者们提的问题基本上没有边界，您除了有一个班子，需要各个部委配合回答问题的时候，您是怎么处理的呢？

赵：因为政协是一个政治协商机构，是通过民主的方式进行监督的机构。记者们说，虽然你不是立法机构，不是以行政角色去执行，但是你们参政议政，我们的问题应该都知道，这样，问题真的没有边界，都可以问你。

两会前，我们先请教中央各部委办，一年来觉得哪些事情公众最关心？当然有重的，有轻的，我们把它们分类，有的是多年来的问题，比如说教育问题，房产问题，社会保险问题，还有一种是今年特别热，特别有兴趣的，即所谓热点，还有就是国际上，国际媒体对我们反映比较多的问题。我们必须了解清楚，知道事实，如果不知道事实我怎么回答呢？

王：找谁了解事实？

赵：我举一个例子，就在发布会前不到一周，世界银行行长佐利克在北京发布了一个报告《2030年的中国》，这是对中国的经济发展的一个综合调研，并提出了建议。但是有一位学者就闯进发布会了，说，世界银行的报告是“毒药”，它给哪个国家开方子，哪个国家吃亏，你们是害人的，很激烈，这成了一个新闻。我预计这个事到我开会的时候还不能够平息。于是，我要了解佐利克说了什么，这篇报告原文是怎么说的。世界银行的报告有460页，我们下载了。

王：您都看完了吗？

赵：先看摘要，再全文检索“私有化”等关键词，没找到建议将中国的国有企业私有化的话，再看看国内媒体怎么反映，国际媒体怎么反映，网民怎么反映，这决定了我回答的要领。所以我在回答时要对某一事情进行批评和批判的时候，要先弄清楚事实，如果没有弄清楚就去批评，可能费了很大力气，没有效果。

王：那您还觉得什么样的问题是一定会问的？

赵：眼前发生的事情，最近一周的事情会问的可能性很大，最近发生的和人们利益关系很大的问题，也可能会问。如PM2.5的问题，我估计会问的，因为我们每个人都要呼吸。

王：您曾经是浦东新区首任主任，对广东的发展模式，您有没有关注呢？

赵：对广东我印象最深的还是深圳，因为深圳是中国第一个特区，浦东的开发是在深圳开发以后十年才宣布的，没有深圳的成功，中央下不了决心开发浦东，原因很简单，深圳开发前是个渔村，它就是失败了对中国经济没有太大影响，上海当时承担中国财政收入的六分之一，所以不能拿上海去试点。浦东开发是在深圳之后，深圳披荆斩棘地前进，浦东跟上了，我总是这么说。当初开始有土地批租了，中国土地是公有制，谁能批租啊？还有股份制，怎么能搞股份制呢？这不是私有化吗？难啊，深圳用了十年的时间克服了这些困难，所以我一向感谢广东，他们是改革开放的带头羊。但是我不太喜欢用“模式”这个词，或者可以叫做“案例”，各地案例都可以参考，没有模范或样本的意思。您说到广东模式，我也注意过，它们的省委、省政府没用过这个词，这是学者们用的，你若细问，它的定义不太清楚。

王：您的确是“问不倒”。我一直在想，作为发言人，是代表国家的声音和政府的声音，做功课多苦多累，虽然很多人是可以承受的，但是如果设身处地，在您那个位置，如果是我，会遇到这样的难题：我可能都知道这些事实，但政府的观点有的时候与个人的观点是冲突的，如何平衡这两种观点？

赵：政协是一个中国的政治协商机构，所有的重大的事情我们都讨论过、协商过，但是，并不是每个问题我们都有通过程序。我在台上，是代表全体政协委员？还是代表部分政协委员？如果大家没有讨论或通过，那我代表自己吗？这是一个很难的问题。所以我就做这样一个功课：比如说PM2.5，有没有某一个委员会，比如说环境资源人口委员会，他们是不是做过调查、讨论？如果做过，我看他说了什么，这时候我就会说，我们有的委员认为，或者我们一些委员认为如何如何。没有调查或讨论的问题，那时候就是“我认为”了。每年“两会”一开，政协的新闻发布会是第一个，像三峡水库，蓄了一年水了，一开闸，一冲，尖锐问题也多，我还没有被冲倒过，如果冲倒了，答错了，就难堪了。

王：这种特别激烈冲突的地方，难点在哪里呢？

赵：难点是我对这个问题的背景一无所知。哪怕问我们做错了的事，我还可以说，这事我们做得不够好，我们可以改进。最怕的就是不知道。

王：还有一个我觉得几届都没有人提的问题：大家觉得政协起的作用不是那么大。

赵：我得说明一下，政协是很重要的机构。有人把比做外国的上议院，不对的，政协没有立法权，没有对国家领导人人选的选举权，这很自然，因为政协委员是各行各业以及各党派推荐产生的，不是选举出来的代表，但都是各界的精英。

我们政协对政府有监督权，对政策有讨论权，这个讨论权不是空的。一个重要法律，或者一个国家的重要人选，在公布之前我们先讨论，有意见就提。一个政策执行之后，我们去视察，有问题我们有书面的调查报告，党中央、国务院或国务院某个部要对我们有正式回答，不回答是不行的。

王：怎么不行呢？

赵：从政协的规则和我们国家的政治结构上来说，必须重视政协的意见，政协提出的意见，现在如果能吸收进去，就吸收进去。如果暂时做不到，也要说明理由。比如房地产的问题，我们很多意见，“十二五”规划里面吸收的特别多。政协绝不是一个摆设。绝大多数政协委员是某一方面的专家或者精英，是有见解的，政协委员有强大的话语权。

王：您一直在向世界说明中国，实际上在我觉得您更适合做外交部的发言人，您自己认可吗？

赵：不认可。我的外交不是政府的外交，我的经历用老话说是民间的外交，用现在国际通行说法就是公共外交。凡是有机会与外国人接触的中国人，他都很自然地在讲自己的事情，在讲中国故事。你们每个人都是“中国读本”的一页，读你们就是读中国，那本书很厚，有13亿多页。他一个外国人没有机会读一百页，二百页，那读到你们，你们就代表性极强，所以你们是在用中国的故事说明中国。这就是公共外交了。在这个意义上，咱们每个人都是“发言人”了。

王：谢谢赵主任。下面请大家提问。

观众：你好，我有一个问题。

王：他是CNN的记者。

观众：你认为外国人，或者是外国媒体对中国最大的误解是哪一个？

赵：最大的误解有两个。第一，中国越来越强大了，中国向何处去？如果有霸权了，我们怎么办？中国是不是我们的政治威胁或军事威胁？

第二，中国经济强大了，我们的企业转移过去了，我们的资本跑了，那岂不是我们失业人多了，对我们的经济有威胁？关键问题是中国威胁论。吉米先生，你同意吧？

王：赵主任，您都能把吉米认出来，可见您对国外记者是非常熟悉的。我最近也看到您说外国记者如何提问，我们中国记者看了之后，其实心里也是很惭愧，是不是外国记者业务水平都要比中国高？

赵：外国记者到中国来问题问得比较好，原因是两个。第一，派来的记者都是资深记者，他对职业积累很多。第二，他们提问题前很用功。我跟学生们说过，当一名优秀记者是很不容易的。难就难在，你是经济方面的记者，就至少是半个经济学家，你是文化记者，你的文化积淀应当极其深厚，否则你怎么能够去访问一个经济学家和文化大人物？一个老师一节课，只有五十个人听。记者可是社会老师，一篇文章有多少读者！我对记者很羡慕，很崇拜，也很希望他们更有学问和作为。当然，中国也有很优秀的记者。

观众：我曾经在传媒行业做过，现在在做投资，我想请教赵部长的问题是，您觉得中国应该用什么样的方式向世界来说明中国？

赵：我们向世界说明中国，应该说明中国的真实，说明我们的国情，特别是当前的国情，首先人家得理解当代中国，其次才是历史中国。人家不懂的，我们要回答，成就要说，不足的也不必回避。假设我们有七分的光彩成绩，三分的不足或缺点，把七分拉成十分去说，他们会觉得你怎么没缺点呢？他不信了。七加三一块说，他对七分就也信了。

观众：《天朝遥远》一书提出，西方人对中国的印象，一直走两个极端，要么把中国看得特别好，要不把中国看得特别坏。您在跟外国朋友打交道的时候，有没有体会到很明显两极化的倾向呢？谢谢。

赵：我接触的外国人，特别是政治家，他们总是不能接受一个与他不同的制度，他觉得他的制度是非常之好，是历史的终结。我们不可能去影响所有的外国人，普通的外国人当中有许多人是可以接受中国的，甚至喜欢中国。虽然外国的政治家不容易受改变固有的看法，但还是要对他们说清楚中国的情况，至少说明中国没有威胁别人的意图，中国没有这种文化。

王：在您的职业生涯里，接触过大量的西方国家的领导人。接触的人里面，您觉得给您特别大的启发，学到了特别多东西的故事，讲给我们听听，也让我们学习学习。

赵：外国总统级、总理级的人物，有发达国家的，有发展中国家的，在交往中，我会注意他是怎么表达思想的，他说什么，他问我什么。比如说希拉克，是欧洲对中国文化非常欣赏的一个政治家，他对青铜鼎很有研究，超过我们普通中国人的知识。我请他在浦东新区演说，他说长城是历史，大运河是历史，浦东也是历史。不懂得中国历史的人说不出来这样的话。演说的开头，他说，我愿意在这里发表演说，这里是太阳升起的地方。我们深受感动。他到外国去访问，不管是临时用功，还是平常的积累，都从文化上开头。他说我想看看浦东，就坐在大巴士上顺路看看，我们俩坐一块，法国驻中国大使坐在旁边。经过一个地方，我说这是一个中学，叫建平中学，他问这个学校很好吗？我说，很好，就是有一个缺点，它没有法文课，他说他愿意派两个法文教师来。大总统管小事，后来就派来了。

王：赵主任，您的职业生涯有很多转换，是否可以与我们分享一下您在职业转换中的心得？

赵：专业学核物理是我的选择，毕业分配工作，就不是我的选择了，那是祖国的需要。物质世界是有规律的，可人的思想活动没有公式。官员或公务员的大量工作，是面对人的，交流的本领的重要性，也许超过你专业的重要性。

王：跟别人相比，就是您更加刻苦，更加用功，更加投入工作，可以这样讲吗？

赵：我常说，我是笨鸟先飞。平常我有做记录的习惯，我和外国人每次接触，都有谈话记录。有的是委托年轻同志帮我记的，有的是我简单记录了要点。有一个日本人，曾经给我们上海建设提三条意见，过了很多年，他又来了，我告诉他上次提的三条意见，我怎么做的，他说你还记得，很受感动。碰到日本前首相中曾根康弘，我拿着以前的卡片说，20 年前我见你的时候谈了什么，你的秘书叫什么。他的秘书立刻起站来了，给我鞠个躬，说谢谢您还记得我。这不就是朋友了吗！

王：您的梦想是什么，这辈子或者说大半辈子吧，实现得怎么样了？

赵：我觉得呢，任何一个时刻我都努力了，在搞科技工作的时候正赶上苏联专家撤退，把苏联专家的工作给了我们了，锻炼了我艰苦奋斗自力更生的精神。以后，我在上海工厂的时候，有些发明创造，原来是要进口的东西，我们反而出口了，还当了劳动模范。到市委组织部，又是很大的转换，成全了和培养了很多好干部。到了浦东新区，大楼、道路、高科技工厂建设起来了，也蔚为壮观，这多少有点自己的心血。以后，到了国务院新闻办，我们的任务是如何改善中国在国际舆论中的处境，比如新闻发布会制度如何普及；到了政协，就把公共外交概念中国化，并加以补充了，把它的定义给发展了，觉得还做了一点事。

王：你满意吗？

赵：好像我的能力也就这样了，就好像是 1.8 升的汽车跑到 120 公里的时速，够了，如此而已。

南海仲裁阻碍不了中国东盟合作的健康发展

■（2016年7月19日在新加坡“南海问题与区域合作发展高端智库学术研讨会”上的演讲）

所谓的南海仲裁结果发布后，中国政府已就此事发表了严正声明，在不接受、不参与菲律宾南海仲裁案的基础上，表达了不承认所谓裁决的立场。现在看得更清楚了，南海仲裁案就是一场彻头彻尾的披着法律外衣的闹剧，它在程序、适用法律、证据采用等一系列问题上都存在重大错误，违反了仲裁的国家同意原则，侵犯了中国自主选择争端解决方式的权利，也违反了菲律宾与中国通过双边文件达成，并再三确认的通过谈判协商解决有关争议的协议，以及菲律宾在《南海各方行为宣言》中作出的通过谈判协商解决有关争议的承诺。

应菲律宾请求建立的临时仲裁庭对本案根本不具备管辖权，存在严重的扩权、越权和滥权行为。所谓的裁决结果否定历史事实，严重违背了国际法和《联合国海洋法公约》的基本精神和原则。这样的仲裁当然是无效的，没有约束力的。事实证明，中国对于仲裁案的一贯立场是正确的，是维护了国际法的正义和公正。

实际上，这个为南海问题而专门设置的临时仲裁庭与联合国和国际法院没有任何关系。前几天，联合国、国际法院对此都发布了声明。南海临时仲裁庭做出的所谓裁决的内容也是荒谬的，连太平岛都不是岛屿，真不知道如何定义什么是岛，什么是礁了。国际上对于岛和礁的判断是很慎重的，而仲裁庭五位仲裁员为何能在不到一年的时间里就做出了这样罔顾事实的判决？或许这不仅与政治有关，也与背后的经济利益有关系。与国际法院为保证独立性和公正性，其法官的酬金、薪水均由联合国支付不同，临时仲裁庭的这五名仲裁员的服务是有偿的、挣钱的，挣的是菲律宾的钱。这就不难解释了。另据菲律宾媒体报道，阿基诺政府还为代理该案的8名律师及其团队支付了3000万美元。这些纳税人的钱最终换来了一堆废纸，还在全世界人面前暴露了其卑劣的伎俩。7月12日，菲律宾单方面提起的南海仲裁案“闹剧”宣告落幕。曲终人散，这个颇具争议的临时仲裁庭也就此退场，我想用一句话对这个临时仲裁庭下个结论，那就是“拿了大钱，办了脏事，吃相难看，非法无效”。

有人说仲裁结果的公布会使中国受到孤立，但事实正好相反，中国的立场和观点不仅赢得了本国人民的支持，还得到了国际的70多个国家的政府以及90多个国家的230多个政党和政治组织的明确支持。除了菲律宾，只有美国、日本等少数国家认为仲裁是合法的。美国口口声声说维护国际法，但自己却不加入《联合国海洋法公约》，更不用说，美国自己在1986年连真正隶属联合国的国际法院关于尼加拉瓜诉讼案件的裁决也公然拒绝执行。可见美国对待国际法有着鲜明的双重标准。日本在南海仲裁案中极尽挑拨之能事，暴露了其险恶用心和明显的政治意图。

中国在南海领土主权和海洋权益上的立场是一贯的，我在这里就不多做叙述了。我们带来了最近刚刚发表的中国关于南海政策的白皮书，欢迎在座的专家学者和媒体记者朋友们自由取阅。白皮书的名字开宗明义，《中国坚持通过谈判解决中国与菲律宾在南海的有关争议》，显然，回到和平谈判中来才是解决中菲南海争议的必由之道。中国将坚持在解决南海问题上的双轨思路，即具体争议由直接当事国通过谈判协商和平解决，南海的和平稳定由中国和东盟国家共同加以维护。

仲裁结果出来后，我们看到菲律宾民众也表达出要与中国对话和发展经济合作的理性观点，还有菲律宾媒体报道，杜特尔特总统已经表示将派人访华，与中国开展有关南海问题的谈判。我们真诚地希望谈判能够早日重启，那么，中菲关系就能够早日重回正轨。

中国高度重视发展与东盟诸国的友好关系，因为这是中国和平发展的重要地缘政治环境和经济环境。在东盟诸国中，既有与中国文化相近、有着深厚友谊的老朋友，也有与中国的贸易快速上升的好伙伴。我们是山水相连的好邻居，合作共赢才是中国东盟关系的主流。

自 1991 年中国—东盟建立持续的对话关系以来，中国同东盟政治安全合作不断深入，经贸合作蓬勃发展，人文社会领域合作成果显著。

在政治方面，中国始终坚持睦邻、安邻、富邻的周边外交方针，尊重东盟各国自主选择的发展道路和价值观。东盟国家奉行一个中国政策，支持中国和平统一，在涉及中国许多重大原则问题上照顾中方关切。2002 年，中国与东盟国家签署的《南海各方行为宣言》是本地区签署的第一份有关南海问题的具有里程碑意义的重要文件，对于保持南海地区和平与稳定，增进中国与东盟互信有重要的积极意义。

在经济领域，中国与东盟的贸易日益密切，自 2009 年起就成为东盟第一大贸易伙伴，去年的双边贸易额达到 4700 亿美元，双方累计相互投资超过 1500 亿美元。自 2010 年中国—东盟自贸区建立之后，中国与东盟各国相互间合作进入了一个新的阶段。2015 年双方又签署了修订协议，标志着自贸区的升级。双方确定农业、信息通信技术、人力资源开发、投资、湄公河流域开发、交通、能源、文化、旅游、公共卫生和环境等 11 个重点合作领域，在 20 多个领域开展务实合作。

在文化交流层面，中国和东盟就加强社会文化交流与合作达成多项重要共识和具体规划，开展了形式多样的各类活动。近年来，中国与东盟通过举办研讨会、人员交流、展演展览等多种文化交流活动，展示了中国和东盟独特和多元的文化，打造出中国—东盟文化论坛等许多辐射面广、有影响力的文化品牌。2015 年，双方人员往来达 2367 万人次，双方互派留学生超过 18 万人。

中国设立了总规模 100 亿美元的中国—东盟投资合作基金，主要为双方基础设施、能源资源等重大合作项目提供融资支持。中国与有关国家还在南海合作保持了良性互动和合作，比如中国设立了中国—东盟海上合作基金，为中国与东盟加强海洋领域的合作提供了重要支持。中国还与印尼、马来西亚、越南、文莱等多国签署了关于海上合作的协议。

上述事实充分表明，尽管南海地区存在领土争议、域外国家的干预、合作机制不健全等诸多制约因素，中国与东盟国家的互动交流和务实合作还一直在持续，各国都从中受益匪浅。南海区域的和平稳定合作发展才符合各方的最大利益，这一点是不争的事实。

面对当前的南海局势，中国与东盟必须加强对话，排除干扰，聚焦合作，这是最为现实的战略选择。我相信，南海争议是中国与部分东盟国家之间的问题，不是中国与整个东盟之间的问题。这次由菲律宾阿基诺政府策划的仲裁案不能动摇中国和东盟的战略伙伴关系，阻碍不了中国和东盟合作的健康发展。

2013 年 10 月，国家主席习近平在印度尼西亚国会发表题为《携手建设中国—东盟命运共同体》的重要演讲，全面阐述中国对东盟政策，明确了中国—东盟关系长远发展目标，首次提出中国愿同东盟国家共建“21 世纪海上丝绸之路”，随着海上丝绸之路建设的推进，中国与东盟国家在南海展开深度合作的潜力也将日益显现出来，通过双方的广泛合作实现互利共赢，就能使南海成为合作之海、友谊之海、和平之海。

今年是中国—东盟建立对话伙伴关系 25 周年，9 月将在东盟轮值主席国老挝首都万象举行中国—东盟纪念对话伙伴关系 25 周年的峰会，中国和东盟领导人会出席。我们也希望借此契机，进一步促进中国和东盟关系的良好发展。

第三编
向世界说明中国

【本编导读】

新思路　大智慧

赵启正就任中共中央对外宣传办公室主任、国务院新闻办主任后，提出并实施了一系列改革措施，开辟了外宣工作“登高赏千景、引喉百鸟聆”的新局面、新境界。

这些改革措施概括成一句话，就是“向世界说明中国”。这是赵启正首创的一个对外宣传的用语。

寥寥七个字，体现了对外宣传工作的新思路和大智慧，是指导对外宣传的战略性口号。

为什么赵启正喜欢用“向世界说明中国”而不喜欢说“向世界宣传中国”？他曾解释说，“宣传”在中国是一个好词汇，我党的宣传工作也有优秀的传统。但在对外交往中，人们往往会把“宣传”翻译成一个不太准确对应的词，叫“propaganda”，这个词跟中文“宣传”并不对应，这两个词在不同语境下的含义是有差别的。中文“宣传”包括表达、描述、说明诸多含义，是一个中性词，包括对事情不仅说正面的，也说负面的。英文 propaganda 则含有贬义，有强词夺理、勉为其难，只说好的，甚至置事实于不顾去说自己主张的意思，这就起不到好的效果。中文的“宣传”找不到英文的对应词，往往被翻译成“propaganda”，反而干扰了“宣传”这个词本来的正确含义。所以，他在向外国人介绍中国的情况时，更喜欢用“说明”（description）、“公布”（publicity）、“呈现”（present），或“传播”、“交流”（communicate）这样的英文用语，介绍一个真实的中国，愿意说明中国的进步，也愿意说明中国的不足，鼓励中国媒体对外要多讲事实，让读者自己去判断。

有的记者在报道中说，他在听到赵启正将对外宣传用了“说明”这个词时，有一种耳目一新的感觉，甚至意识到这是中国新闻传播领域内一个新的时代的到来。①

赵启正也补充说，在国内工作中，还是用“宣传”这个词，因为找不到合适的能够代替它的词。

赵启正不但提出了“向世界说明中国”这一战略性的口号，而且身体力行，向世界各国的各阶层的人士——从总统、总理、部长到企业家、媒体总裁、记者、编辑、广播电视节目主持人、留学生等，亲自“说明中国”，介绍中国的昨天和今天，中国的经济、政治、历史、文化，中国的内外政策、改革开放。

赵启正的“说明”，在国内外赢得了信誉，赢得了信任，赢得了朋友。

美国时代华纳公司董事长兼首席执行官理查德·D. 帕森思说：“我特别感谢赵主任以专业、和善的态度对待在中国的所有媒体公司，感谢他不辞辛劳地向全世界介绍中国丰富的文化和传统。在鼓励中国媒体扩大对外合作的过程中，赵主任发挥了关键性的作用。”

那么，您想知道赵启正是如何“向世界说明中国”的吗？本编收入了一组赵启正与世界各国政界、企业界、传媒界人士交往、对话、接受采访的记录和演讲、文章、报道，您可以从中领略赵启正作为“中国公关总领”、“中国形象代言人”的风采。

---

① 见《以文化的方式向世界说明中国——2004 年 1 月接受〈对外大传播〉主编申宏磊访谈》,《向世界说明中国（续编）——赵启正的沟通艺术》，新世界出版社 2006 年版，第 35 页。

我们有信心一步一步地实现自己的理想

■（1998 年 4 月 15 日在北京会见非洲高级外交官代表团的谈话，节录）

赵启正（以下简称赵）：去年我会见过非洲外交官代表团的 16 位来宾，这次是 17 位。中国现在处于一个前所未有的新时期，这个时期的标志就是我们执行了邓小平先生的主张，实行了对外开放和改革的政策，实行了社会主义的市场经济。

穆凯亚 · 基昂万比：中国人民在建设中取得的经验是值得我们这些非洲国家借鉴的。因为中国在建设过程中所出现的一些失误在我们非洲国家也是会出现的。我们在经济建设过程中作出了一些决策，创建了一些企业，但这些企业的运作情况并不是特别好。今天我们到中国来访问是为了亲眼看看、亲身体会中国领导人在经济建设方面所作出的决策以及中国所取得的成就。

比卡 · 比索：中国长期对非洲国家进行援助和投资。从您的介绍中我了解到中国现在工业生产中许多企业机器老化，这就直接影响了生产力的提高。我想问的是，中国在援助非洲、帮助我们修建工厂的时候，将向我们出口什么样的机器？会不会也出现同样的问题？

赵：处置旧机器以前我们采取由大城市向小城市转移的办法，后来我们发现这个办法不好，应该采取彻底淘汰的办法。现在作为一种规定，许多旧的机器，包括旧到一定程度的汽车，不能重新出售，以免贻害他人，当然更不能出口。我们使用新的机器每年都要扣留折旧费，计入成本进行技术改造。非洲早期购买的机器当然存在着老化的问题。判断是否要淘汰这些机器最终要看产品在国际或者国内是否能够出售。如果因机器旧而生产成本过高，这就是淘汰旧机器的时候了。

建设社会主义市场经济是我们坚定不移的大目标

比卡·比索：我们看到中国政府经常要制订一些近期目标和中长期的目标。我想问的是，如果这些目标一旦不能实现，你们将采取什么措施，比如在企业这一层次上你们会做些什么？

赵：我们建设社会主义的市场经济这个大目标是坚定不移的，但是我们的具体政策随着发展不断地进行调整。我们会采取一些政策帮助有关的工厂，如新的高科技工厂，降低它们的税收。有些国内的政策往往不在全国同时执行，而是选择一些小的地区进行试验，试验成功后再在全国推广。中国有些地区可以实行一些特殊的经济政策，我们叫做特区，它们就有为全国做试验的意义。

中国鼓励外商投资的政策

佛朗索瓦·尤塞·法尔：如您刚才所说，中国已经引进的外资总额达到 2000 亿美元，那么中国是不是采取了一些措施以促进外资引进？在中国有没有投资法或是制定了一些鼓励、保护外商投资的规定？

赵：中国吸引外资有投资法，也有税收方面的优惠政策。我们鼓励外商投资的主要方法有这样几个：一是高科技领域的进口设备的税收较低，甚至完全免税；二是在指定的自由贸易区内，所有的进口设备都是免税的；三是在其开始获利后的前五年，两年免税，三年只收半税。如果提供高科技的专利，这些专利可以作为股份。但是我们并不接受外国人的所有投资，我们也有一些基本要求。国内如果已有很多同类工厂，我们不欢迎再建新厂，除非它的设备极其先进、产品极其高级。第二种是对国家经济生活、政治生活有重大影响的企业，我们采取谨慎的态度，有的暂时不允许外国人投资，如通讯业。我们允许他们制造电话机或是交换机，但是我们现在还不允许他们参加网络的投资。随着我们国力的增强，将来可能会慢慢地允许他们少量的投资。第三类我们禁止的投资是那些有污染的项目。有些国家很愿意把污染严重的产业搬到外国去，我们对此很警惕。实际上这也是一个人权问题。亚洲人的身体抵抗污染的能力并不比西方人强。他们不允许，我们也不允许。

关于创办法文杂志

赵：根据大家提出的问题，我也想提一个问题，请大家回答。如果我们编辑一本法文杂志《中国经济》或《中国改革》，赠送或出售，前途如何？能否成功？

穆萨·萨里夫·特拉奥雷：刚才本想问您一个问题，就是新闻办将采取什么样的措施来推动非洲国家了解中国的发展。我认为这本杂志的前景应该是很好的。不仅因为政府机构对加强与中国的交流感兴趣，而且我们的商人、从事贸易工作的人也会非常感兴趣。这样的一本杂志会使许多人受益。昨天有一个贝宁经贸代表团到中国来访问。他们发现，贝宁市场上从西方国家进口的产品比在中国卖的同类产品要贵5—6倍。如果有这样一本杂志给他们提供有关的信息，他们就可以从中国市场上直接购买这些产品。不仅商人会受益，而且消费者最终也会受益。

纽泽维拉：我认为这本杂志在非洲的前景会是很好的。我们有许多来自中国的新产品，比来自欧美的产品更有竞争力。例如，我们非常需要你们的医药。中国的医药产品特别好。我们的人民很喜欢中国的医药产品。我相信这本杂志肯定会赢得很多非洲国家的欢迎。我坚持强调，它应该用英、法两种文字出版，这样就可以涵盖我们所有的非洲国家。

社会保障体系的改革是一项很艰巨的任务

伊萨卡·苏迈拉：中国是不是也在社会保障体系上进行相应的改革？

赵：中国正在进行社会保障体系的改革。这是一项很艰巨的任务。如果社会保障体系不健全，就很难对国有企业进行改革。中国以往的养老等各项福利是由所在的工厂来承担的。但工厂宣布破产或改组后，职工的社会保障就应当由社会保障体系来负责。社会保障体系的基金来源有多种：职工本人按照工资每月缴纳一份保障金；他们所在的机构每月替他交一定的保障金；当地政府也担负一些。现在的困难是，这个制度刚刚实行，它的基金储备量较少。政府可以做担保，由银行给一些贷款，到将来积累较多时再偿还给银行。

亚洲人和非洲人并不缺少智慧

穆凯亚·基昂万比：主任先生，再次向您表示感谢。在我们访问结束返回各自的国家后，我们将更加关注中国发生的情况，更加关注中国政府将采取哪些行动，尤其是采取哪些与非洲有关的行动。我们对中国发生的一切变化都感兴趣，我们的眼睛始终注视着中国。过去中国和非洲国家都有共同奋斗的历史，但是非洲国家的经济目前还比较落后，所以非洲国家愿意和中国一道共同努力，一道进入新的世纪。

赵：我们对非洲各国的前途充满信心。亚洲人和非洲人并不缺少智慧，以往我们缺少的是机会。

面向21世纪的中国人

■（1999年9月2日在巴黎联合国教科文组织总部的报告）

我很高兴有机会和大家谈谈中国人。

理解一个人不容易，理解一个民族就更难。颇受中国人尊敬的戴高乐将军曾说过，人和人之间的距离比地球和月亮的距离还大，但我希望世界上不同国家，不同民族，能够克服地理上和文化上的距离，走得更近，走得更亲密。

最先使欧洲人了解到中国的真实存在的，是意大利旅行家马可·波罗，他描述富足、强盛、美丽的东方古国的游记，引起了无数欧洲人的向往和好奇。到18、19世纪，法国形成了“中国热”。19世纪法国著名作家戈蒂耶有一首诗就叫《中国热》，诗的大意是：“我心爱的姑娘在中国，住在细瓷塔中，在那鱼鹰出没的黄河畔。小脚可握在手中把玩，黄皮肤比铜灯还亮，每晚，她如同诗人一般，将垂柳和桃花咏叹。”这首诗向读者展现出一幅温馨的中国画，但有一句错了，“小脚”是不能入诗的。戈蒂耶可能并不知道，缠足给当时的中国妇女带来了极大的痛苦。

中国有56个民族，人口最多的汉族占92%，人口最少的民族只有2000多人。今天我向大家介绍的中国人，只能就这许多民族的共性而谈，要讨论这些民族的区别，应当另外开一场演讲会。

我打算以说明中国人在20世纪的100年中的变化，来说明当代面向21世纪的中国人。中国和中国人在这一世纪的巨大变化，是中国自有文字以来的3500年中，任何一个世纪都不曾有过的，今后任何一个一百年恐怕也难有能与之相比的变化。这些变化不仅是巨大的，而且是极其重要的。今天我想着重说明中国人思想观念的变化。

中国在20世纪有过两次革命，给人们的社会地位、生活习惯和思想带来了突飞猛进的变化。这两次革命，第一次是孙逸仙先生领导的辛亥革命，推翻了统治中国近300年的清朝，结束了中国封建主义社会。此后由于中国的军阀战争和外国侵略，特别是1931年至1945年日本的侵略，加剧了中国的半封建和半殖民地化。第二次是毛泽东领导的新民主主义革命，中国由此进入了新民主主义社会和社会主义社会。

邓小平所领导的改革开始于1978年，确定了中国以发展经济为中心任务。邓小平自己说过，这次改革具有革命的性质。20世纪的中国历史，使中国人认识到“坚持自力更生、艰苦创业”与实行“改革开放”不仅没有矛盾，而且是应当同时坚持的。中国由此进入了经济高速发展的时期，20年来中国GDP的年平均增长率为9.7%。大家知道，对中国命运有重大影响的邓小平等多位中国领导人，曾受到法国文化的影响。这一点是我应当提及的。

中国人是以落后与屈辱的面貌进入1900年的。20世纪初的一本荷兰字典将中国人解释为愚蠢的人、精神有问题的人。在1950年以前，也有人称中国人为东亚病夫。

那时的中国人可以用小脚女人来代表，中国人正是用这样一双畸形的脚挪入1900年的。那时妇女缠足的恶习在中国相当普遍，无论富人和穷人妇女都是如此。

今天中国人将以健康、坚实的步伐跨入2000年。中国人在世界运动场上能取得几项冠军，这在50年前是不敢想象的。有人说中国妇女的进步超过了中国男人，这也许是事实，排球、足球、体操、游泳都是中国女子跑在了前面。

我想由中国家庭和妇女的变化谈起，进而谈谈中国人的几个重要观念的变化。

中国的旧式家庭往往兄弟结婚之后仍住在一起，女孩子结婚之后自然就离开家庭。越是富裕人家，人口越多，并认为多子多孙是福分，一家有二三十口人也颇为多见。中国的儒家学说强调克制“个人主义”，鼓励“集体主义”，而家庭也是一种“集体”。儒家学说强调家庭的重要性，强调对家庭的忠诚至高无上，也强调家长的统治。因此，这样的大家庭中缺乏民主性，家长占有统治地位，往往也发生各种悲剧。年轻时留法的中国大作家巴金的小说《家》《春》《秋》对封建大家庭的破落有深刻的描述，这三部书已有法译本。1950 年之后这样的大家庭已较少见，现代则没有了，目前中国家庭平均人口为 3.63 人。但中国人对家庭的重视没有改变，家庭成员对家庭的责任感没有被削弱。中国平均家庭人口的减少，也和中国政府号召的家庭计划有关，中国目前的人口增长率为 9.5‰。有的大城市已出现负增长。

随着时代的发展和进步，中国人的观念也在发生变化。

过去中国青年男女结合主要靠父母包办，由此出现种种爱情悲剧。现在，婚姻则完全由当事人决定。还出现了电视征婚、广告征婚、婚姻介绍所等方式。在二十多年前，跨国婚姻是不可想象的，1977 年在中国留学的法国小姐奥迪尔与中国学生田力要求结婚，当时中国民政局竟不敢批准他们结婚。最后是邓小平先生点头，这对有情人才终成眷属。现在，中国有专门的跨国婚姻条例，保护中国公民与海外公民的婚姻。人们对婚姻质量的要求越来越高。长期以来，妇女必须从一而终等传统的婚姻观念如同一根根无形的纽带，牢固地维系着千千万万个家庭。改革开放以来，人们的生活方式趋向多元化，独立意识增强，夫妻双方在观念、需求、生活方式、感情等方面出现严重分歧时，往往会毅然解除婚姻关系。

中国教育的缺点在于过分重视考试分数，中学和小学的校长为了争取更多的学生考取名牌大学和名牌中学，不惜减少学生的课余时间也要给他们讲解更多的知识。由此，可以追溯到中国历史上长期存在的科举制度，那种制度注重死记硬背，而缺乏对学生的全面培养。中国政府已大力进行改革，将应试教育转变为素质教育，特别是加强培养学生的创造能力。

中国在 1900 年只有不足 10 所小规模的大学，现在有大学 1022 所。人们对子女能否上大学甚为重视，每年暑假对有孩子考大学的家庭来说，都是紧张的时刻。今年基于这种要求上大学的压力，中国政府要求大学招生数比去年扩大47%，达到153万名。中国大学绝大多数是国立的，民营的大学将会大有发展。

中国实行改革开放以前，多数学生选择自然科学，而学习经济、法律、政治的学生较少。年轻人的观念正在改变，今天大学招生中学习经济、法律、政治、文学、外语的学生都大幅度增加，对今后中国公务员的知识结构改变会有好处。择业观的改变，是由于中国市场经济发展引起的，在中国儒家典籍中，反复强调"君子喻于义，小人喻于利"(《论语·里仁》)。过去中国社会阶层的排列顺序是：士、农、工、商，商人是最没地位的。对商业和商人的轻视，导致中国社会长期以来市场经济不发达，阻碍了社会发展和进步。今天，随着市场经济的发展，中国人不但不轻视商业和商人，而且有很多优秀人才投身商海。

50年来，中国GDP增长了30倍，人均GDP增长了10倍。如今12天的国民生产总值相当于1952年全年的总值。改革开放20年来，城乡居民收入成倍增长。农村居民人均纯收入由1978年的133.60元（16美元）提高到1998年的2162元（260美元），城镇居民家庭人均可支配收入由343.30元（42美元）增加到5425.10元（660美元）。城乡居民储蓄余额近6万亿元（7300亿美元），这大体上接近中国一年GDP的总值。人们比过去有钱了，生活质量乃至生活习惯也开始变化。

过去由于经济发展水平的制约，中国人的消费支出中，食物消费所占比重一直非常大。现在，这种状况发生了明显转变。农村居民的恩格尔系数①由1978年的67.6%降低到1997年的55.1%，城镇居民的恩格尔系数由1978年的57.7%下降到1997年的46.6%。城镇居民食品逐渐开始讲究营养和风味的多样化。

我在1996年主持过法国达能（Danone）集团总裁吕布（Riboud）先生在上海的演讲，他提出了"口味的国际化"问题。这在饮食保守的中国

① 世界著名德国统计学家恩格尔1857年阐明了一个定律：随着家庭和个人收入的增加，收入中用于食品方面的支出比例将逐渐减小。这一定律被称为恩格尔定律，反映这一定律的系数被称为恩格尔系数。其公式表示为：恩格尔系数（%）= 食品支出总额 / 家庭或个人消费支出总额 ×100%。

尤其是一件很难的事。但今天，喝法国葡萄酒，已成为很平常的事情。顺便说一下，达能酸奶也已征服中国城市人的口味。

20年前，与其说中国人都喜欢穿一身蓝，不如说是由于收入的限制使然，当然也有思想观念方面的原因。1896年罗丹[①]的《吻》问世时，中国人是不可能欣赏的。上海一位画家在1914年第一次以模特教学生绘画时，引起了一场严重的社会风波。1982年一支已签了合同的法国服装表演队的中国之行没有成功。如今，中国的时装已开始引起世界的瞩目，中国的服装模特也开始获得世界大奖。“一季多衣”取代了过去的“一衣多季”。此外，美容化妆品在改革开放以前被认为是奢侈品，今天，巴黎香水、口红等外国高档化妆品在城市中随处可见。

中国城市居民的住房从1949年开始一直是由国家无偿分配的，居住者所出租金约为工资的5%。10年前中国开始试行住房制度改革，开始鼓励私人购买。由于建房资金多元化，人均居住面积成倍提高。城市居民人均居住面积由1978年的3.6平方米提高到1998年的9.3平方米，增长了1.58倍。农村居民人均住房面积由1978年的8.1平方米，增加到1998年的23.7平方米，增长了1.92倍。现在，购买私有住房开始成为新的消费热点和经济增长点。家庭装修普遍风行，住宅功能日趋完备，朝着舒适、美观、协调的方向发展。10%的城市家庭有了电脑，中国互联网的用户去年为250万户，今年6月为400万户，2003年末中国互联网用户达7800万户。

20世纪即将结束，中国人已有与全世界各国人民并肩前进的思想基础和物质基础。中国人将以完全不同于1900年的观念与姿态进入2000年。

法国18世纪著名的启蒙运动思想家伏尔泰，毕生对中国文化抱着浓厚的兴趣，并对中国文化给予高度赞美，他在促进欧洲人对中国文化的了解方面功不可没。19世纪法国著名作家巴尔扎克也是有名的“中国迷”，对中国文化的偏爱和欣赏，在他的小说中经常流露出来。如在长篇小说《幻灭》中，他大段叙述了中国的造纸和印刷术所用的原料、它的工艺产

① 罗丹（1840～1917），法国雕塑家。他的作品大多以人体表达信念，从身体的行动姿态表现出美学意蕴，以达到对个性的探索。《吻》是罗丹极负盛名的作品，取材于但丁《神曲》，深刻表达了热恋中的青年男女悸动心荡的激情。

品及其优于法国同行之处。他还撰写了洋洋万言的论文《中国，中国人》，表现了他对中国文化的热忱和欣赏。同样，中国人民对巴尔扎克的作品也非常喜爱，巴尔扎克的作品在中国的印行量远远超过了法国。

“经济全球化”已成为当今世界时髦的名词之一。大型喷气式飞机、通讯、互联网的发展使地球变小了。特别是全球贸易量和跨国界的直接投资的快速增长，无疑会加强世界各地人与人之间的相互依存。我确信人类文化的相互影响是有益的，不同文化的互补是主要的，而它们的冲突是次要的。面对21世纪，中国人愿意在人类的进步中与全世界携手前进。中国人期待着与法国人、欧洲人进一步开展更加卓有成效的合作。

希望我的演说能引起大家对中国和中国人更多的兴趣。

谢谢！

美国媒体有时像哈哈镜

■（1999年12月5日在北京接受美国之音采访，节录）

美国之音记者（以下简称记）：您曾经是上海市的副市长兼浦东新区管委会主任，浦东一系列的改革带动了上海，带动了全国。您认为未来50年的上海，在哪几方面会对整个中国的改革产生推动作用呢？

赵启正（以下简称赵）：上海市是中国最大的城市，它的地理位置十分优越。它是中国两个经济发达带的交叉点。一个是中国沿海的经济发达带，另外一个是长江流域的经济发达带。在浦东开发之后，上海的经济得到了更健康的发展。中国已经逐步成为世界经济中的一个重要角色，它的国际贸易量更是国际经济中不可忽略的重要部分。在经济全球化的过程中，中国当然需要加强和世界各地的交往。世界各国政治的交往是通过首都进行的，而经济交往往往是通过最重要的经济城市进行的。像美国纽约、芝加哥、洛杉矶都是进行国际经济交往的城市，欧洲是伦敦、巴黎、法兰克福。在中国应当是哪里呢？目前中国进行国际经济交往最重要的城市一个是上海，一个是香港。而香港实行的是"一国两制"，它的制度和上海不同，它们之间在许多方面是互补的。

您问未来50年上海会对中国的改革产生什么样的推动作用，这是一个很大的题目。我想它首先是中国和国际经济交往最重要的接触点之一，它对于世界、世界的金融流动将有重要意义。当然从长远看，中国不仅引进外国的高科技和资金，今后也会输出中国的高科技和中国的资金。上海的教育、人才积累在中国也是名列前茅。在这里会产生一些能够懂得世界经济法律和国际操作的人士，这些人在中国内部也是流动的，它会向中国其他地区输出人才。所以可以说，对于整个中国来说，上海也是一个很重要的经济城市，它的这种推动作用对外和对内都是长远的和有力的。

文化的多元化是事实，这是不能回避的

记者：您觉得 WTO 协议的达成会促进美中关系的良性发展吗?

赵：我想一定是这样的。

记者：我们也关注到，实际上 WTO 协议的形成也是两国的领导人、两国人民、两国经贸界的交流的一个成果。在交流中由于文化的不同，好像也出现一些很有意思的细节。举个例子，当江泽民主席访问美国的时候，因为克林顿是一个大个子，他用的话筒比较高，当江主席讲话时，他就弯下腰来给江泽民主席调整话筒。江泽民和朱镕基他们是一代不同以往的领导人，英语都比较不错，而且江泽民有时候又弹钢琴、朗诵古诗、背名言，他们能以这样的方式来和美国领导人、外国领导人沟通。外边的观察家认为江泽民懂得和西方沟通的一些方式，我们觉得这是一个很大的本事。

赵：江泽民主席访问美国、克林顿总统访问中国，都取得了巨大成功，这是双方的人民和媒体所持的看法，没有什么异议。克林顿总统亲自为江泽民主席调整话筒和演说台的高度，这一点中国观众的反应很好，认为这是很亲善、很友好的表现。国家交往往往是领袖个人交往来促进的，所以领袖的魅力、风格对于这种交往的作用很大。江泽民主席在他担任国家主席职务之后，中国对外的交往、他对外的访问是很频繁的，也是很见效的。我想这都受到了被访国家和中国人民的支持。

至于文化的区别，最近有很多讨论，如美国一位教授的关于东西文化冲突的书被译成了中文，各方面也有不同的反响、不同的见解。我个人认为，文化的多元化是事实，这是不能回避的。那么它是起促进的作用还是起阻力的作用？我想还是起促进作用为主，起阻力作用为次。因为不同的文化好像是不同的圆圈，它们有一部分是重合的一致的，有一部分是不重合的。不重合部分加起来，比所有的圆圈全部重合起来面积

要大，只保留重合的部分，就丢掉了许多人类的财富。

美国国会的议员们是通过美国媒体看中国的

记者：如何让美国的政界朝野人士客观地看待中国的改革事业的进步，如何让美国更深入地了解中国，中国是否在考虑应该建立一个民间形式的机制来推动这方面的工作？

赵：美国国会和中国全国人民代表大会之间的交流以往是少了点儿，但是近些年有所改善。前两周，中国全国人民代表大会派出了代表团，团长是中国全国人大外事委员会主任曾建徽先生，他带了一个有很多重要人物参加的全国人大代表团访问了美国国会，访问时间将近两周。据我所知，他和美国国会进行了多次座谈，和媒体进行了接触，也有很激烈的争论。但是，这些争论都是有益的。因为，首先你要知道对方的观点，然后再提出自己的论据和找到共识之处，可以要求对方解释和说明。这里涉及的问题很多，中美关系中最大的障碍是台湾问题。WTO 现在已经解决了，贸易逆差问题不能算大问题，还有对中国人权问题的一些指责等，都可以进行广泛的交流。

记者：今后会不会再派遣第二个代表团呢？

赵：我想会不断派遣的，但是我特别希望美国国会的议员先生们，众议院也好参议院也好，也多到中国来。美国国会很多时候对中国内政发表看法，并且不断地通过一些对中国有所指责的提案。但是我想，投票反对中国的议员中，相当多的人对中国的了解是不够的，他们是通过美国媒体来看中国的。而美国媒体绝不像有人以为的是很清楚的平面镜来反映现实。我觉得，这面镜子有时是一个哈哈镜，虚像是变了形的。所以我想，中国问题是重要问题，中美关系又是重要的课题，他们应该到中国来，我们欢迎他们来。不仅中国全国人大欢迎，我们的政府也欢迎。所以中美交往应该有政府交往、国会交往、名人交往、民众交往、学者们的互相往来，还有媒体交往。我觉得媒体交往也很重要。据我个人的经验，凡是来过中国的人在临走的时候都会说一句话："与我原来的想象不同。"是比原来想象的更坏了还是更好了呢？都说比原来的想象要好。

对美国国会议员要有所区分

记者：“百闻不如一见”，正常访问是一个方式。美国国会议员产生的方式实际上和中国大陆还是有相当大不同的。许多议员是由当地人选出来的，有的确实对国际事务了解不多。据我们的资料，大约有50%的国会议员没有护照，就是说他们没有到国外访问的经历。但是，国会议员有时批评中国的人权问题，我觉得其中大部分人是出于一种对人权的维护。主观愿望上是希望中国大陆能够不断地向着繁荣的、民主的、统一的方向走，老百姓能够不断享受更多的权利。

赵：恐怕我不能够完全同意你对美国国会议员的评价，说他们都希望中国享有民主、自由。我觉得对他们要有所区分，有的议员并非抱着善意和好感，甚至是先有了一个不好的结论，然后勉强地用政治观点来证明他对中国的错误论断。对于这样的议员，我们仍旧欢迎他到中国来。这样就可以克服他们的一些偏见。中国全国人大常委会委员也就相当于美国的议员了，可以说几乎百分之百的人都有相当的国际知识和出国经历。我想，通过交往必能达到新的进步、新的了解，会促进和谐的关系。

未来的中美关系是很重要的

记者：最近，美国各党的总统候选人都坚决地、不断地表达自己对对外政策的一些看法。我们比较关注美国民主党候选人布莱德利，他是美国NBA球队的一个有名的球星，他自己还是剑桥大学的访问学者。他谈到自己的对外政策时认为，美国民族、美国民众正在经历孤独的感觉，所以在未来的政策中要强化和世界各地的交流，要避免孤立主义[①]。美国前总统乔

① 孤立主义，20世纪二三十年代美国奉行的外交政策，不卷入与当时的热点地区也就是欧洲地区的任何纠纷。

治·布什曾经在得州大学的一次演讲中反复强调，未来美国对外关系中，美中关系是最重要的关系。请您讲一下未来50年美中关系为什么重要？美中关系会发展到怎样的一个状态？

赵：美国和孤立主义这两词的联系有两次，一次是1941年“珍珠港事件”①。爆发前，欧洲和亚洲都已经打起来了，美国置身于战火之外。罗斯福总统说，美国是孤立主义。而“珍珠港事件”爆发之后，美国打破了孤立主义，以后又签署了《大西洋宪章》②。这样使美国参加了反法西斯战争。那个孤立主义和现在的孤立主义相比，好像一个影子又回来了。但是这次和60年前的孤立主义不同了。布莱德利说的孤独主义原文我没看过，但我想，美国在处理国际事务的时候，如果以美国自己的主张为主，而不征求联合国和世界各国的意见，这种孤独主义是一种新的孤独主义，无论如何应当避免。如果是指这个含义，我觉得他说的是对的。中美关系多么重要，我觉得可以这样看，美国占全世界财富的27%，并且现在又连续104个月经济呈正增长；中国人口占全世界21%。就是说，五分之一的人口在中国，四分之一的财富在美国。这两个国家的关系如何，既影响这两个国家本身，也影响周围的国家。可以这样说，很多国家是看美国的脸色行事，是跟着美国的。在欧洲也有，在亚洲也有。但是也可以说，中国也有它的影响，也有很多发展中国家对中国很友好，也参考中国对美国的态度。所以这两个国家的关系如果处理得好，对下一个世纪，不仅是50年而且是100年甚至更长都会有影响。

---

① 1941年当地时间12月7日凌晨，由6艘航空母舰上起飞的日本353架俯冲轰炸机、鱼雷机和战斗机偷袭位于珍珠港的美国太平洋舰队基地以及位于夏威夷欧胡岛其他地方的美国空军基地，美方损失惨重，史称珍珠港事件。

② 1941年8月14日，美英两国首脑罗斯福和丘吉尔签订了《大西洋宪章》，其主要内容是：两国不追求领土或其他方面的扩张；不同意未经有关民族同意的领土变更；尊重各民族自由选择政府形式的权利；促成一切国家在经济方面的合作；在纳粹暴政被摧毁后，重建和平，以使人类自由生活，无所恐惧，不虞匮乏；各国必须放弃使用武力。

对中国最有影响的德国伟人是马克思和恩格斯

■（2001 年 9 月 17 日在柏林亚太周[①] 开幕式上的讲话）

在美国遭到恐怖分子袭击不到一周的今天，我们通过这个文化交流项目来促进世界的和平与友谊具有特殊的意义。此时此刻，我和美国人民、德国人民具有同样的心情。

我在上海工作期间，在那里也建立了一座与纽约世贸中心同样高的大楼——金茂大厦，其设计、建筑和管理有许多相似之处，两座大楼曾有许多交往，如今她失去了一个好伙伴。

现在，我们不仅正在体验这次恐怖事件所带来的直接的灾难和痛苦，还要关注人类社会对维护未来世界和平与国家安全，需要进行什么样的思考和采取什么样的行动。

本次亚太周活动得到了中德两国政府的高度重视。

中国与欧洲，中国与德国的文化交流源远流长。15 世纪 70 年代，《马可·波罗游记》在德国出版，将中国第一次展现在德国人面前。当时，中国的四大发明之一的造纸术曾对德国产生重要影响。最早接近中国的德国

① 柏林亚太周是柏林市政府发起的两年一届的大型国际性综合活动。第三届柏林亚太周于 2001 年 9 月 17 日至 30 日举行，中国是这一届的主宾国。由国务院新闻办公室牵头，组织有关部委和省区市推出了文化类、经济类和地方性项目 30 多个。这次活动对德国各界了解中国、增进中德之间友谊和合作起到了积极作用。

人是出生在莱茵河畔科隆城的冯·贝尔，他曾为中国朝廷设计数学、光学、力学仪器而受到三位中国帝王的赏识。被德国人称为中国文学翻译大师的库恩，曾因翻译中国的《红楼梦》《三国演义》《金瓶梅》等多部古典文学名著，被德国联邦总统授予中德文化交流勋章。两国的文学名著相互翻译和出版，促进了两国人民的了解。

中国人民对德国哲学、文学、音乐和科学成就十分钦佩。提起德国，不仅使人想到康德、黑格尔，也会使人想到贝多芬、巴赫、歌德、席勒、海涅，还会使人想到爱因斯坦、伦琴①、莱布尼茨②。不言而喻，对中国最有影响的两位德国伟人是马克思和恩格斯。

中德两国人民在长期的文化交流和交往中，不仅推动了两国人民的友好合作，同时也结下了深厚的情谊。正如中德文化交流的开拓者和奠基人之一莱布尼茨在出版他的《中国近事》时所说的那样，在中德两国人民之间建立了真正的伟大文化情感的交流。

中德的经济往来也堪称楷模。近20年，德国在中国的投资项目，以高技术、规模大、产品质量高、售后服务好而著称。

我们希望这次文化周能向德国人民再打开一扇了解中国文化的窗口，通过这样的文化交流架起增进中德两国人民相互理解和沟通的桥梁，推动两国友好合作关系在新世纪里取得更大的进展。

最后，预祝柏林亚太周圆满成功。谢谢大家。

---

① Roentgen W.K.（1845—1923），20世纪最伟大的物理学家之一，1895年发现了X射线，这一发现开创了人类探索物质世界的新纪元，伦琴因此于1901年荣获首届诺贝尔物理学奖。

② Leibniz G.W.（1646—1716），德国自然科学家、数学家、哲学家。

中国人为民主奋斗了一百多年

■（2002 年 3 月 29 日在北京会见瑞士新闻代表团的谈话）

问：瑞士企业在上海的投资有多少？你认为瑞士的中小企业是否适合到上海投资？

赵启正（以下简称赵）：我手头没有瑞士企业在上海投资的最新数据，但可以询问上海有关方面然后答复你。[①] 瑞士，包括其他国家的中小企业来中国投资的比较少，主要困难在于他们没有足够的力量在中国作市场调查，需要瑞士商会和其他咨询公司的帮助。瑞士罗氏（Roch）制药厂是在华投资比较成功的例子，它们来到中国的时间较早。我当时用了一个例子来说服他们：1994 年，世界医药品市场价值 2200 多亿美元，中国只占其中的 3%，但中国的人口占世界人口的 21%，可以预见中国的医药市场潜力很大。

瑞士生产的产品质量好，但价格高。以前中国人的购买力低，但现在情况不同了，相当一部人已经富裕起来，可以更多地购买瑞士产品了。像瑞士传统的机械手表曾一度被忘记，但现在又开始走入中国人的生活，一些讲究品位的中国人又开始选择瑞士手表了。

---

① 在会谈当中，赵启正即时通过电子邮件将从上海方面了解到的有关数据当场通报给对方：到 2000 年底，瑞士在上海的投资合同外资 13.42 亿美元，占上海外资的 2.47%，共有 98 个合同项目，占外资项目的 0.39%。瑞士是中国在西欧除欧盟以外最大的贸易伙伴，2000 年，中瑞贸易额达 22.09 亿美元。记者们对如此快的回答十分惊讶。

中国媒体对瑞士的高科技产品报道较少，主要是缺少信息来源，如果你们能提供更多的信息，中国的媒体会很愿意报道的。

问：部长先生是主管新闻的官员，你对中国对外公布数字的透明度问题怎么看？许多人认为中国公布的数字与实际数字有不小的差距。

赵：我个人认为，中国政府在对外公布数字时，绝没有有意地公布虚假数字来欺骗公众和媒体，但中国全民受教育水平还比较低，受过高等教育的人只占总人口的3.5%，与西方发达国家相差10倍左右。由于各地统计工作者素质的差异，有些地方做不到准确地统计数字。个别地方基层官员，为显示政绩弄虚作假的现象也存在，这种情况一经发现，这些官员会受到惩处。另外，中国在统计方法上也有与国际惯例不一致的地方。如工厂未售出的库存商品会按生产时的价格，而不是当前的市场价格计算。有些企业所在地和注册地不一致，可能其产值被重复计算。观察中国经济运行情况可以参考如能源消费指数等其他数据指数来印证。

问：按美国的说法，美国对华贸易逆差达40%。美国现在实行严厉的贸易保护政策，如近期采取的限制钢铁进口的措施，你对此有何看法？

赵：布什总统上台以后，强调美国利益，实行色彩很浓的保护主义。我们称之为单边主义，有的亚洲朋友称之为美国主义。有关美国对华贸易赤字问题，我们与美国的计算方法有所不同，如美国将从香港转口的货物增值也包括进去，这是不合理的。在美国，像我身上穿的这件衬衫只卖8美元，但在纽约的旅店里洗一件衬衫就需要18美元，可见中国产品对稳定美国的物价是作了贡献的。另外，美国在卖给我们计算机时，只卖低档货，高档的不卖，这说明美国自身对贸易逆差也是负有很大责任的。

问：近几年中国经济增长速度很快，在经济增长的同时，中国面临哪些挑战？

赵：中国在很多方面都面临挑战。经济结构需要调整，生产效率需要提高，农业人口过剩，应该创造新的就业机会。中国加入WTO以后，国外廉价的农产品会对国内的农业产生很大冲击；工业方面要增加高科技产业的比重；国有企业需加速改革，以现代企业制度进行管理；国有银行要进一步商业化。中国银行商业化水平不高，关于这一点，早在1994年，我就和瑞士联合银行的先生们讨论过。

问：一些国家反对全球化，1999 年 11 月底至 12 月初，世界贸易组织（WTO）的部长级会议在美国西雅图召开，因内部缺乏信任基础、立场严重分歧，外部又遭到当地工会和环保组织的抗议示威而宣告破裂。其间曾发生了大规模抗议全球化的活动，请问中国会不会对全球化发生类似的抵触，这种抵触会不会引发社会问题？

赵：中国对经济全球化已引起的和可能引起的问题，一直在仔细观察。全球化的势头是不可阻挡的，因此要积极迎接挑战。对外开放对中国是有利的，中国不会出现像发生在西雅图那样的激烈抗议。中国经济发达的东部对加入 WTO 持欢迎态度，但西部地区有些担心。中国政府会帮助西部的。

问：现在互联网越来越普及，使用英语也越来越多，这会对中国的本国文化造成什么影响？你们是否有这方面的担心？

赵：整个互联网上中文的内容大约只占 4%。为了中国的发展，我们也必须去学习英语，由于英语的逐渐普及，西方文化也更多地进入中国。我们会对西方文化加以区分，吸收其中的精华部分。截至去年 12 月，中国人自己建立的中文网站大约有 45 万个，中国互联网用户已达到 3300 万。我们保护和发展中国传统文化的对策，一是要加强中文网站的内容建设，二是对优秀的网站充分推荐。

问：中国的互联网用户越来越多，据称，到 2008 年，北京的每个家庭都会接入互联网。如果这样，用户会很容易从互联网上看到他们想看的信息，这种新闻自由化的趋势对中国的新闻控制有何影响？

赵：中国人通过阅读国际新闻可以进行比较，会更清楚中国在世界上的地位，更好地为自己的国家服务。记者和编辑也要正确理解什么是新闻自由，主动承担对社会的责任。要避免虚假新闻。中国政府鼓励媒体揭发官员腐败问题，中央电视台有一个栏目叫“焦点访谈”，揭露出来的问题有关部门都会予以处理。中国新闻自由的着眼点是能否符合人民利益。中国公开发行的报纸有 2200 种，有近 400 家电视台 2000 多个频道，政府没有，也不可能控制这么多的媒体。

问：我们看到中国的经济正在发展，中国的这种经济发展与资本主义有何区别，中国最终的政治目标是什么？

赵：我们的目标是建设中国特色的社会主义。中国共产党和中国政府代表的是人民的根本利益，而非某一阶层的利益。在经济上实行混合经济，以公有制为主，对那些关系到国计民生的重点企业实行国有控股。外交政策方面，维护世界和平，谋求各国共同发展。

问：你认为市场经济的发展与民主是否有联系？

赵：有联系。中国经济越发达，中国的社会主义民主也会越发达，民主首先是一种思想，只有人民有了这种民主思想，才能有民主的操作。中国人向往民主，为民主奋斗了一百多年，没有民主的国家不会成为一个强大的国家。中国人拥护现在的执政党，这也是历史的选择。

亚洲不能依靠外国的媒体来表达自己

■（2002年4月13日在博鳌亚洲论坛上的讲话，节录）

“媒体的全球化”在中国是一个比经济全球化还要时髦的名词，它的定义比经济全球化还要众说纷纭，在定义不清的前提下，就提倡媒体全球化是危险的。有专家们讨论，意见很不一致，如果是指信息传播的全球化，随着卫星技术和互联网技术的发展，信息传播全球化日趋发展确是事实。在这当中各国都从中受益，但也要防止外来文化逐步淹没本国的传统文化。有数据说明，当今世界新闻信息流中，三分之二的内容来源于只占全球人口七分之一的发达国家，在发展中国家报纸新闻中来自发达国家的信息占60%，在91个传播西方节目较多的发展中国家，广播、电视和西方通讯社的信息和节目占总量的55%，有的高达75%。信息来源与经济实力大有关系。亚洲国家的声音比其在全球中应有的声音实在是太小了，亚洲不能依靠外国的媒体来表达自己。新闻比起经济来，与国家的利益、文化传统、价值观、宗教更加密不可分。在新闻传播的全球化趋势中，我们应提倡新闻和信息的多元化。

我曾与CNN的特纳先生谈论过，一个摄影师在采访一个国家时，假使这个国家七处鲜花，三处垃圾，摄影师用七分钟拍垃圾，三分钟拍鲜花，受众就会认为这个国家充满垃圾。他同意我的看法。因此亚洲各国表达自己就要建立自己强大的新闻媒体，报道本国的真实情况和发表维护本国利益的评论。亚洲各国还没有英国的 PEARSON（PLC 皮尔森集团，又称培生集团，英国传媒和教育集团的简称）和美国 AOL 美国在线（American on line 的英文简称）、TIME-WARNER（美国时代华纳集团），没有 NEWS GROUP 澳大利亚新闻集团、CNN，也没有 VIACOM 维亚康姆（美国传媒公司），今后会有，我们期待着。

回忆 1997 年亚洲金融危机时，有些西方媒体将一切过错归罪于亚洲各国的价值观和发展本国经济的独特方法。今天已经得出结论，当时他们的很多观点是错误的，其原因在于那些建议并不符合受援国的国情。

谈到媒体的发展，就不能不谈到互联网。中国政府对互联网的发展持积极态度。近年来，对互联网建设大量投资，全国大部分地区已经铺设了光缆。中国上网用户已达 3300 万，WWW 站点数约 28 万个，中国国际出口带宽 7.6G。而用户集中在北京、上海、广州，上述地区的使用人数占 25% 以上。这些数字表明中国互联网发展的潜力巨大。

在亚洲互联网的发展也是不平衡的。在亚洲互联网较为普及的是韩国、新加坡和日本，他们的使用者已达 40% 到 57%。我们还注意到全世界互联网 95% 的使用者在经合组织国家（OECD）。我们还注意到互联网的总内容中，英语占 68.4%，而汉语只有 4%。亚洲其他国家的文字所占比例也很有限，这正是我们所需要努力的。亚洲在 IT 时代要争上游，不要像在蒸汽机、电力、无线电、原子能、航空时代那样落后几十年乃至上百年。因此亚洲国家要加强 IT 技术的合作，包括努力掌握其核心技术。

亚洲国家的第二个迫切任务是，增加本国文字的内容，为本国使用者服务，在互联网发展中保留和发展本国文化。当然，我们也需要用英语向西方介绍本国发展，为建立亚洲良好的舆论环境服务。中国已建十几种外语网站、38 种外语广播，外国使用者的点击率与日俱增。

优先发展与亚洲各国经济合作关系，是中国的一贯政策，优先发展与亚洲各国媒体合作，也是中国长期的方针。我们欢迎世界各国传媒客观公正地报道中国情况，中国必将为推动亚洲乃至世界的新闻传媒事业发展作出贡献。

中俄永做好邻居、好伙伴

■（2003 年 8 月 20 日在圣彼得堡斯莫尔尼宫的演讲及答问）

今天，我们从遥远的东方来到美丽的涅瓦河畔、波罗的海之滨，举办“中国周”活动，共同庆祝伟大的圣彼得堡建市 300 周年。在此，请允许我向圣彼得堡人民表示最诚挚的祝贺！

圣彼得堡是一座美丽而神圣的城市，是一座人文荟萃的城市，也是一座英雄的城市。它与俄罗斯和苏联历史上许多著名事件紧密联系在一起，特别是第二次世界大战期间，列宁格勒城市保卫战神圣的 900 天，建立了反法西斯斗争的英雄业绩，赢得了世界人民包括中国人民的尊敬。肖斯塔科维奇的《第七交响曲》，又名《列宁格勒交响曲》，作于 1941 年。当时列宁格勒正遭受德国法西斯军队围攻。此曲以这场战争为题材，热情颂扬了苏联军民的英勇抗战。至今仍活跃在中国的音乐会和无线电广播中。

在第二次世界大战期间，中国军民进行了艰苦卓绝的战斗，中国战场牵制了大部分日本陆军，苏联和其他盟国一道对中国的抗战给予了有力的援助。苏联曾向中国派来了近千名志愿飞行员，直接参与对日军的作战。他们对敌人的后方进行了猛烈的轰炸，为保卫中国的重要城市作出了重大贡献。他们驾驶的飞机击沉了大量的敌方军舰和运输船，击毁大量的敌机。在这些战斗中，有 200 多名苏联飞行员为了中国人民的抗战事业而英勇牺牲。1945 年 8 月 8 日，苏联政府向日本宣战。8 月 9 日凌晨，苏联参加对日作战，为促进日本侵略者的早日投降，创造了极为有利的国际环境和条件。中国人民没有忘记那些为中国的抗战而牺牲的苏联战士，在中国的大连、长春等地，每年都会有许多中国人到当地的苏军烈士墓前表达怀念之情。在那抗击侵略者的艰难年代，40年代苏联卫国战争时期的文学作品，如西蒙诺夫的《日日夜夜》、列昂诺夫的《侵略》、肖洛霍夫的《他们为祖国而战》等，使曾与侵略者进行殊死抵抗的两国读者的心连在一起。

1949年中华人民共和国成立后，苏联是第一个承认新中国的国家。苏联还一直积极支持在联合国恢复中华人民共和国的合法权利。在经济领域，在50年代，苏联曾帮助中国设计和建设156个工业企业，提供了几十亿卢布的低息长期贷款，向中国派遣了1万多名专家，这些都对加速中国社会主义建设进程起到了极大的推进作用。

中华人民共和国建立后，翻译俄国文学达到高峰。据统计，1949年至1958年的10年间，中国共翻译出版俄国文学艺术作品3500多种，总印数8000多万册。从1949年到1985年，已有5000多位俄国古典和现代作家的作品被译成中文，基本上覆盖了俄国古典文学和苏联各民族文学中的代表作。苏联文学作品在中国人民中间有着千千万万忠实而热心的读者。这些作品影响了许多中国人。俄罗斯电影中冬宫的宏伟与华美，使中国人赞叹不已。而柴可夫斯基等俄国音乐家创作的具有强烈民族特色的旋律，使中国人民听到了俄罗斯民族的心声，温馨浪漫的《莫斯科郊外的晚上》，充满诗情画意的《红莓花儿》，低沉悲凉的《伏尔加船夫》号子，奋发昂扬的《喀秋莎》，舒缓优美的《天鹅湖》，至今还受到中国人的喜爱。我特别记忆着曾沦为英国管辖的香港，在回归中国的那天夜晚，维多利亚港湾上空迸发着盛大礼花的时候，响起了柴可夫斯基的《1812年序曲》。1812年，法国拿破仑大举伐俄，是年冬，法军大败于莫斯科。本曲为纪念这次战争胜利70周年而作，我在此地、此时想到没有更好的交响曲能代替它了！

进入20世纪80年代后期，双方在许多问题的认识和处理上努力求同存异、优势互补，使两国关系逐步走向成熟。十多年来，中俄两国高层互访频繁，建立了从国家元首、政府首脑到各部委的会晤和磋商机制，基本解决了历史遗留问题，政治、经济、军事、文化和科技等领域的合作日益发展，双边关系从互相视为友好国家、发展建设性伙伴关系、确立战略协作伙伴关系到签署《中俄睦邻友好合作条约》，连续跨上四个台阶。

在中俄友好合作关系顺利发展的背景下，中俄文化交流日趋活跃。据中国统计，从1999年到2002年4年间俄国有285个文艺团体赴华演出，在中国虽然票价昂贵，但往往座无虚席。圣彼得堡的芭蕾舞团的演出，有观众从半夜就去排队购票。有些遗憾的是，同期中国赴俄只有30个文艺团体，相差近10倍！我们正在分析造成这种不平衡的原因，中国政府将进一步鼓励中国文艺团体访俄，也希望俄国政府和文化界给予支持。

中俄两国人民之间存在着深厚的传统友谊，这是我们在新的世纪发展中俄友好关系的良好基础。中俄两国互为最大邻国，有着世界上最长的陆地边界。中俄都是世界大国，同属安理会常任理事国，在国际事务中有着重要影响。中俄经济结构和资源存在差异，因此更具互补性，加之两国的深厚的文化沟通的背景，这就更为两国合作提供了巨大的潜力和新的机遇。

中国愿意同俄罗斯一道，站在面向21世纪的高度，把两国关系提高到一个崭新的水平，使两国精心培育的睦邻友好关系继续发展下去，传给我们的子孙后代。中国愿意永远做俄罗斯的“好邻居、好伙伴、好朋友”。

向世界说明中国的能力是重要的“软力量”

■（2004年5月13日在清华大学的演讲，节录）

影响一个国家发展的不外乎内部因素和外部环境。影响我国发展的内部因素有政治制度（即中国特色的社会主义国家）、文化传统、人民素质（如平均教育程度）、经济结构、自然资源等。内部因素是一个国家发展的基础。外部因素有政治环境、军事环境、经济环境、文化环境、舆论环境等。

随着经济全球化和信息技术的发展，各国政治、文化方面的交流不断加深：外国人到中国来，带着他们的文化来；我们走出去，带着中国文化去。互联网发达了，再加上学外语的热潮，文化的国际传播大为方便了。

中华文化，博大精深。可是今天，我国的其他产品贸易总体上出超，但文化产品贸易却是严重入超。索尼娱乐公司把美国的《美女与野兽》引进中国时，其经理跟我说：“中国的演员是一流的，舞台美术是二流的，文化产业经营却是三流的。”这是说我们不太善于经营，缺少有国际营销能力的文化产品公司，也没有跨媒体的大集团公司。中文是世界上使用人口最多的语言，又是使用国家最少的语言之一。在世界上中文不如英文普及，也是我们文化传播中的一个劣势。

舆论环境，这是我们今天讨论的主题。以往人们并不特别重视舆论环境，或者只把它视为文化环境中的一部分。其实自国际社会形成时，国际舆论就诞生了。一个国家、一个民族、一个政党、一个公众人物的国际形象，存在于国际舆论之中。人有“人缘”，国则有“国缘”。“国缘”好的国家，在世界上影响力就大，被信任程度高，为了本国利益的国际运作，付出的“成本”就低。可是“国缘”犹如“人缘”一样，并非与该国、该人的实际品质一致，这就是舆论的偏差所致。

一个国家传播本国政治、经济、文化信息的能力，引导国际舆论的能力，都属于小约瑟夫·奈①定义的“软力量”范畴。软力量不是通过军事、经济实力强制，而是通过吸引别人，来达到别人认可的一种能力。当今强大的国家除了日常的对外传播工作之外，还有国际行动，小至促进联合国通过一个提案、领袖出访，大至要发动一场战争，都必是“兵马未动，舆论先行”。

国际传播力量是“西强我弱”，西方以富有经验的人力和强大的物力输送他们的价值观，像美国之音、自由亚洲广播电台更是专门面对我们，以一种意识形态的对抗姿态，传播不实信息，干涉我国内政和妨碍我国的“和平统一,一国两制”的政策。

在经济全球化、世界多极化的背景下，信息的需求倍增，又正巧数字化的通信技术连续取得重大进展。有了需求，有了技术基础，当今世界进入了国际信息大传播的时代。

在国际新闻流动中，西方媒体处于垄断地位，他们的涉华报道，对世界上大多数地区，比我们的媒体的报道传播得广，影响也大。西方对华舆论也表现得很复杂：总体上看承认我国经济的发展，也及时报道我国的重大时政信息；但在选题上和评论上则往往带有强烈的负面色彩。从他们的意识形态和商业利益出发经常炒作甚至制造一些中国的热点问题。

面对世界上许多国家的人民对中国真实情况所知不多，给了对中国抱有冷战思维残余的舆论制造者歪曲中国的机会，我们就更应该努力向世界说明中国，这是我国建设社会主义强国的需要，是改革开放的需要。如果

① 小约瑟夫·奈（Joseph Nye Jr.），美国哈佛大学肯尼迪政府学院院长，著名国际关系学者，曾任美国国防部负责国际安全事务的助理国防部长。他提出了“三维棋局”和“软力量”等观点，著有《美国霸权的困惑》等。

世界不了解中国，中国的改革开放就会遇到障碍。这也是在激烈的国际竞争中赢得主动的需要，是维护我国人民的最根本利益的需要。

我们对外说明中国的能力是我国重要的“软力量”之一，是我国综合国力的重要组成部分。胡锦涛同志曾经说过，随着我国对外开放的不断扩大和国际交往的日益频繁，切实做好对外宣传工作，对维护我国的国家安全稳定，对实现我国的新世纪新阶段的战略目标越来越重要。

我们已经具备一些做好对外传播与沟通工作的有利条件：我国的综合国力持续增强，国际地位提高，国际社会对我国信息的需求增加。国力增强后，我国在对外传播与沟通方面的投入也能够相应增加。经过这些年的努力，我们也有了对外宣传的初步经验。

我国的对外宣传要进一步丰富内容、改进方法，要多种渠道并行：

做好新闻发布会。新闻发布会是国务院新闻办公室的一个日常工作，目前约每周一次，请各部部长介绍各领域发展情况，介绍新的政策，回答有关中国的问题，报道突发事件。这些新闻发布会，国内外记者参加踊跃，其中 80% 的发布会的内容都能列入国外几大通讯社的当日重点新闻。新闻发布制度正在扩大到中央各部和省市政府。

发展互联网。中国的网民现有 8000 万，受众面广，而且成本较低，效果较好，时效性强。有多种外文网站，丰富内容是当务之急。

改善对外广播。我国有 40 种外语广播，问题在于改善远距离传播的落地效果。

外文书刊。除本办系统的外文杂志外，各边疆省区都有邻近国家文字的外文杂志。中国出版的外文图书质量和数量都在逐年提高。

文化交流。每年都有中国文化周或文化年在一些国家举行，起到了促进交流和增进友谊的作用。

国家发展、社会进步是外宣的基本资源，国家越进步就越有话可说。但也要注意谦虚，我们是发展中国家，人均 GDP 还只是世界平均值的五分之一，也有许多前进中的困难。不要把话说得太满。正如小平同志所说，我们不要吹，越发展越要谦虚。中国发展了，实现了目标，就实现了社会主义优越性。中国这样搞下去，影响就会很大。对外表达中国不只是专业部门的事，广义上讲应是每个中国公民的义务，国民素质的提高自然有助于国家和民族的形象的提高。中国进步了，对外沟通的内容与形式也要进步。

凡是有利于中国的事，就要努力去做，要按中国实际去讲真话，要了解外国人的需要，要按照不同受众的知识背景和思维习惯去写、去说、去演。要使我国的声音和国际形象与我国的国际地位相称，我国对外宣传工作需长期努力，任重而道远。

中巴合作前程似锦

■（2004年11月4日“感知中国”文化周之际写给巴西朋友）

历史告诉我们：1810年，曾有一些中国茶农漂洋过海到里约热内卢，开创了中巴两国人员早期交往的历史。据说，因种种困难，这些中国茶农用血泪和汗水种植、培育的茶树并没能在巴西成林，但是他们却将中文“茶”的发音融入巴西的葡萄牙语中，让我们至今感受到这段历史的鲜活。

从那时起，将近200年的时间过去了，巴西和中国的历史都发生了翻天覆地的变化。巴西人民摆脱了殖民统治，逐步走上了民族自强的发展道路。巴西是一个资源大国，有着发展经济的得天独厚的自然条件：丰富的矿藏资源，种类繁多的植物，世界最大的热带雨林，多样化的能源资源，石油蕴藏量居世界第15位，丰富的水利资源，都令世界惊叹。巴西还有独特的自然地理和历史条件，从而拥有令世人羡慕的旅游资源优势。勤劳、智慧的巴西人民充分开发和利用了他们的资源优势，创造出了巴西经济发展的奇迹。今天，巴西已经成为拉美第一大国，其国内生产总值位居世界第11位，成为全球具有最大发展潜力的新兴工业化国家之一。

与此同时，经济的高速发展与腾飞也发生在中国。从1978年到2003年，中国经济的年平均增长率保持在9%；国民生产总值达到了1.4万亿美元。这样的速度和数字虽然看起来进展顺利，但是，我们也不能不看到，中国有13亿人口，人均国内生产总值还是比较低的。

经过20多年中国轻重工业的长足发展，中国人民的生活水平逐步提高，消费结构不断升级。于是带动了汽车、钢铁、房地产等行业的高速发展。中国出现了发达国家在“重工业化时期”曾出现过的现象，如伴随着上述商品需求的扩大，能源工业（电力、煤炭等）、原材料工业（矿石等）、基础工业（交通、通讯等）增速加快，能源和某些原材料短缺，交通运力紧张，环境保护的压力加大。今年，中国政府加强了宏观调控，已显现成效。

同我们两国所经历的巨变一样，中巴两国关系也在发生着深刻的变化，而两国经济贸易关系的迅速发展则是这种关系的坚实基础。与此同时，两国领导人在政治上所作的努力也为两国关系掀开了新的篇章。有拉美学者正确地评价说，“中国与拉美国家的关系是远离国际经济旧秩序里的掠夺和依附关系的”，“它有助于增进国际关系多元化，甚至于有助于国家主权的巩固”。巴西总统卢拉曾说过，中国经济高速发展对巴西是“战略性机遇”。今天同30年前相比，两国双边贸易得到了迅猛发展，贸易额从最初的2000万美元，增加到去年的79.9亿美元。中国已经超过日本成为巴西在亚洲的最大贸易伙伴、巴西在世界的第三大贸易伙伴。除贸易外，两国相互间的直接投资也在逐步增加。到2003年底，巴西在中国的投资项目达到了312个，中国在巴西投资兴办的企业达到了73家，实际投资金额为1.29亿美元，中方投资的某些项目已在建设中。

两国在科学技术领域的合作也有新发展。中巴在1993年确立战略伙伴关系以来，十多年的探索和努力使这一战略伙伴关系的框架不仅搭建了起来，而且内容在不断充实和丰富。它与两国具备的综合国力以及各自在国际社会的地位是相称的，同时也与两国领导人在决定建立这一历史性关系时的初衷愈加吻合。

巴西已经建立了部门齐全、技术先进、具有相当规模的现代工业基础。作为世界上矿产资源最为丰富的国家之一，巴西的矿产工业也得到了迅速的发展。巴西工业部门中近97%的企业为微型和小型企业，却吸纳了全国工业企业就业人数的41.6%，占全国工业产值的四分之一，他们的管理经验和发展模式对中国遍布城乡的同类企业很有借鉴意义，摸索此类合作还有待于双方企业家的共同努力。

农业在两国的国民经济中都是重要的基础，中巴两国也有着广阔的合作前景。中国是巴西大豆的主要进口国，中国将保持这一进口势头，并期望两国能在大豆种植和开发方面进行更加广泛的合作。

中巴合作领域相当广阔。两国不仅具有较强的资源贸易的互补性，而且还存在着进行资源开发合作的巨大可行性。两国的经济联系也许不仅限于贸易和相互投资的层面，同为发展中国家的中国和巴西还面临着相类似的问题。

中国政府奉行邓小平先生“摸着石头过河”的改革哲学，既吸取国外的经验，又不盲目复制外国模式，而是根据本国的社会、经济、政治情况作决定。我认为，在发展经贸关系的同时，两国有必要对种种在“发展与改革”中遇到的共性问题建立定期或不定期的研讨机制，也可以叫论坛，由政府部门或民间机构牵头，政、企、学界人士共同参与。这对于中巴两国巩固和发展战略伙伴关系，以及相互取长补短都是十分重要的。这本身就应该是“国际经济新秩序”的一个组成部分。

对于中国人来说，巴西是一个极富魅力的国度。早在上世纪 80 年代，巴西电影《生活之路》在中国上映后，其主角“财主”和“百万富翁”就成为人们茶余饭后的谈资。巴西电视剧《女奴》在中国播出，更使“伊佐拉”变成了家喻户晓的人物。1994 年中国足协把中国青年队整支足球队派遣到巴西训练、比赛，1997 年 12 月才结束集训。目前中国国家足球队中有 7 人曾在巴西培训过。应该承认，我们两国在足球上还有一层缘分，那就是国际足联在今年 7 月宣布足球的起源在中国的山东淄博。可惜，我们的球员没有继承好祖先的传统。

最后，让我仍用“茶”和“咖啡”的话题来结束本文。一位巴西咖啡商曾说过，只要中国人每人每天喝一小杯巴西咖啡，巴西就要发大财。这种期望是有道理的。要是能让 13 亿中国人中的十分之一一边喝巴西咖啡，一边欣赏巴西足球和桑巴舞，会是什么样的美妙情景！当然，我们也希望有朝一日，巴西人民能一边喝中国茶，一边欣赏中国的武术和京剧。为了让美梦成真，让我们共同努力吧！

增进地球两端的沟通

■（2004年11月4日“感知中国”文化周之际写给阿根廷朋友）

中国人习惯用“天涯海角”来形容一个地方距离自己之遥远。但使用这个词的绝大多数人大概还没有机会感受阿根廷距离中国到底有多遥远。人们常常把中国的海南岛称为天涯海角，却不知阿根廷首都——如果从太空看地球，正好位于北京的对跖点上，即是说，从北京按地球的直径打个洞过去就可以直达布宜诺斯艾利斯！从北京到布宜诺斯艾利斯，即便是乘坐最快的客机，除去中转时间，也要在飞机上度过20多个小时，可见相距之遥远！

我们两国人民由于这种地缘，历史上相互来往和了解较晚。据说，在16世纪后期，才有中国的商人、工匠、水手、仆役登上过美洲大陆。由于他们是从当年的西班牙殖民地菲律宾的马尼拉乘大帆船抵达美洲的，所以被当地人称为“马尼拉华人”。19世纪初，又有一些中国“苦力”被英国和葡萄牙殖民者贩卖到美洲，于是有了较多的中国移民与这块土地结下了不解之缘。

今天，世界已进入了互联网和宇宙飞船的时代，因此，我们应该更多地相互来往，事实上，两国经贸关系和文化交流已经蓬勃发展起来。我愿借此次双方的文化交流活动，向阿根廷朋友简要地说说中国文化。

中国有五千年的历史，在世界四大文明中唯有中华文明不曾间断。时至今日，中国人不管身处何方，都带有难以抹去的传统文化印记。

中国是一个多民族的国家，现已确认的民族有56个，其中汉族人口最多，将近12亿，占全国13亿总人口的92%。其他55个民族因人数较少，习惯上称为少数民族，各民族都有非常久远的历史，而且相互关系融洽。

中国人信奉的宗教主要有佛教、道教、伊斯兰教、天主教和基督教，但宗教徒的比例很小，不到10%。

世界上有学者把中国人两千年以来奉为圭臬的孔子学说称为"儒教"，有其合乎道理的地方，但中国人崇尚孔子并没有其他宗教所具有的组织和崇拜之神，因此我更以为它是一种学说，是"儒学"而非"儒教"。儒学影响中华民族之深是无疑的，以至于其他宗教，不管外来的还是内生的，都受到儒学的深刻影响。

与阿根廷人活泼好动、热情奔放的民族性格相比较——这尤其表现在探戈、足球和马球，中国人则显得内向和沉闷，这多少也与儒学有关。当然，这样的民族讲和谐，讲和平，没有外侵性。

语言也是一个有趣的现象。如果说，阿根廷人在其500年的历史中，尤其是在国家新生之后一直在寻找自己的语言，为此阿根廷作家有过许多彷徨和疑惑，那么中国人则幸运得多。尽管汉语的表达方式几千年经历了不少变化，但是今人只要经过古文的训练就能读懂老祖宗的文章，可谓"两千年经典使人读白头发（皓首穷经）"。汉语铸就的不仅是中国人的语言，而且使其具有独特的思维方式和逻辑。

世界上有五分之一强的人口讲汉语，但讲汉语的国家却很少。这是我们对外交流的一个障碍，为此我们建立了许多外语媒体。我们有西班牙语的电视时段（CCTV-4）、国际广播和网页，我希望贵国能够充分利用中国的这些媒体，了解中国文化和社会进展。

阿根廷文化在中国享有独特地位。我们这个年纪的人，40多年前都看过阿根廷电影《中锋在黎明前死去》，近十几年来，热爱足球的中国人知道了，"博卡"不仅是一支阿根廷足球劲旅，还是阿根廷移民在拉普拉塔河口最早的定居点。中国人还倾倒于探戈舞蹈，同时也懂得了在这扑朔迷离的情调里隐含着上个世纪移民的乡愁。对于拉普拉塔河和布宜诺斯艾利斯背后广袤的潘帕斯草原，我们并不生疏。19世纪贵国国务活动家多明戈·福斯蒂诺·萨米恩托的名著《法昆多》，以潘帕斯草原的历史和文化为依托，提出了“文明与野蛮”的命题，至今是世界范围内知识界、文化界争论的热点。古典作品之外，中国还译介了贵国一些现代文学精品。今天，越来越多的中国读者通过了解阿根廷文学和现实生活，知道了埃娃·庇隆不仅是一个传奇人物，对于阿根廷人她就是一段刻骨铭心的历史；马拉多纳作为足球队员受到人们爱戴，还因为他经常向世界传播爱憎分明的声音；诞生于阿根廷的伟大人物切·格瓦拉也为中国人所熟悉，对于切·格瓦拉的象征意义，中国知识界和青年始终没有停止思索和讨论。

近年，贵国的青年足球队、探戈和芭蕾舞访华演出以及“布宜诺斯艾利斯文化周”促进了中国人民对阿根廷文化和艺术的了解。贵国的优秀电影《官方说法》、《旅行》也给中国电影界送来了新大陆的清新海风和深刻思想。

现在，阿根廷是中国在拉美第四大贸易伙伴。两国的经济联系也许不仅仅限于贸易和相互投资的层面，我们还面临经济改革中的类似困难。

中国采取的改革方式是渐进的，譬如：在本地幼稚工业成长起来、建立反倾销机制之前，慎于实行贸易自由化；在建立金融监管体制之前，免谈金融自由化；在银行、金融部门成熟之前，以及建立对“对冲基金”等金融工具的自我保护机制之前，慎于开放资本往来项目；在充分发展私营经济、建立灵活的劳动力市场之前，国有企业的多元股份化改造要分步走，不泛泛提倡私有化；在建立社会劳动保障体系之前，慎于改组公共服务部门。至于这些办法最后效果如何，显然也需随时间而有所调整和变化。

中国与阿根廷地处地球两端，但彼此心仪久矣，这大概是我们相距太远、差异甚大而又相互吸引之故。两国文化之间的这种“交叉优势”，决定了中间的交流将结出最美好、最强大、最持久的合作之果。地心的强大引力把我们两国人民联系在了一起。听说贵国青年中已兴起了学汉语的热潮，以致合格的老师不够，我本人首先愿意提供帮助。

几百年前，麦哲伦曾把他的名字刻在阿根廷的版图上，他以环球航海而把个人业绩写进了历史。今天，在计算机和喷气飞机的时代，数以千万计的两国商人、投资者、旅游者、学者、学生、艺术家、政府官员，这些不在历史上、也不需要在历史上留下姓名的人们，却正在创造着两国新世纪交往的更加伟大的历史。

中日是谁也搬不走的邻居

■（2012年6月23日在上海国际问题研究院演讲）

今年9月，我们将迎来中日邦交正常化40周年。孔子说过，“四十而不惑”，这就是说40岁是一个人走到成熟的年龄，有了稳定的价值观，有了稳定的轨道和走下去的信心。可是国家关系，尤其是中日关系经过40年还难以成熟，难以达到融洽。

今年上半年过去了，我们没有期望到好消息，有的消息是名古屋市长河村隆之和东京都知事石原慎太郎的消息，一位触及两国最敏感的“历史问题”，另一位触及两国另一最敏感的“领土问题”。真的令人遗憾！

但是，我们在座的中日人士都不会对中日关系的发展失去信心，越是有困难，越需要我们不懈努力。这就是我们又聚集在这里的原因。

刚才，福田康夫先生作了精彩的演讲。福田先生是我非常尊敬的一位日本政治家。他和他的父亲福田赳夫是日本历史上唯一的一对父子首相。中日邦交正常化40年来，日本总共换了23位首相。但两国间的4个政治文献，他们父子俩贡献了一半。福田赳夫在首相任内推动了《中日和平友好条约》的问世，而福田康夫与胡锦涛主席签署了《中日关于全面推进战略互惠关系的联合声明》。这一联合声明是规范中日两国在新世纪实现双赢发展的纲领性文件。其中，有关“两国互为合作伙伴，互不构成威胁”以及“长期和平友好合作是双方唯一选择”，既是中日双方长期交往中形成的共识，也是两国各自对对方乃至国际社会的庄严承诺，需要坚定不移地去维护和实践。我们还远没有完成福田赳夫先生所希望的将中日关系的木桥变成铁桥的任务。

中日关系集中体现了国与国关系的种种复杂性：世界上没有哪一对邻国拥有像中日两国这样的长达两千年的交往历史，有着友好加敌对的复杂恩怨，有着根深蒂固的文化渊源，也有着互相依存的经济关系。两国的社会制度和意识形态不同，在政治上和军事上，带有“东西”关系的鲜明特征；就经济发展的程度而言，日本是发达国家，中国则是发展中国家，又像是“南北”关系。

在分析中日关系的复杂性时，我们还不能忽视美国的因素。近年来，美日联合军事演习的频度和强度日益提高，一些日本政要一再鼓吹所谓的“价值观外交”，冷战的残余思维闪烁其间。我们不希望看到日美同盟成为中日间进一步增进战略互信的障碍。

中日是一衣带水的邻国，是谁也不能搬走的永远的邻居。中国有句人人皆知的熟语：“远亲不如近邻。”我们希望邻里间友好相处，打开窗户就能看到对面的笑脸，遇到困难就会得到邻居的帮助。中日关系对两国都是非常重要的。无论两国间有多少历史的恩恩怨怨和现实的利益对立，长期和平友好既符合两国的根本利益，也有利于东亚地区乃至世界的和平与繁荣。我认为，只有以中日和世界的大局为重，正确认识和处理中日关系中的摩擦，不以短视的争执而牺牲未来，不以局部的事件影响两国的全面关系。不做激化矛盾扩大紧张的举动，多做有利于和平发展的努力，是中日两国作为大国的应有的基本态度。我们也许可以定义对待中日关系的积极态度：着力开发利益共同点，进行经济结构的互补；协调地缘政治的共同立场；稳重地对待领土争议；谨慎地对待历史问题，避免有人做“蛮事”，说“错话”，继续挑拨双方民意。

中日友好归根结底是两国人民的友好。而民间交流恰恰是中日关系的传统优势。40 年前中日两国之所以能实现邦交正常化，一条重要的经验就是“以民促官”。

回忆在 1972 年中日恢复邦交前，因冷战下的国际政治及日本政府追随美国的外交政策，在很长时间内两国没有邦交关系。但即便在那两国关系极为困难的时期，中日两国仍有一批具有卓识远见的重要人士本着建立友好的中日关系的使命感，推动着不存在的政府外交以外的交流；本着“中日永不再战”的强烈使命感，孜孜不倦地开展中日民间交流。他们中间有我们熟悉的许多名字：廖承志、郭沫若、赵安博、张香山、孙平化、肖向前等中国留日的前辈，也有高崎达之助、松村谦三、西园寺公一、黑田寿男、冈崎嘉平太、宇都宫德马等值得我们永远缅怀的日本朋友。可以说，正是在两国有识之士的共同努力下，中日友好从最初的涓涓细流发展成席卷社会各界的、势不可挡的滚滚洪流。中日两国的领导人，毛泽东、周恩来和田中角荣、大平正芳，顺应潮流，顺应人心，毅然决断，一气呵成地实现了中日邦交正常化。

我们高兴地看到，近40年来中日两国的民间交流继续有所发展。截至2010年底，中国间的“友好城市”已经发展到343对（分别占中国对外结好城市的首位和日本对外结好城市的第二位，1972年两国的往来人员不到1万人，两国间甚至还没有一条直通航线），2010年两国的往来人员增加到570万人。每天都有100多个航班往返两国的20多对城市间。（据日本法务省统计，到2010年底，在日中国人已达65.7万人，超过在日韩国人、朝鲜人的总和，成为最大的外籍居民群体。而在中国长期居留的日本人也有13余万人。其中，上海是海外日本侨民最多的大城市。）

可是大家都注意到了，近年来两国发表的一些民调，都显示出两国国民对对方的亲近感下降。例如，2011年《中国日报》和日本言论NPO发表的调查表明，中国人对日本的好感度只有28.6%，而日本民众对中国的好感度则为20.8%。这么低的相互好感度，在世界上类似的地理靠近、文化相通、经贸高度互补的两国间是很少见的。中日关系果然恶化到如此不可收拾吗？我的看法是：

第一，需要对彼此好感度低的结果作适当的分析。《中国日报》和言论NPO的调查就显示，绝大多数被调查者都认为中日关系对两国是非常重要的。这就是改善好感度的希望所在。

第二，日本经济的长期不景气与政局动荡与中国国力的相对增强形成对照，日本国民似乎产生了某些“迷茫感”或“焦虑感”。中国国民则需要明白自己仍在长期内是发展中国家，也得保持继续“谦虚感”。

目前，中日两国都处在重要的转型期，社会思潮日趋多元化，而新媒体的发展不仅加快资讯的传播速度，也终结了传统的信息单向传输模式。在新的形势下，两国一定要努力扩大各阶层各领域的民间交流，超越狭隘的民族情绪，培养公众的国际意识。换句话说，现在正是公共外交大有可为的时期。做好了这项工作，就一定能为两国关系的健康、稳定发展奠定坚实的基础。

曾任联合国副秘书长的明石康先生曾经对我说，中日的政治家要着眼于双方的共同利益。我表示赞同，并且加上了一句话：青年是中日两国未来的栋梁，他们具有新的知识和全球的视野，一定会着眼于中日两国的长远利益的。青少年代表着未来。不管在哪一个国家，青少年都是最富活力，也最具可塑性的人群。如果他们认识到中日除长期友好合作外别无选择，中日关系就大有希望。

中日两国间已经有加强青少年交流的机制性安排。我觉得，未来应该进一步加大青少年交流的力度，广泛播下友谊与信任的种子，增加彼此对对方国家的魅力，为推进两国的战略互惠关系奠定坚实的基础。我对青年人直接交流的效果深有信心。

我曾经工作过的国务院新闻办公室从 2010 年以来总共组织了 500 多名青年媒体工作者赴日本访问。他们都是初次访日，回来后写了很多故事和体会，对日本的城市建设、农业发展、环境保护，日本人的敬业精神等都非常称赞。这些文章被收录进了一本书《日本印象》。相应地，日本从 2011 年底开始，也将分五年每年组织 70 名媒体工作者访问中国。

最后，我想引用中国宋代一位改革家王安石的诗："不畏浮云遮望眼，只缘身在最高层"。中日两国互为对方最重要的周边国家，也是对各自发展具有举足轻重影响的国家。中日两国不仅在社会经济发展过程中面临共同的挑战和课题，在促进东亚地区的稳定和繁荣方面也存在着共同的利益诉求和战略需要。相信两国的政治家一定能站在战略的高度，从大局出发，克服彼此间的隔阂和疑虑，争取互利双赢，并共同为东亚地区乃至世界的和平与繁荣作出贡献。

“中国梦”不是自私自利的梦

■（接受解放日报记者王珍采访答问，原载2013年6月27日《解放日报》）

【编者的话】世界关注中国，不仅因为其令人瞩目的发展速度，更在于其不同于西方的发展道路。而中国梦的提出，让世界有了观察中国的新视角。中国梦将把中国带向何方？中国的发展是“独乐乐”还是“众乐乐”？解答这些问题，不能坐等，更不能寄希望于别人“自知自觉”，而只能靠我们主动说明。我们需要让世界知道：中国梦的实现离不开世界，中国梦的实现也将有助于世界。

追求对世界的贡献，是中国梦的重要国际内涵

问：中国梦成为热门词，对于中国梦的各种误解与质疑也不绝于耳。比如，一些西方媒体将中国梦解读为中国要“称霸”；一些人则认为中国梦是要回到汉唐盛世，是新的“中国威胁”。今天我们为什么要提中国梦？如何化解外界对中国梦的质疑？

赵启正（以下简称赵）：中国梦的产生并不是最近突然发生的。可以说，100多年以来，在推翻封建王朝、抵御帝国主义侵略、建立新中国的过程中都存在着中国梦。今天，我们提中国梦，是在民族已经独立、国家经济总量达到世界第二、已经走到世界舞台中心的背景下展开的。在这种

情况下，我们为什么还要提中国梦？我认为主要有两点原因：一是中国的振兴道路尚远，需要数代乃至十几代人的努力。目前，中国人口占全世界人口的21%，而中国的GDP却只占全世界GDP的10%，距世界平均值很远，更不要说人均值了。可见，即使从经济上来说，我们也没有达到应有的高度。二是中国经济的振兴并不意味着中国对世界贡献的上升。在全世界的科学发展中，中国贡献甚少，挂在嘴边的往往是四大发明。谈起中国的人文科学，常常谈到的则是老夫子们。这些都是在分享祖先的光荣。一个民族如果老是分享祖先的光荣而没有自己的贡献的话，那么这个民族就落后了。现在我们有了追求对世界作贡献的想法，这是中国梦很重要的一个国际内涵。

回过头来看国外的质疑。一个国家发展了，外界必然会关注你，甚至警惕你，这里不全是恶意，有些就是不了解真实的中国，很多人是根据其他国家历史上的故事来推论中国的。今天和历史上的时代是不同的，那时候的确有强权政治，有霸权，有世界大战；而今虽然有局部战争，但是世界的主题是和平与发展。今天，一国要争取本国利益，用战争的手段注定是要失败的，只能依靠经济发展和与其他国家和平相处。我们也要告诉他们中国的事实：从新中国成立到现在，中国的发展与国际利益是共享的、协调的。在全球化的今天，国际环境是本国发展的一个条件。对中国的发展而言，更需要一个和平稳定的外部环境。中国人是爱好和谐的，我们讲究“以和为贵”，一个突出的例子就是，我们历史上从来没有发生过宗教战争。

至于如何消除“中国威胁论”对我们造成的威胁，关键是恪守原则、讲究方法。首先，要遵循大小国一律平等的原则，承担必要的国际义务。要以实际行动证明我们坚持走和平发展道路，平等对待各个国家。其次，对于国外的一些质疑，要据理说明，解疑释惑，让事实说话。向世界说明中国的真实情况，说明中国的国情、政策，说明我们的成就，也说明我们的不足，避免误会和歪曲积少成多。

中国梦是富有创造性的，而不是回复经典

问：与英美等传统大国崛起不同，中国在崛起过程中一直面临着这样一个任务：思考并向世界阐述自己想变成一支怎样的全球力量。而如何向世界说明中国梦，可以说是完成这一任务的关键一环。当务之急是，如何让世界认识到，中国梦不只是中国的梦，而是与世界各国人民的美好梦想相通的？

赵：若想成为一个有好“国缘”的国家，首当其冲的应该是它的文化被世界喜欢，而不是有多少军力，或是有多少GDP。文化不是化石，化石可以凭借其古老而价值不衰；文化是活的生命，只有发展才有持久的生命力。

在我看来，中国的振兴应该是全面的振兴，尤其是文化的振兴。文化包括民族的价值观和信仰，以及积累的全部知识、生活方式和思维方式。它的进化比起经济来要慢，难以突飞猛进。我们的经济社会发展可以用“两个一百年”来描述，即建成全面小康的一百年，以及达到中等发达国家水平的一百年。而文化的进化则是渐进的（欧洲文艺复兴至少用了两个世纪），可谓任重而道远。但是渐进并不意味着我们可以懈怠，可以不努力。

中国文化对世界的影响是中国梦的一部分，一个伟大的国家、民族必须要为世界作贡献，推动人类文明的进步。中国梦不是自私自利的梦，不是只顾自己不顾别人的梦，更不是损人利己的梦。中国梦追求的是中国发展与世界发展同行、中国富裕与世界富裕同行。中国梦的实现有利于世界的发展。无论国家大小，都有追求自己美好梦想的权利。历史上的那些大国，除了拥有强大的经济与军事等硬实力，文化影响力也足够强大。中国无意强权，更无意称霸，中国梦也绝不是帝国主义的梦，但是作为一个拥有5000多年文明史的文化发源地，只出口电视机，而不出口电视机播放的内容，即文化思想，肯定是不行的。

在中国梦中，文化的振兴是一个很重要的任务。平时我们所说的文化大发展大繁荣，在我看来，主要是指文化事业的大发展大繁荣。文化的大发展大繁荣是百年任务，需要坚韧的努力。所谓十年树木、百年树人。树人都需百年，何况是作为民族的血脉、灵魂和性格的文化呢？它需要足够的进化过程。

只有在国内外传播，才有国内外的影响力。中国文化需要走出去，但我们要避免走入一种惰性，即所谓“越是民族的，越是世界的”。民族的不会自动成为世界的，在本民族是普及的、优秀的，同时是让外国人看得懂和喜欢的才有可能变成世界的。一个民族的文化可能因为其“独特性”而吸引外国人，但它不能只是满足外国人的猎奇心理，要想真正成为世界的，这种文化还必须足够优秀到具备某种“普遍吸引力”。

这里要避免两个误区。一是将全球化等同于西方化，甚至美国化。如果是这样，中国梦就没有了。二是“言必称夫子”，总是在分享祖先的光荣。中国梦本身是富有创造性的，而不是回复经典。现在对于中国的发展和未来走向，国际上有不少疑问，这些问题形成了“中国之问”。对于这些问题，不能只用“国学”回答。鲁迅就说过，用《论语》感化不了德国兵，用《易经》咒不翻潜水艇。所以，文化不仅需要传统、需要积淀，还需要创新，才能振兴。

做好“中国读本”每一页，中国梦才能实现

问：中国梦是国家的梦、民族的梦，同时也是每个中国人的梦。因此，说明中国梦不只是国家、政府的事，也应当是每个中国人的事。如何发挥公共外交作用，向世界说明好“中国梦”？

赵：公共外交是对外国公众来说明本国。从前对外公共外交基本上就是政府主导的对外宣传的同义词。然而，随着全球化、信息化的发展，更多国家的公众意识到，国家声誉、地位与本民族利益和个人利益是密切相关的，因此很多人就参与了公共外交，在对外交往中主动地表达中国的国

情。显然，当代的公众已经不只是公共外交的“受众”，而是成为更加积极参与公共外交的“主体”。

改革开放30多年来，经济高速发展使中国走到了世界舞台的中心，中国发生的事情往往成为世界的事情，世界也成为中国发展不可回避的边界条件。但在此前，中国一直和世界有某种隔绝，外部世界对中国数千年的传统文化感到陌生，甚至有神秘感。加之冷战思维的残余，影响了西方政治力量和媒体对中国社会制度、经济、文化的观察和评论，以致国际舆论中的中国形象与中国实情严重不符。

公共外交的目的是改善外国公众对本国的态度，进而影响外国政府对本国的政策，实质上属于不同文明之间的对话。当不同文明之间缺乏足够的对话或者对话不对称时，则有可能产生重大的误解甚至冲突。中国的公共外交本着求同存异的和谐理念，力求通过不同文明间的对话，说明中国的真实情况，加强各国人民之间的理解，促进人类文明的进步和共同繁荣。这与有的国家在公共外交中以打压他国的手段来推销自己价值观和干涉他国内政的做法有着本质的区别。

中国人参与公共外交就是讲中国的故事，讲自己身边的事。公众不说政治话、哲学话，往往更容易使人相信。故事承载着真理，离真理很近。讲故事的时候要“理直气和”，理不是“辩论”的，而是要让事实说话。哲学性只有和普通事件结合起来才会通俗。

我过去曾说过，存在着一本书叫“中国读本”。这本书有13亿页，每个中国人都是一页。一个外国人想认识中国人，他不可能读13亿页，他读几页，可能就会得出结论，这就是中国人了。所以我们每个人要把自己的这一页做好。一个人要经常反省自己的言行，才能知不足而进步，同样一个民族也需要有自我批判的精神。只有这个“读本”中大多数篇章是美丽芬芳的，中国梦才有可能真正实现。

中国是“和为贵”的民族

■（2014 年 3 月 24 日波士顿在中美新型大国关系暨哈佛中美公共政策高层论坛[①]主旨发言，节录）

去年 6 月，习近平主席和奥巴马总统在安纳伯格庄园举行会晤，就共同构建新型大国关系达成的重要共识，是我们今天讨论的出发点。此项共识的主要内容中方认为是：不冲突、不对抗；相互尊重；合作共赢。而美方强调要遵守国际法和欢迎良性竞争，以及维护与美国的盟国关系等内容。双方的角度有差异，是很自然的。今天，在中美双方重要人士的讨论中，我们将推动安纳伯格庄园会晤的成果。

“不冲突、不对抗”应是对中美关系的基本状态，而“相互尊重”是“不冲突、不对抗”的基础，如此才能达到长期和广泛的“互利共赢”。由于历史的原因和现实的原因，要做到这一切当然非常不易。我就简单地说说我的三个看法。

首先，如果美国有人坚持“中国威胁论”，就难以实现相互尊重。随着中国的高速发展，说中国正致力于扩张或颠覆现有国际秩序，这种“中国威胁论”不绝于耳。一周前，中国人知道的卜大年先生（Dan Blumenthal）写文章说，最近，所有各方都在关注一个对冷战后格局不满的修正主义政权，它深信以自我为中心的地区霸权的必要性，致力于维护其政治领袖的

---

① 此论坛由中国人民对外友好协会和哈佛肯尼迪学院共同举行，中方李小林任团长，赵启正任名誉团长。

地位，他说，这不止有俄国，而且还有中国（《旗帜周刊》杂志网站3月18日）。这是关于中国威胁论的最新的产品。那么，由于有中国威胁论，必然产生许多遏制中国的动作，诸如向台湾售武问题、会见妄图分裂中国的达赖喇嘛；最近在中国与邻国南海纠纷，中国是自卫历史权益，没有理由影射中国搞扩张主义，偏袒一方。对这些事情，中国自然是很不高兴的。

中国在历史上就不擅扩张之道，600年前郑和七次下西洋，每次率领上万人的队伍，却未拓片疆寸土，没在哪里留下什么人，今天还有人不理解，问郑和为什么要七次出去远洋旅游？中国在当年那么强大的时候也没有搞扩张主义，今天突然去搞扩张主义了，这是说不通的，没有事实根据。有人问我，中国为什么强大了也不会搞扩张主义，我说，这要从中国的"和"文化来看，"和"是中国人的素养。你看在世界的体育竞赛当中，凡是没有网的运动，中国都不行，如足球、篮球，中国总是打不过外国人，为什么为了争个冠军去撞伤自己的或别人的肋骨呢！如果有个网隔离着，如网球、排球、乒乓球，中国还能争一争。中国就是这样一个比较和气的民族，他哪儿有霸权的爱好呢！我想，体育场上的表现可以反映到世界舞台上，中国的确就是这样的"和为贵"的民族！

事实上，中国是今天国际环境的受益者，中国能够发展到今天，离不开对外开放，从而融入国际市场和国际社会。今天的国际秩序包含着全球化的市场秩序，还有许多可以进行各国协商和做出裁决的机制，这些都是世界和平发展的基础。中国愿与各国一道，不断地完善和发展国际秩序。

我的第二点看法是，中国希望中美两国能够互相尊重彼此的社会制度和发展道路。中国认为各国都有选择自己发展道路和模式的权利，因为这融合了各国的历史、人文、传统以及国情。习近平主席说过，"鞋合不合脚，只有自己才知道"。中国经历了上百年的奋斗，才找到了适合自己国情的发展道路，我们叫做"中国特色的社会主义"。圣经的旧约有一条黄金律，"要想别人如何对待你，你就如何对待别人"（"Treat other people as you hope they will treat you."）。中国的孔老夫子也有一条黄金律，"己所不欲勿施于人"（"Do not do to others what you do not want done to yourself."）这两条黄金律大家都认为是十分相近的。那么，尊重别人从大的地方讲，就是尊重别的国家的国情和道路；从小的地方讲，也要尊重各国的“隐私”。昨天，德国的《明镜》周刊和美国的《纽约时报》同时报道了一则消息，就是，斯诺登说了，美国监控了中国从前的所有的领导人，以及政府部门和银行。我想，这也是一种不尊重对方的表现吧。

我的第三个看法是，中国希望美国在一些涉及中国的问题上能够站在比较客观的立场上作出公正的判断。中方多次表示欢迎美方在亚洲发挥建设性作用，并愿与美方增进互信，形成良性互动的格局。涉及东海、南海有关领土主权和海洋权益的争议十分敏感，是中国与有关国家的双边问题，希望通过协商的办法来解决。中方致力于以和平的方式，通过友好协商来妥善解决问题，南海通行自由从未出现过问题，今后也不会出现问题，中国还会为此有所贡献。所以希望美国在客观公正的立场上，明辨是非，不偏向一方，更要警惕某些区域外国家挑事生非，造成地区的不稳定。

在此我不得不提的是，我们的一个邻国，历史上就多次侵略他国，给周边各国造成了深重灾难。他们的首相还善于表演，如他站在标号“731”的战斗机上。“731”是每个中国人和许多亚洲人都知道的，那是日军设在中国东北的进行细菌战试验的基地番号，在那里对人，不只是中国人，还有韩国人和俄国人，做活体解剖。这是中国最痛苦的回忆，而他愿意用“731”来向人类的良知挑衅，向中国挑衅，这完全失去了一个领袖应有的道德。他说，世界上没有对“侵略”的公认的定义，那么，人们当然担心，他是不是会去做一个他认为不是侵略，而我们认为是侵略的事情。他说要修改前首相村山富市的关于日本政府承认侵略是错误的言论，那么这样他就全面地为侵略邻国的战争责任做了翻案。同时，意在否认战争罪行而参拜靖国神社是中国和韩国一再批判和抗议的，但是，他仍旧坚持参拜。所以，对于这样的邻国的政治领导人，我们觉得几乎没有跟他进行对话的余地了，这就造成了今天中日交流的困境。尽管如此，我们并不放弃和解的努力。论坛一结束，我就将从波士顿直接去东京，与日本一些有志于改善中日关系的重要人士会面，还将参加一个“公共外交与东北亚论坛”。也许东北亚的和谐还需要一些时日，但我想这是一个过程，我们希望美国能够作出正面贡献。

中美两国人民可以说互相欣赏和喜欢对方。中国、美国作为东西方的两个大国，集中了两种主流文明，人民之间的交往很密切，我们可以相互学习借鉴，增进友好。进入21世纪那年，2000年，我访问纽约的时候，出发前，美联社的记者在美国驻北京大使馆问我，你认为今日的中美关系如何？我回答，不太好，也不会太坏。他问，什么时候可以说中美关系很好了？我说，当美国总统候选人在竞选时不再拿中国做避雷针，不再拿中国做替罪羊，而是说中国好话的时候，中美关系就没有问题了。他又问，那需要多少年？我说50年吧！我不知道我是乐观还是悲观？

在美国长期流行一种理论，即对中国应采取“遏制”和“接触”两手政策，还因此出现了一个新词“congagement”（containment plus engagement equals congagement）。我问过佐利克先生，他说这就是“遏制性接触”，我觉得这个解释还是比较准的。我也知道参加今天论坛的萨默斯部长也评论过，他说，对中国遏制加接触的政策并不成功，应当改变成对中国慢慢融合和引导的一种政策；那么至于你们能如何融合和引导，我们也要等待和观察。

中国和美国经济高度互补，彼此又是对方最理想的消费市场，我们的经济合作还有很多未开发的余地，这都是不言而喻的。

除经济领域以外，我们双方还有许多领域可以相互合作、学习和借鉴，如打击恐怖主义、阻止大规模杀伤性武器扩散、打击跨国犯罪、应对气候变化、能源安全、网络安全等，为此我们要建立多样的公共外交平台，建立民间与民间、民间与政府的直接对话。

中国人民对外友好协会就是中国最重要的一个开展公共外交、民间外交的渠道。美国总统奥巴马的夫人米歇尔昨天在北京大学斯坦福中心发表演说，她说，我们正在进入公民外交（citizen diplomacy）的新时代，国与国之间的关系不仅是政府和领导人之间的关系，也是人民之间的关系，尤其是年轻人之间的关系。我非常赞成她的这个观点。中美之间首先达到某些局部共识，然后不断地扩大，这是比较现实的态度。

中美新型大国关系的大厦正是我们一砖一瓦地才能建设起来的。在座的诸位都有义不容辞的责任。

为什么要构建“和主义”[①]

■（2014年11月25日给外文局对外传播研究中心主任的信）

中国因自身体量巨大，其发展能够影响到很多国家的利益，因而备受世界关注。同时，由于中国与多数国家在文化传统、社会制度、发展道路、价值理念等方面确实存在较大差异，导致一些国家对中国的发展走向有误解、质疑和担忧。其中最普遍也最持久的问题就是，中国向何处去？曾经有国际论坛的主题就叫“十字路口的中国”：中国如此迅速地发展，会变成霸权国家吗？会成为不稳定而输出动乱的国家吗？会成为崩溃的国家吗？但很少问及还会是和平友好的国家吗？今天在相当一些国家中流行的“中国威胁论”，正体现了他们对中国发展走向的疑问。这个疑问可能会伴随中国和平发展的全过程。甚至反华势力是以“中国威胁论”来“威胁”和“遏制”中国。

我们往往用国学中的经典语句回答这个问题，说中国人向来“和为贵”和“求同存异”，但是对方随即反问，2500年前的祖训怎么能回答现代的问题？的确难以以这样简单的解释说服别人。文化要继承，但更重要

---

① 此文是2014年11月25日给外文局对外传播研究中心主任姜加林的信的摘要。在香港中美聚焦网以英文发表后，美国赫芬顿邮报（*Huffington Post/ World Post*）在2015年4月13日转发，重新起了标题:《要了解迈向何方，请先了解中国古代“和”的含义》。文章的链接是http: //www.huffingtonpost.com/zhao-qizheng/china-future-he-concept_b_7051154.html?utm_hp_ref=world。

的是创新。我们不能总是分享祖先的光荣，以祖先的灿烂文化回答世界提出的关于今日中国的问题。我们如何回答世界对今日中国之问——中国向何处去？中国制度的合理性？为何中国威胁论是伪论？只用“老国学”回答是无力的。

国学要发展为“新国学”，特别要发展今日中国文化的核心精神，才能回答世界对今日中国之问。所以，我们应当把祖先的文化遗产加以深化和现代化（以马克思主义的科学观点来指导）。我们需要对世界最简单、最精炼地能表达中国文化的精神，对“和”的意义进行历史的挖掘和现实的展开，特别是与中国近现代史和改革开放的历程相结合，讲好“和”在今日中国和中国人身上的表现，从理论上阐述好中国“和”的哲学思想和现实意义有着战略意义。

由于近代中国积贫积弱，加之汉语在世界上传播力的严重不足，长期以来，中国文化的对外影响力甚弱。当欧洲文艺复兴时代孕育的各种思想和词汇随着西方殖民主义在世界上扩张之时，中国自古传下来的优秀哲学思想却没有被世界了解和认识。放眼世界，我们还没有一个在国际上叫得响、传得广，被普遍认同的源自中国的思想。

今天我们谈“中国梦”，不能只是经济和军事的强大，更需要文化的振兴，即中国文化作世界贡献，其中最关键的就是传播中国思想。我们的“和”只有一个字，简明扼要却内涵丰富，与西方强调“对立”和“分”的观念截然相反，必能为世界思想库作宝贵贡献。如能有效传播“和”，就能受到世界普遍认同。而且这一思想能够解决当前世界面临的现实问题，是中国思想走出去的最好的选择。

中国的“和”包含着“和平”、“和谐”、“和善”、“和顺”、“和解”、“和为贵”、“求同存异”、“和也者天下之道也”等多种意思，是处理国家之间、个人之间、人与自然之间关系的至高的理想标准，西方没有这种概念，西方语汇体系中也没有一个词可以完全与之对应。所以，如果要把“和”字原汁原味地传播出去，最好能以其读音进入西方语言，为避免一个音节的“he”在西方语言中难以流行，不妨译作“Hehism”（和主义）。这个词简单明了，非常富有传播力。我们不要勉强在西方语汇体系中找近义词去附会，以免使“和”的思想被人为偏折或删减。当然，这就需要我们付出更大努力，用外国人听得明白的话语向世界解释好传播好中国“和”的思想。这确实需要我们下很大功夫！

我们对中国“和”思想的介绍应当是正面论述，而不是以论战的口吻去表达，更不是要批判“民主”、“自由”等概念，这也恰恰是“和”的思想的体现，由此也展现出中华民族的伟大心胸、智慧，以及对全人类的博爱。那样，中国就不仅是大国，而是被世界更加钦佩和受尊敬的国家。

第四编
传播艺术创新——中国故事　国际表达

【本编导读】

坚持文化自信　讲好中国故事

如何“向世界说明中国”？赵启正对这个问题有很多论述，也有很丰富的实践经验，概括地说就是八个字——中国故事，国际表达。这八个字，体现了一种对外宣传的创新思维。

2015年5月习近平同志就人民日报海外版创刊30周年时作出重要批示指出，要用海外读者乐于接受的方式、易于理解的语言，讲述好中国故事，努力成为增信释疑、凝心聚力的桥梁纽带。

中国人讲中国故事要站在中国立场，理所当然，但站在自己的立场并不等于自说自话，要用外国人、海外人士听得懂的用语、习惯和逻辑来表达，让别人愿意听，有兴趣听，听得进，从而达到说明中国，让世界认识中国，为中国缔结良好“国缘”的目的。

在这方面，赵启正有许多探索和创新之举，他提出要“中国故事，国际表达”，“故事更接近真理”，“讲成绩也讲不足”，“说得越少记住的越多”，“13亿人人人都是中国读本”，“理直也要气和”，“文化沟通是各国人民沟通的基础”，“一个精品抵过一百个平淡的作品”，“选好故事，讲好故事”，“找准兴奋点”，“越是敏感问题越有回答的必要”，“变单向传播为双向交流”，“处理突发事件要先发制人”，等等，这些独到的见解，形象的语言，一语中的，发人深省，这一系列新概念、新思维、新表述，体现了赵启正对外宣传的新思路，值得认真研究和借鉴。

短也是一种美

■（1998 年 2 月 22 日在第四届影视“金桥奖”颁奖仪式及研讨会上的答问）

问：怎样看待介绍中国的电视片和解说词的“文学性”，其中的解说词中需不需要“文学性”，它的作用是什么？

赵启正（以下简称赵）：因为我到这个新岗位才一个月，还很不在行，我试着回答，错了请批评。我曾看过不同单位拍过的多个关于浦东开发的片子，我对其中几部片子不满意。不满意的原因有这样几个：冗长，不简练；解说词太沉重，听着太累；数字太多，觉得像听工作报告，于是也没有精神去欣赏画面了。还往往爱无确切根据地说“世界第一”、“东方第一”，这样的语言国内外观众都不爱听。我觉得用简单明了的语言说明比较复杂的问题，是一种好的解说词；用比较复杂的语言解释一个复杂的问题，算及格；用复杂的语言没有说清楚，那是不及格。短也是一种美，比如诗歌的短，是美的。

做片子不能不讲究文学性。为外国人做的片子，当然也不能不讲文学性，不仅图像美，语言也应该美，不能粗俗。我认为对外的片子的语言美，首先要表现在逻辑性、简练性和通俗性上。如果语言“过分”修饰，再加之翻译不当，反而可能造成受众的反感。所以对您的问题，回答是肯定的，要“文学性”。

问：我是江西井冈山来的，我想请教如何处理历史题材与现代精神、现代生活的关系，使我们的片子达到对外传播与沟通的效果。

赵：历史题材，特别是我国革命的历史题材，与当代建设社会主义的精神是一致的，历史题材也是表达中国的一个方面。

刚才电影家协会副主席石方禹先生说，拍片子不要“目中无人”，我很有同感。不要“目中无人”，我的理解，首先是要明确受众是谁，所表达的思想要使受众能够理解，这当中当然要区别对待国内外受众的接受能力。制片人对历史事物本身得有相当的了解，要有潜台词，才能深入浅出。对事物本身理解的是国情；外国人的想法和感觉，是“外情”。有这两方面的背景之后，才能拍出一部非常好的“对外”片子来。

问：我们的在搞对外交流时，往往认为外国人的现身说法是最具说服力的。我们很多对外片都有这样的共性。这样做，外国人愿意不愿意看？

赵：也许一些亚洲人由于历史的原因有一种自卑感，日本的经济已经这么发达了，但是日本的广告，无论是电视广告还是说明书，总是要放上几个外国人。如果没有这样一种心理背景，外国人出不出现还是顺其自然为好。

你要表现一个外国企业在中国的成功，当然你要找几个外国人来说说。如果能找到跨国公司的总裁，这些举足轻重的全球性人物，让他们讲话会有效果。外国人也有从众心理，或信服权威的心理。

问：地方外宣有时想在很短的时间内把全省的情况都介绍到，片子容易拍得比较散。不知这样的片子是否有市场，提倡不提倡？或者怎么样把这类片子拍得更有趣？

赵：其实你已有定论了，想在一部短片中面面俱到便拍散了，重点不突出了，就难给受众留下印象。这类片子，还往往大量引用数字。那是一张表格，不需要用录像片，何必费这么大劲儿呢？看一个片子要看出思想。甚至一个描写风光的电影，可能没有人，没有故事，但今天的人和古人看同一个景，看同一个古代建筑物，思想感触是不同的。

思想性绝不是简单的口号，而是通过导演的多种“语言”（图像、解说、音乐……）描绘出来的。要表达你这个省的目的是什么？是吸引旅游者？是吸引外资？还是想说明邓小平的建设有中国特色的社会主义理论在你们那里的实践？如果没有深刻的思想性，外国人就难以从我们的表达中得出什么结论。

时代呼唤翻译事业更加兴旺发达

■（1998年11月2日在中国翻译工作者协会第四届全国理事会会议开幕式上的讲话，节录）

我本人不是一个翻译工作者，但有很多翻译工作者是我的朋友。近十年来，可以说我每天都需要翻译工作者直接给我的工作以支持。所以，我今天是从一个翻译工作者帮助对象的角度，来谈谈对翻译事业的一点期望。

改革开放在呼唤翻译事业

对于翻译事业，我的感想是：改革开放在呼唤翻译事业，时代在呼唤翻译事业更加兴旺发达。翻译工作多么重要？大家是终生从事这个事业的，比我理解得更清楚。我仅仅是从政府工作或党的工作的角度来谈点感想，或者说，是和大家的角度稍微错开一点，来谈谈一个外行的话。

改革开放给我们整个民族、国家带来了新的机遇，20年来国家经济的发展，政治形势的发展，都已经证明了邓小平同志建设有中国特色社会主义理论的正确性。改革开放最直接的第一步，就是要和全世界打交道。今天中国已经是世界经济舞台上的一个重要角色。中国不可能再回到闭关自守的状态。如果在20年前发生亚洲金融危机，对中国的影响可能有限，因为我们对外贸易量还太少。

在浦东开发中，翻译工作者打了头阵

在浦东开发进程中，哪些人打了头阵呢？ 是翻译工作者。我曾经写过一篇文章，叫《外事为刃，经济为体》。我们开辟外国市场，是懂经济的做先锋，还是懂外语的人做先锋呢？ 当然最好既懂经济又懂外语。可惜我们原来的教育方法，使大概40岁以上的开发区干部或者外语好，或者经济好，二者兼备的较少。我说外事为刃，因为首先要和外国人打交道，与外国人建立好的关系，正确地说明中国，正确地说明中国经济开发，要能理解外国人的文化和经济背景，语言也要正确和流畅。后来浦东宣传部部长把它发挥为“外宣为刃，经济为体”，一些数字可以说明其正确性：到1997年年底，浦东吸引海内外的投资大约为200亿美元。200亿美元是什么概念呢？一个南浦大桥是1.2亿美元，一个浦东在建的世界最高的摩天大楼是7.5亿美元。世界第三高的金茂大厦（5.5亿美元）在浦东建成了，将要与美国的世界最大的机场媲美的浦东机场第一期工程将花费12亿美元，明年（1999年）10月完工。外事工作者先开路，先介绍中国的投资环境，取得国外投资者的理解，同时也展现出在上海有一个好的外语环境。

对翻译事业提出了更高的要求：“信、达、雅、快”

“投资环境”是一个改革开放后才时髦起来的词汇。土地价格贵不贵，交通发达不发达，市场是否活跃，通信条件是否畅通，电力与水的供应是否充足，环境的污染程度如何，这都叫投资环境。但是在前期的开发当中，忽略了一个语言环境。如果没有众多的能够掌握外语的人正确地表达自己，就没有办法与投资者方便地、准确地交流。曾有欧美投资者说，中国的语言环境不如印度，甚至不如波罗的海三国。所以，语言环境也是重要的投资环境。这一点，凡是开发比较早的地区的领导人都有体会。近代史上很多国际谈判、很多国际协定，像《凡尔赛和约》、《雅尔塔协定》等，中国都受到歧视。那时中国没有在国际舞台中心登场，也没有起一个大国的作用。今天改革开放使中国的经济地位、政治地位空前提高，这种空前的提高对于我们翻译事业水准的要求也是空前的。在以往可能没有这样的紧迫感。书面翻译不仅要求“信、达、雅”，还要求快，“快”决定着效率。以前没有互联网，不存在互联网的挑战。奥地利总统克莱斯蒂尔访问上海的时候，我陪他看了犹太人的故居。他对南京大屠杀不太知道。他说，欧洲的图书馆找不到关于南京大屠杀英文或德文的书，也没有这样的电影在欧洲放映。无独有偶，美国一个石油公司的总裁也跟我说过同样的话。对此我们应作何感想？我们的民族应作何感想？

翻译事业面临新的机遇，
也遇到了新的挑战

现在翻译事业面临着机遇，也受到了新的挑战。变化中的中国，我们遇到的新词也多了起来，如何翻译，就颇费脑筋。也许因为我们的专业知识不够完整，亚洲金融危机发生之后，就有人把“反通货膨胀”（anti-inflation）当成 deflation，错了。deflation 是通货紧缩。“反通货膨胀”是指通货膨胀的系数随时间有所下降，而非“通货紧缩”。在变化中的中国，在与外国交往的过程中，业务上的挑战是难免的。这需要翻译工作者的努力，也需要被翻译工作者帮助的作者或说话人共同努力，才能使我们的翻译水平提高。

把中国真实的情况告诉外国人

■（2001年10月25日看望“金桥奖”终评委员会委员时的讲话，节录）

中国人的辫子剪了？

中国需要建立良好的舆论环境。实际上任何国家都有此需要，都希望国际舆论对本国有利，这是毫无疑问的。一个国家的舆论环境好，在国际上的威信高，就容易得到同情和支持，在进行文化交流、经济交流乃至军事交流时就方便得多。这是公认的基本道理。对中国来说，尤其有建立良好舆论环境的需要。对此，我们有一些特殊的理由。

一个是中国改革开放比较晚，外国对中国所知甚少。去年美国芭蕾舞团到北京昆仑饭店住，订房间时特别嘱咐一句：“是不是每个房间都有洗手间？我们都要有洗手间的那种。”

来了之后又问：“中国人的辫子剪了？”这是昆仑饭店的总经理跟我说的。美国芭蕾舞团不是低文化层次的，也不是过分闭塞的人群。当然，这可能是一个极端的例子，但类似的例子还有。

应该看到，我们建立良好的舆论环境也有好的条件。最重要的就是世界需要中国，发达国家需要中国的市场，发展中国家需要与中国相互支持和交流经验。发达国家迫切地要了解中国的投资环境，无论如何要和中国做生意，由此美国形成了一个在华利益集团，他们在中国有投资、有生意，他们很愿意促进中美友好，但是他们更着眼于经济利益；发展中国家需要中国的支持，当然也需要与中国做生意。中国外交学会曾经邀请了一些非洲年轻政治家来访问，我也接待过一些非洲的政党领导人，他们要求增加关于中国的法语的资料，了解我们的宪法、法规、行政制度以及发展经济的做法。基于发达国家和发展中国家这两种需求，应该说，我们的出版物是有读者的，问题是我们如何满足外国读者需求，要克服实际存在的出版中的盲目性。

不能因为互联网，忽视传统媒体

现在的传媒手段不外乎是电视、广播、图书、报刊以及互联网，这也都是我们对外传播的主要媒体。但由于我们认识的关系，有时偏重这个，有时偏重那个，理论上讲，这些媒体，我们都应重视，但对不同的国家或地区应该有不同的侧重。对传统的报纸、书籍、杂志还是不可忽视的，网络只能与报刊互补，却不能广泛地替代报刊，如在非洲，互联网还远未普及。我们对外传播的目的是把中国真实的情况告诉外国人。只有让外国人了解一个真正的中国，而不是他们通常想象中的或者被“妖魔化”了的中国，这样，他们才会消除对中国的偏见，进而对中国友善。

我们传播的产品，书刊和影视，基本的要求是要让人看得进去、读得下去，最好能让人喜闻乐见。一翻开就读不下去就没有用。

事前策划选题比事后评论更重要

首先是在内容的选择上，要分清层次。

有属于基本国情的，说明中国社会进展、国家政策和时政的；另一类是文化层次的，要表达的东西很多，如介绍孔子、京剧、国画、昆曲等；更重要、更深刻的层次是说明当代中国人的，这种书我们很少。半年前，布什总统为参加上海 APEC 会议，想找一本介绍关于现代中国人的书，想了解中国人的性格、人品，了解中国人怎么交往，居然找不着中国出版的描写中国人的适当的英文书。比较正确地描写中国人的书难找！而有外国人写的关于中国人的几本书，都是多少带有偏见的，甚至对中国人的生活习性都有严重歪曲。实际上中国人很友善、好学习、爱国家、重视家庭、注重教育，这些很优秀的特点未广为人知。这类书少，主要是缺少组织者和作者。柏杨有一本《丑陋的中国人》，是写中国人的，他写了中国人的缺点和弱点，过于挖苦，有矫枉过正之意。但我们要给外国人读的书不是这个写法，要使读者对中国人有大致客观的印象，还是要表现中国人的为人，特别是表现中国人正面的主体性格。

再有很重要的一类是政治层次的，针对外国读者，讲清楚中国社会主义民主制度，什么是中国特色社会主义，讲清楚中国政府、人民代表大会、中国共产党，对他们说明白了也要有点功底才行。还有专题性的一类，如人权问题、台湾问题、西藏问题。我们外宣的书籍现在看来精品不够多，还远远没能达到我们自认的水平，更不能满足国外社会主流的阅读需求。

我想强调一点：事前策划选题比事后评论更重要。选题不妥，下面就都会错，无的放矢，可惜了人力、财力，做了用处不大的事情。所以，选题会要经常开，选题要有战略性的、战术性的，也有应急性的。在选题论证上，组织者要有学问，组织者应是政治家兼出版行家，要组织社会名家商讨选题，要论证，要招标，要竞争，不能糊里糊涂地出书。

要选有真才实学的作者

跟选题平行的就是选作者，一定要选有真才实学的作者，一是有学问，懂得他所要写的领域，第二他要了解外国人的心理，否则，用中国人的心理，像写给中国人一样，就会出问题。如历史朝代不加注公元纪年，对历史典故不加说明等，那还是好改正的；难的是作者要随时记住是给外国读者写书，要克服给中国读者写书的惯性。斯诺的伟大就在于他不仅能把中国革命写出来，而且让外国人能理解。我们能不能发现几位“斯诺式”的朋友，对待这样的“斯诺”决不能希望他不写中国的缺点，他是外国人，有外国人的观点，他可能认为中国改革开放还不够、中国还有缺点，可能要评论。我们要欢迎实在的批评，完全不写缺点的文章也是不容易取信于人的。

“删繁就简三秋树，领异标新二月花”

刚才谈了选题、作者和外国受众的问题。还有一个问题：我们许多作品篇幅太大，句子太长，读起来太累，需要删繁就简。所谓“繁”，是指文章长、命题重复，而且模式化，过多地引用政治术语，过多地引用经典，须知很多中国经典是外国人不知道的。所以我想送给一些作者一副郑板桥的对联：“删繁就简三秋树，领异标新二月花。”“删繁就简”本不易，“领异标新”就更难，因为这意味着创新。

对外传播要讲究方法

■（2001年11月2日在北京市
外宣干部培训班上的讲话）

中国这样好的形势并不为世界所尽知，需要我们对外传播出去。我们面临的情况是：第一，多数外国人对中国了解得仍旧较少；第二，确实有一部分势力对中国怀有敌意。因此我们创造良好的舆论环境任务重大。

对外传播首先要“灯下亮”

全国各地做了那么多外宣品，想把它送到外国去，但是有时效果并不理想，送了一部分到国外，但没有多少真正能到主流社会的人士和想要的人的手中。到中国来的外国人数量很多，每年来北京就有300万人左右。他们都是对中国感兴趣的人。在北京，外国人经常出入的场所，如机场、宾馆，却很少有能让外国人了解北京、了解中国的书刊。在这个背景下，我们提出了“灯下亮”工程①，就是使外国人能够很方便地得到介绍中国的书。

不久前，我拿到了一份达赖集团印刷的拉萨市区地图，无中生有地在十字路口都画上荷枪实弹的士兵。拿着这样失真的地图，谁还敢到西藏

① “灯下亮”工程是为来中国的境外人士提供包括书刊在内的信息服务工作。避免只注重把对外书刊向境外推行，舍近求远，造成“灯下黑”的现象。

去？这样，我们给想去西藏的外国人提供一张真实、漂亮的旅游地图就很有必要。“灯下亮”工程就是做那些到中国来的外国人的工作。“灯下亮”工程还包括电视台，我发现北京有些很著名的大宾馆里没有中央电视台第四套和第九套节目，外国的电视频道在中国落地了，但是我们自己的节目在家门口却没有落地。我们应当把眼前的工作先做好才是。

中央和地方外宣工作的区别和共同点

北京的一个区如何进行对外传播？如仅限于以本区为内容就比较难，我看如果站在整个北京的角度和立场上就比较容易。在本区的外国公司和外国人，也许还有外国城市的友区，自然就是区对外传播的现成对象。

中央和地方的外宣工作有一些区别，但是也有很多共同点。主要区别是：需要由国家回答的问题，有的由国务院新闻办负责，如驳斥美国的《考克斯报告》。申奥、办奥也是国家大事，但对外传播主要由主办城市北京负责。不久前，天津新闻办有力地驳斥了所谓中国非法进行人体器官移植的谣言，就很成功。

其中的共性是，我们都是为了创造一个有利于中国的舆论环境，要说明中国的现状、中国的政策，回答外国人对中国的疑问，这在立场上是一致的，在方法上也是相近的。

外文书刊也要走市场化道路

美国有一个《世界日报》，据称是海外第一大华文报纸，许多在美国的华文报纸发行远不如它。《世界日报》成功的主要原因之一是非常注意市场开发。对外刊物要发挥作用，一定要有市场；不能只靠赠送，赠送不能广为传播，内容平淡人家拿到手了也未必去看。有影响的电影一定有很高的票房价值，好的电影自然会吸引想看的人。书刊也是一样，比如研究西藏，我们编了很好的研究西藏的书目，把我们所有的成果、成百上千的目录提供给各国重要的研究者，对他们研究西藏会有帮助。但有人想读这些书，到哪儿去找？没有书号、没有定价，中国的书店不销售，而外国书店、图书馆也不接受没有定价的书。澳门回归前两个月，我到西单图书大厦转了转，里面有专柜销售有关澳门回归的书籍，大概有30种，但没有一本是外宣系统出的，对澳门感兴趣的人拿不到我们外宣系统出的书籍。我们正规地定了价以后，10多种小册子一下子卖出了450万本。我们还设计了庆祝澳门回归的招贴画，先放在中山公园展览，让大家投票，选出好的再付印，通过媒体给予报道，就把这些画宣传出去了，卖了9万张。这充分证明了对外刊物需要走市场的渠道。虽然外宣品免费赠送是需要的，但不能因此就不要市场，事实上主渠道还是市场。

回答记者提问重要的是信心

外国和一些港、澳、台记者的提问常常比较刁钻。对我们来说，我们并不怕这种尖锐，这表明这个问题正是世界对中国感兴趣的焦点，我们正要找机会回答。

至于回答问题有什么技巧，或者有什么经验，我觉得技巧不是最重要的，甚至口才都不是最重要的，最重要的是信心。外国人问我中国的问题、北京的问题，实际上他往往站在一种相当主观的立场上，外国人肯定不如我们知道中国，不如我们了解北京！我们头脑里有很多内存，到时候就能融会贯通。

以艺术的、文化的方式向外国人介绍一个真实、进步、开放的中国

中国幅员辽阔，各地情况不同。我们地方外宣办在对外宣传中不能只有一个做法，像西北地区和沿海地区不可能做一样的工作，任务应该有所区别。大体上可分成三类：一是沿海和发达城市。由于他们经济发达，对外交流的机会就多，资金也无困难。二是边境地区，如内蒙古、新疆、云南等。边境地区有优势，就是他们与某一个或多个国家接壤，在语言交往

上容易。有两个工作做得比较好的例子：内蒙古自治区电视台向蒙古提供蒙语电视剧《水浒传》,《好汉歌》用蒙语唱很带劲儿。那边电视台播《水浒传》的时候，收视率很高。新疆还办了《大陆桥》俄文杂志，效果也很好。第三类是内陆地区，开展工作似乎稍微困难一点，但也大有题目可做。传播资源要靠自己去挖掘，各地都有取之不尽的源泉，各项社会进展、文化生活、民族团结进步……也许自己司空见惯了，但外国人会感觉很新鲜。要注意研究当地特点和传播对象，这样才能有针对性。

我们在宣传政治内容、文化内容时应该找到合适的切入点和好的方式方法。对外宣传工作应以中国的真实情况为素材，如基本政策和国情、社会各项事业的进步等情况，以艺术的、文化的方式向外国人介绍一个真实、进步、开放的中国，这是一项艰巨的大工程。外宣工作内涵丰富、大有学问、任重道远，望大家一起努力。

一个精品抵一百个平淡作品

■（2002年6月6日在昆明市“灯下亮”工程座谈会上的讲话，节录）

由产品效果判断工作水平

对工作水平的判断是根据工作的效果，由此要求我们的对外传播的产品——报刊、书籍、影视和互联网中内容是精品，精品就是对外国人有影响的产品。外国人翻开精品的第一页，读得下去，觉得是他想读的书。在语言风格上，符合外国人的思维习惯，才能发挥影响力，才有效果。就像我们看电视一样，几十个频道都送到你家里了，你为什么就选某一个频道、某一个节目，因为那个频道对你有吸引力，能引起共鸣，才会引起你的同情心或者是认同感。

以前我们做了太多的产品，恐怕有相当多的产品不是精品。曾经有驻外的同志——当然不是讽刺——很直率地说：“这些书刊真的很占地方。”我想这是很直率的批评，我们为什么要制作这样的产品呢？精品决不是在屋里坐着就能想出来的，是你对国外、对你的宣传对象的研究，经过反复的思考和酝酿，再经过艰苦的创造过程的结果。克林顿访华前，我们有意推动一下中美关系。想到江泽民主席访美在先，克林顿访华在后，认为克林顿访华是对江泽民访美的一个回报。不要让外国人忘了这一点，我们决定出一本以江泽民主席访美为题的画册——《历史的聚焦》，当然其中也有许多克林顿的照片，这本画册获得了比较大的成功，成为人民画报社多年来最成功的画册。

再举一个成功的例子：就是《犹太人在中国》，大家知道犹太人在历史上是受排挤的、没有国家的、没有祖国的民族。我们知道历史上犹太人到中国来过几批，其中最有影响的一批是 1934 年到 1941 年，欧洲犹太人逃避纳粹迫害到上海避难。犹太人在世界各地受迫害的时候，慷慨的中国人不需要签证而允许他们到上海避难，把自己的粮食和房屋让给犹太人。对此他们世代感恩图报，现在许多人还健在，还有在上海出生的儿女一代，但是这段历史年轻的中国人和犹太人所知较少。于是我们牵头出一本书《犹太人在中国》。这本书非常成功，得到许多重要犹太人的赞许。这包括、沃尔芬森（世界银行行长）等十数位有影响的人物。要说一个精品抵一百个平淡作品，可谓此言不谬！作为省一级，每年可以有数种精品，地区有一本就很不错了，县里有一个好的小册子、有一个好的折页，里面的英文不要错，就算县级的精品了。精品做出来了，跟着的一个问题是如何送到有需要的外国人手里，靠赠送总归是不够的。国内外的经验都是一样的，必须通过无所不在的商业渠道发行才能达到广泛传播的目的。如果赠送，送给人有意义的东西才是好礼品。

开辟传播渠道的难度不亚于编制精品。一开始我们可以“扶上马送一程”，给予一些财政补贴，但全靠赠送效果是不行的。我希望大家对经营有所思考并擅长一点。这也没有什么难的，总比搞西部大开发工程容易。

想要发生影响，发行规模是很重要的。一个好电影要有影响，一定要放一千场一万场，在中国有一千万人看、两千万人看、一亿人看才可能有大的影响。确认的精品要多印，改变以往种类多、印数少、效果不明显的现象，改为“品种少而精，多印精品”，这样才能产生影响。

“灯下亮”工程任重而道远

在外国的汪洋大海的人群中我们怎样把对中国有兴趣的人“过滤”出来，这是很难的；而来到中国的外国人都是“自动过滤”出来的对中国有兴趣的人，这是“灯下亮”工程的首要对象。不妨把“灯下亮”扩展到周边国家。中央一再强调周边国家对中国的重要性。14个接壤的周边国家，就有14种语言，边境省、区不仅要办相邻国家语言的杂志，还要办互联网、广播电台，甚至电视台，舞台广阔，任重道远。

我希望大家不要再讨论“灯下亮”的意义，而是要讨论“灯下亮”的工作怎么做。各省由于所处的地理位置和对外交往面不同，工作内容也有所不同，要求也不相同。希望大家多做策划，对业务精益求精。

外宣工作的综合性很强，我们要善于发动社会力量。我们不是作家，不是翻译家，我们是组织者，一定要依赖真正的专家。任重而道远，全国的外宣干部一起努力吧！

对外书刊“本土化”①是创造性的新实践

■（2004年11月5日在中国外文局对外书刊本土化暨《今日中国》中东分社及拉美分社成立总结汇报会上的讲话）

对外书刊“本土化”，或可简称“外刊外办”，外文刊物在目的国编印发行，是在外文局领导的鼓励下，由群众中来的一个创造性的新实践。我只是一个创造性新实践的呐喊者和支持者。外宣书刊本土化也是我们在中央外宣工作会议之后的一个新的进展。用“中央外宣工作会议”这样的名称召开这样的会议是第一次，这表达了我们党在加强执政能力的思考中把外宣工作的地位提得更高了。现在用三句话来描述外宣：一是“党和国家一项具有全局性、战略性的工作”，二是“我国国家综合国力的重要组成部分”，三是“我国国家安全的需要”。我们一定要用新的行动，来响应中央对我们的召唤。

我们那么多年来提“走出去”，是做了些事，但非常值得我们作为里程碑的那种“走出去”似乎还不多。这件事情做好了，将会成为“走出

① 对外书刊“本土化”是2004年中国外文局的一项改革措施，也可称“外刊外办”，即派出编辑小组常驻目的国编印发行，国内本部以互联网与编辑小组保持联系，协同提供部分文章、有关数据、照片和排版。是创造性的新实践。

去”的新的重要内涵和重要形式，在本系统内可能被排在名列前茅的重大改革项目的位置，我有这样的期望。

“外刊外办”的好处就是避免了以往我们“闭门造车”的机制带来的种种问题。

“闭门造车”在以往是不得已，因为在20世纪五六十年代，很多国家根本不承认我们国家，我们到外国去办，谈何容易！人家对我们是封锁的。如今，我们的思想进一步解放了，国际环境也变化了，我们有走出去的条件了。走出去办刊的好处颇多，和当地的社会尤其是受众和潜在的受众直接接触，针对性就清晰了。

第一个好处就是提供了“外刊外办”实践“三贴近”的机遇。即“坚持贴近中国发展的实际，贴近外国受众对中国信息的需求，贴近国外受众的思维习惯”。“贴近中国发展的实际”，意思就是多报道现代中国，再一层意思是报道要实事求是，不要泡沫，不要渲染。

我们不能当“百分比”领先时就说“百分比”，当“绝对值”领先时就说“绝对值”，不能把话说得太满。我们要记住小平同志说过的一句话：“我们不要吹，越发展越要谦虚。”我们在外办刊时如何保持“贴近中国发展的实际”，如何随时知道国情的新发展，请大家多用心。

“贴近外国受众对中国信息的需求”，外国受众到底想知道中国什么？外国人首先想知道现代中国。在了解外国受众需求的时候，一个很重要的问题是：在众多外国人当中，谁是你的受众？受众是什么水平？我认为，一定要把外国的受众对中国的理解假设为一个外国的中学毕业生，万万不能假设为一个专家，否则会把我们的书写得太深、太涩，那样写成中文都未必能吸引很多中国读者，更不用说翻译成外文对外国读者了。对外文章务必不能写得太深。写深了两边费劲，你写费劲，人家读也费劲。但是我们似乎写惯了深的文章，要改一改。

外国人对中国的经济感兴趣。但要记住你的对象不是经济学家，而多数是企业家。所以我们还是多介绍中国的实际发展和投资环境，少讲我们的经济理论为好。外国专家研究中国也不是依靠我们一般的外刊，他们会去找学术性刊物文章。

"贴近外国受众的思维习惯"，这也往往被忽视。外文局许多人的外文很好。但对外宣传不只是语言的翻译、文字的翻译，而是文化的翻译、思想的翻译。所以把一篇文章翻译成外文时，文章的段落你可以前后调整，某些段落也可以删，有些话不一定要一一对应。严格地说，让外国人读的文章应当是一篇再创作的新文章。

第二个好处就是实现了时效性。《北京周报》寄到美国要七八天，而且邮寄成本是编印成本的几倍。"外刊外办"可以直接投放到当地市场，大大提高时效，还可能降低成本。

第三个好处是以新的方式来培训干部，包括给干部发展的机会。善用人才包括发展人才。搞"本土化"就要派人去当地工作，希望大家在这个过程中提升自己的语言、文化，以及与外国人打交道的本领。

这项改革是革命性的措施，可能会使体制、机制相应地发生很大的变化，希望大家支持。但可能会有很多新问题，也许会涉及有些部门的利益，那就要通过其他的途径来弥补。

我们的舞台很大，未开垦的土地很多，我希望各外文刊都及时开始"出发"，不必等一两家的经验到手再出发。各国的情况不同，杂志也不同，除了共同的经验外，很多经验要自己创造，我期待着大家前进的消息和分享丰收的喜悦。

微笑着向世界展示中国

■（接受《中国新书》杂志赵大恒采访答问，
2005 年第 2 期）

问：现在许多政府官员出书，要么就在卸任之后，要么会在某一重大事件之后。您 1998 年上任，到现在正好第 8 年，为什么会选择这个时候出版《向世界说明中国——赵启正演讲谈话录》一书，有没有什么特殊的考虑？

赵启正（以下简称赵）：有。我深感我们在向外表达中国的时候，往往忘了对象是外国人，而用中国的方式，这里包括用我们的思维，用我们的语言（不是指汉语，而是指我们的词汇和表达习惯），甚至不顾对方想知道什么，一味地输出，不注意对方的反应，那么效果就不会理想。

对外宣传工作，实际上是一个对话过程，即使是演说，也要知道人家想听什么，要事先有一个调研。演讲中也要注意对方的表情、会场的气氛，随时调整讲话的内容和语气。如果是小的会场，是即席发言，也要听人家说什么，你才能给人恰当的回应。外国人想知道的，和我们要说的，中间有一个交集，如果我们说得好，使外国人的兴趣进一步扩大，那这个交集就变大了。咱们谈话的目的，一是想让人知道事实、一个真实的中国。第二，我希望你能接受我的观点，也就是说我能影响你的思想。

由于我们的表达常常过于中国式了，外国人会不知所云，不知道你在说什么。我这本书不是专门写的，是多年积累的结果，如果计算起来，花的时间恐怕在 1000 小时以上。在几年前就有多位同志建议出书，但我一直觉得未必有那么好，可能会误人子弟。但后来几位有出书经验的同志认为这本书出来后可能对一些年轻人，或者从事对外交往的同志，在如何沟通和表达的问题上有参考价值。所以出版社就从资料目录中挑了这60篇，主要的目的就是以案例的形式提供一个如何与外国人沟通的参考。

问：看过这本书或者听过您的演讲的人，都会被您的博学、机敏和幽默所折服，而您在上任之前好像并没有专门从事过新闻宣传工作，那么这种优秀的职业素养是如何形成的呢？您此前的经历对此有什么帮助？

赵：我担任上海市副市长时，负责外事，负责外贸，负责浦东开发，最多的时候我一天接待过13批外国人，我现在都不能想象是怎么安排的。在和外国人交往的过程中，我弥补了读书所不能得到的知识，体验了那些外国的政治人物、经济人物，或者记者，他们怎样表达自己的观点，或者说那些精英们的语言是什么样的。这样交往多了，就知道如何表达外国人才更容易明白。比如说，我向他们介绍中国政府决定以浦东开发为龙头，带动长江流域的经济发展……外国人不明白“龙头”是什么，是动力，是大脑，还是先锋？于是我往往不大说龙头，而说以浦东开发为契机，带动周围地区进步。我还会这么说：“中国在发展中，中国需要加强同世界的对话，政治的对话通过首都来进行，经济的对话通过少数大的经济城市来进行，中国目前还没有像纽约、伦敦、巴黎、东京、法兰克福那样的城市。要让上海成为那样的城市，就得加强建设，开发浦东就是这种建设的一部分。浦东就新加坡那么大小的地方，要把它建设成具有先进城市功能的新区。我们的飞机已经在跑道上了，愿意上飞机吗？”如此，已大体说明了为什么要开发浦东。

问：现在各个部委都有新闻发言人，外交部主要谈国际政治关系，经贸问题有商务部，您却要从经济到政治、到文化、到环保样样涉及，这么多内容怎么准备，有什么诀窍吗？

赵：资料肯定是每天都要看的，现在有了网络就更方便了。我和日本15位议员座谈，每个人哪个大学毕业的，什么观点，我都清楚，所以一见如故。

问：您这本书中的文章有人作了点评，对您的表达艺术作了总结，您自己怎么概括您的表达理念?

赵：我认为，第一，你要注意对象的背景，他是什么阅历，什么文化，要选择对方能够接受的方式；第二，表达的时候，要做到“中国的立场，国际的表达”，或者说“中国故事，国际传播”；第三，用通俗的语言来表达，而避免使用过于专业深奥的术语。词汇用的范围要和对象相适应。

问：您在对外交流的过程中，肯定会遇到对方怀有敌意的情况，这时候您怎么征服他们?

赵：我认识的哈佛大学的一位名教授，听说我要去华盛顿全美新闻俱乐部演讲，给我写了一封信，他说，你选择了一个非常危险的地方，应对不妥很容易失败。依他的经验，他有三条建议：第一，不能太意识形态化；第二，需要幽默，但不要勉强的幽默；第三，不要表现得过于聪明，记者们会决心打倒你。也就是说在答问场合不能感情用事，对方刺激你，你不能生气，一生气，你就不能正确地思考，这样的事我遇到过。在日本的一个国际论坛上，有个台独分子以一口流利的日语问我：“你刚才说你们是亚洲和平的维护者，是吗?你们扩军备战要打台湾，台湾是你们的吗?”说完就坐下了。我说：“你表达了观点，忘了提问题，但是，我还是要告诉你，台湾是中国的一部分，这是全世界都知道的。如同身体上的胳膊，有人要砍掉它，大脑不答应，身体也不会答应。任何一个国家，都有国防力量，在我们建设国防的时候，还有人说台湾要独立，我们会愚蠢到不发展国防吗?!”会后日本方面的主办者对我说，这位提问者确实蛮横无理，你冷静的回答，令人不能不同意。

与世界媒体同行

■（2005 年 5 月 16 日在北京《财富》论坛文化圆桌会议上的对话，节录）

主持人：理查德·D. 帕森思（Richard D. Parsons），美国时代华纳公司董事长兼首席执行官

发言人：赵启正，中国国务院新闻办公室主任

蒲思鼎（Norman Pearlstine），美国《时代》杂志总编辑

主持人：今天非常荣幸地请到国务院新闻办公室主任赵启正先生，跟我们一起讨论媒体在中国日益重要的角色。我们要感谢赵主任多年来在与中外媒体打交道中所表现的职业精神、平等对待各个媒体的公平精神。感谢他在向全世界传播中国的丰富文化和传统方面所作出的不懈努力。同时，我们还请到了时代公司总编辑蒲思鼎先生。首先我们请赵启正主任发言，之后他们二人会进行一番对话。

"每天一个新中国"

赵启正（以下简称赵）：谢谢帕森思先生。20 世纪末，英国布拉顿第 18 届世界哲学大会提出了"新的世纪是文化世纪"，而我们这次《财富》论坛的主题是"中国与新的亚洲世纪"。这两个命题结合起来，就是今天圆桌会议的内容。

由于互联网、卫星电视等现代通讯方式的发展，媒体越来越重要了，文化也越来越重要了。文化可以促进政治、经济和社会各领域的发展，但如果处理不好，也可能成为发展的障碍。亨廷顿教授在他的著作《文明的冲突与世界的秩序的重建》中谈到了这些制约因素。而中国在新旧世纪交替之际提出了一个全国的战略方向，就是要发展先进文化。我们要继承传统的优秀文化，克服不适应时代的落后文化。这在中国是一个很响亮的命题。

中国在快速发展，特别是近二十年，中国健康、稳定的发展引起世界各国的关注。中国发展得如此之快，可以说“每天一个新中国”。在中国，不论是想积极推动这种变化，还是仅仅享受、适应这种变化，都需要了解每天发生的信息，这包括国际的和中国的信息，因为它不仅影响社会，也影响每一个社会成员的命运，影响每一个企业的前途。特别是中国加入WTO之后，中国对世界的信息要求和世界对中国的信息要求，双向剧烈地增加。这种需求不仅是经济方面的，也包括社会发展的各个方面。

在这种快速的发展中，中国的媒体得到了发展的机会，快速成长。不仅数量迅速增加，内容也更加丰富，国际新闻和国际报道的篇幅也增加了。中国媒体能够向国际提供及时、全面和客观的中国信息。但中国还需要国际媒体的合作，需要各大通讯社、各大电视网的信息。

我们要提供最好的信息源

中国政府鼓励媒体更多地报道中国的社会发展、中国的政策，并且回答国际舆论对中国提出的问题。因此，我们要提供最好的信息源。中国国务院新闻办公室推动了新闻发布会的发展。2004年，中国中央政府和地方政府共举行新闻发布会九百多场。特别是在我的办公室举行的发布会，美联社、法新社、路透社、CNN（美国有线电视新闻网）、中国中央电视台的三个频道和香港凤凰卫视都进行了及时的报道或转播，中国的互联网还在现场进行文字直播。据了解，我们发布的信息有80%都被中外媒体列为当天或当周最重要的新闻，剩下的20%也都进行了报道。

但与国际同行相比，中国传媒在资本、经营网络、经营理念、管理体制和人才素质等方面还有较大的差距，特别是文化产品贸易存在着严重的逆差。

因为中文的不普及，中国要对外表达就必须开办外文的报纸、杂志和网页。我们的英文报纸只有几家。在北京的就是《中国日报》(*China Daily*)，这是一个非常严肃、正规的报纸。地方也有几家英文报纸，如《上海日报》(*Shanghai Daily*)。中国有多种外文杂志，我们每个边疆省都有一两种邻国文字的杂志。但是传播仍旧有困难，在外国的书店里很难见到。

我们希望与世界媒体同行

总体来说，在国际上，中国的表达还较弱。因此，重大的国际新闻，中国难得有独家报道，也难得在现场直接采访，往往都要购买外国的新闻，加以综合分析再变成我们的报道。这样在时效性和准确性上都会出现一些问题。

我们需要和外国媒体合作，并且已经进行了一些合作，比如和时代华纳、新闻集团以及日本的富士电视台等等，他们帮助我们把 CCTV-4 和 CCTV-9 在美国、欧洲、日本落地。当然，这些节目的内容如何改进和改善还有讨论的余地。我们希望能够在今天这个会上表达我们和世界媒体同行、和文化界进一步交流的愿望。谢谢！

西方媒体报道中国有欠客观公正

蒲思鼎（以下简称蒲）：海外媒体关于中国的哪些报道会让您不开心？

赵：从总体上说，外国媒体，特别是西方媒体主导了国际新闻。全世界重大新闻有 80% 来源于西方几个主流媒体。关于中国的新闻，新华社的报道是比较准确的。我们不满意的地方是，有些西方媒体有时候报道不全面，夸大中国某些方面的缺点，或者有时把谣传的消息作为正确消息报道，而产生这种误解的原因很难得到解释。有的西方媒体曾经一度过分宣扬中国的成长，以至于提出“中国威胁论”。这种评论性文章比新闻更有偏差。甚至有一篇文章说，中国的男人超过女人，中国男人就会出去侵略他国。这样荒谬的话也出现了！外国媒体可以说中国的不足和阴暗面，就怕先下了结论，认为中国不那么好，然后去找所谓的“事实”，而事实又不准确。这是我不满意的。

中国媒体要成为世界主流媒体还需要很长时间

蒲：您觉得中国的主要媒体，如CCTV、新华社，什么时候能够像CNN（美国有线电视新闻网）、FOX（福克斯）、BBC（英国广播公司）一样，在美国、欧洲和亚洲其他国家也成为主流媒体？

赵：世界的主流媒体不仅规模大，而且要对全世界的新闻传播有主导性的影响。中国媒体要成为世界主流媒体还需要很长时间，可能需要十年、二十年，甚至更长的时间。这其中除了经济实力不够之外很重要的原因是中国文化和外国文化的差异。中国是世界文化发源地之一，但她是很特殊的文化，思维方式也是独特的，受中国儒学思想影响，而欧美的思维方式则是受西方文化的影响。难的是文化翻译。对同一件事情的表达，用什么样的方式表达，才符合外国读者的文化背景和思维习惯。

中日是近邻，谁也不会搬家

蒲：过去几年中，中国的互联网不断发展，中国人开始用互联网进行交流。过去几个月里，互联网上有很多中国青年不断讨论中日关系。您认为利用互联网进行传播和交流对中国的信息传播是积极的事情，还是让您很担忧呢？

赵：中国政府对建设互联网持十分积极的态度，发达的互联网提供了廉价和高效的沟通机会。当然，人们在读互联网新闻的时候和读严肃报纸的时候，需要有不同的判断。因为在互联网上，个人也都可以发表信息，因此就有不准确的时候。

在积极发展互联网的过程当中，我们尽量防止传播不良信息，比如暴力、色情和假消息。此外，还有垃圾信息。我知道，你问的是政治方面的考虑。政治方面我们要求遵守中国宪法，如果是发表分裂国家的主张，我们坚决予以禁止。在维护国家的根本利益这一点上与美国没有不同，当然两国的国家利益是不同的。

蒲：互联网上有很多表达民族主义或者爱国情绪的，也有谈到跟美国的贸易关系或中日关系，以及大陆和台湾的关系的。几个星期前，台湾地区的两个领导人也刚来中国大陆访问过。所以，除了互联网可能带来的风险，您认为互联网是不是一个有价值的信息和民间舆论来源呢？

赵：中国有将近一亿互联网用户，其中以年轻人为主。互联网所反映的情绪不是全体中国人的情绪，主要是一部分年轻人的情绪。所以根据它来判断整个中国的民间舆论是不全面的。前一段时间，互联网上对台湾两个政党领导人来访的报道比报纸要多得多，图片、花絮趣闻更多，网民对他们的来访作了评价，总体上是热情积极的。

中日在二战中是敌人，中国人民受到了巨大的伤害，这样的伤害，中国人不会忘掉。当然，我们并没有让日本现在的年轻人承担责任，可是日本政府某些人物有对于战争历史的错误言行，如参拜靖国神社等，使中国人民回忆起了战争中的痛苦。但是，中日友好是两国人民的共识，我们愿意以史为鉴，发展未来，要铭记历史，启示未来。请你们放心的是，中日关系还将有很好的发展。我们是近邻，谁也不会搬家。

中美之间有些事情就像打网球

蒲：请您谈一谈中国媒体应该如何报道美国政府要求中国做的一些事情，比如中国是否在朝鲜问题上扮演重要调解人的角色、要求中国重估人民币、中国对美国贸易顺差过大，以及美国反对欧洲解除对华武器禁运的问题。在这些要求和压力出现的时候，您是如何应对的呢？

赵：你的确有很强的职业特征，在一分钟之内就把所有的敏感问题都提出来了。如果我全部回答，需要十分钟，所以我只能简单地说。

美国报纸反映的问题在于美国记者和编辑的选择。在美国发生很多事情，对中国也有很多不同的舆论。但是你们首先选择什么，这是你们《时代》杂志、CNN和《纽约时报》的责任。希望你们能够选择那些重要的、真实的、相对公道的报道，如贸易逆差、解除军售禁令问题等。这些报道的偏差也不完全是媒体造成的，所以还需要美国政府和议会采取更积极的态度。

中国人觉得美国人直率、乐观，甚至美国人和中国人的某些幽默都比较相近。但是说到国会，中国人不像喜欢美国人那么喜欢它，因为它不断通过一些法案指责中国，有些是没有道理的。比如美国国会每年接受美国国务院的一个报告，叫做《国别人权报告》。少的时候包含130个国家和地区，多的时候有190个国家和地区，但老是忘了美国自己。其中针对中国的篇幅很多，因为不符合事实，中国当然不能接受。为了表示我们的态度，于是我们每年出版一本《美国人权纪录》，作为美国《国别人权报告》的补充，以八种语言发布。这不是我们发球，只是接球而已。这个球实在是不能不接了。

至于贸易逆差问题，不是想象中的那么复杂。没有美国发布的数据那么大，也可能没有中国发布的数据那么小，原因是统计标准有很大差异。美国希望中国多买波音飞机。但是中国要五架、十架地买，不能上百架地买，所以还不能平衡。中国如果少买空中客车，希拉克总统也会有意见的。美国应该多卖给中国一些东西，但是美国总是不能给我们一个很像样的货单，比如高级的科技产品卖给许多国家，不卖给中国，还假设了很多理由，如美国的安全等。另外美国从中国进口的如服装、鞋子、厨房用具都是美国自己不生产的，美国不买中国的，也要买其他国家的。美国的通货膨胀率很低，应当感谢中国。美国老年人领退休金的时候也要感谢中国。在座的人现在虽然年轻，将来退休的时候，你们会体会到与中国贸易的好处。

品牌中国

■（2005年7月15日在北京接受美国《领袖》杂志[①]中国专刊首席代表杨红专访）

杨红（以下简称杨）：由您领导的国务院新闻办，在外人眼里好似中国的国家公关公司，您认同这种说法吗？您怎么看待国务院新闻办的角色？

赵启正（以下简称赵）：我认同这个说法。我们这儿叫“Information Office”，意思就是说明中国，给世界中国的信息。说明的方法很多：新闻发布会，白皮书，外文的书刊报纸，外文的网站，在美国等其他国家举行文化活动等。说明的目的就是让世界对中国有一个正确的认识。也就是说有一个良好的舆论。我们愿意介绍一个真实的中国，愿意说明中国的进步，也愿意说明中国的不足。我们每天都在讲中国的故事，但是要用国际的方式表达。不能让外国人听不懂，要注意他们的教育、他们的文化程度、他们的宗教信仰，与我们有很大的不同。概括地说，就是中国立场，国际表达。中国的故事，国际的叙述。

因此，我们的确像是一个国家的公共关系公司，任务就是把中国的事情说明白，为中国缔结良好的“国缘”。真实的中国是很伟大的，也是很可爱的。

---

① 《领袖》杂志是一本针对世界各国3万多名政要和企业领袖的直投杂志，1978年在纽约创刊。该杂志曾采访过邓小平、江泽民等党和国家领导人。

杨：这么多年中，新闻办的角色都有哪些变化？这些转变都反映了中国社会的哪些变革？

赵：我们这几年角色的转换就是把比较单纯的注重文字的和影视产品的交往，扩大到包括了互动的面对面的交往。这个互动很重要，可以做很多的沟通，可以消除误解，建立友谊。

交流有很多层面，与政府之间的交流，是一个层面；民间的交流包括与企业的交流是另一个层面。文化层面和经济层面上的交流，对政治交流更是一种基础性的交流。

杨：您觉得什么是最好的宣传中国的方式？

赵：首先要说实话。我相信，你不讲故事，别人讲故事，你不讲真故事，假故事就流行。所以我们促进改善国内的突发事件的报道系统，一定要快而准确。你注意我们现在大有进步，报道比以前快多了。

我们促成的一个很值得一提的变革就是我们新闻发布会的进步。以前新闻发布会没有十分明确的制度，发布的内容也是有限的。但我们2003年做到了60场新闻发布会，2005年争取做到90场。我们每场发布会几乎都有部长出来，既增加了和准确性，又体现了责任感。而且新闻发布会都是4个电视台同时向国内外直播。这在国外都是极少见的。

中国的事情要用外国人容易理解的方式，也就是“对方的语言”（不是指语种）来表达。我们首先要承认文化间的差异并尊重这种差异，然后才能从不同的方面充分交流。

杨：您觉得世界对中国的了解处于一种什么样的阶段？还存在那些主要的误解和偏差？

赵：总体来说，在国际上，中国的表达还较弱，这也导致了国外对于中国的了解有限。我在维也纳金色大厅门口碰到发小广告的年轻人，见了我就比画“功夫，功夫”，从武打片中了解中国，自然很片面。另外，西方媒体主导了国际新闻。全世界重大新闻有80%来源于几个西方主要媒体。他们对中国的报道不够全面，夸大了中国某些方面的缺点，或者有时把谣传的消息作为正规消息报道，面对这种误解很难补充解释。另外有些人对中国的理解还有冷战思维的残余就更不可取。

杨：在您的眼中，中国这个国家品牌的核心是什么？中国这个品牌应该向世界传达什么样的信息？

赵：中国是一个世界上人口最多的国家，也是一个正在发展中的社会主义国家。它的品牌核心有两个：它是一个共产党领导的国家，走的是中国特色社会主义道路。因此，进口的马克思主义要适合中国的国情，一定要根据中国今天的政策和进展来衡量今天的中国。另外，中国是一个在不断变化、不断进步的国家。它不完美，很多地方都需要改进。比如说，我们有非常好的传统文化，但是今天对世界文化传播的影响还较少。中国的经济在变化，中国的法制和民主正在发展中，还在不断地颁布新法律。为什么？因为随着社会的进步发现了原来的法律不够完备，当前没有哪个国家像中国这样每年都出台新的法律。外国有人总是说中国不民主，有很多指责，那是因为他们没有见到中国的基础，中国没经过资本主义社会，没有经过法制社会的训练，有半封建半殖民地社会一下子进入社会主义社会。我们必须承认中国的公民需要法律的培训和教育，我们的法律需要健全，但是中国不拒绝民主，中国恰恰是要建设民主，但这需要过程。我们正视自己在发展中的问题，并在不断解决它们。变化与发展正是中国的朝气与活力所在。

杨：我们“品牌中国”首刊将从金融银行业、区域经济和传媒的角度来关注中国。从您的角度，您希望国外的政治及企业领袖们对我们首刊聚焦的这几个行业有一些什么样的了解？

赵：如果讲中国的区域经济，大家要把中国看成比欧洲还复杂的市场，因为中国区域间的差异非常大。你能在中国看到跟最发达国家相仿的区域，也能看到非常落后的地方，它们都共同存在于中国。

另外中国和世界的经济对话应该由不同形态的经济中心城市来承担。也就是要研究中国区域经济的互补性，发展区域经济要避免趋同性。

区域经济的开发分为形态开发和功能开发两个阶段。打个比方说，我们见一个国际水准的足球场，又平，又有绿茵，又有好看台，这是形态开发。功能开发则是：一年国际比赛有几次，什么队来参加，比赛规则是不是国际规则，裁判是不是国际水准，是不是全世界电视转播，这些功能开发最重要。否则你的球场就白建了。

说到中国的金融银行业，在改革开放前银行是一个大储蓄所，没有什么金融产品。中国银行的国际化是指两种：一是国际业务，一是国际资本的投入。国际业务没有完全展开，但是一天比一天多了。至于外国银行参股，也是势在必行。因此，如果中国银行和外国银行连通的话，会增加中国银行的稳定性和操作水平。

至于说到中国的媒体，实际是在发展中的。对政府的宣言、政策应该表达准确，在其他方面的内容要表现出对社会的责任感。另外，媒体在十年前对经济效益是不太重视的，但现在我们的观点是讲求媒体的社会效果和商业效果的一致性。我们要把准确的新闻和健康的思想，通过商业渠道推广出去，不要把商业利益和社会利益视作矛盾。

杨：最后，我想请您就我们在国外主流高端媒体上打造“品牌中国”的努力提一些建议。

赵：因为中国是世界舞台上一个日益重要的角色，它的存在对世界是有影响的。外国如果想把这个影响尽量发挥为对自己是正面的，包括分享它带来的机会，就必须了解它，和它对话。《领袖》做这个“品牌中国”，就是把变化的中国，从深层次展现给各位读者，这有助于帮助他们了解中国和正确地对待中国，分享中国的机会。我觉得《领袖》的这个做法是非常中肯的、有见地的。中国既然已经是一个世界角色了，就应该是《领袖》的一员，希望这不是一次性的报道，而是经常的。

理直气和

■（2006年2月23日接受
《北京青年报》记者安顿采访）

语言是一个人思想和性格魅力的名片

安顿：您的《向世界说明中国》及其续编，加起来60多万字，涉及国内和国际的政治、经济、文化等很多方面，一些读者很感兴趣。读者买书，买的是知识、见识、思想和技能，您认为您的书给这种阅读目的性很强的读者提供了什么？

赵启正（以下简称赵）：这两本书是我多年来做对外宣传工作的一些演讲、谈话的汇编。你说有多么丰富的学识和多么深刻的思想包含在里面，我真是愧不敢当。如果说对非涉外领域的读者也有贡献的话，我觉得应该是在于我通过对这些年工作的“取样”，提供了一种交流的方式，这种方式也可以简单地称为“对话”。即使你的工作完全与宣传无关，提高对话水平也是好的，对话至少是一种推介自己的思想、让外部世界了解自己的重要方式。

人说话都有目的。最简单的，表达一种要求，比如“我要喝水”；更深一层，是要影响对话者，比如“这部电影非常好看，我看了（希望你也看看）”；更加深入的是，表达一种不同意见，比如“这本书好看，但是存在一些缺憾”……这样看起来，至少，说话是要为了让别人、让社会知道我在想什么、是怎么想的。甚至于，我面对你哭一场，诉诉苦，得到一些安慰，这也是一种目的。很难想象一种没有目的性的语言是什么语言。

我个人喜欢能够互动的对话，就是在说话的过程中，对话双方可能存在很多文化、认知上的差异，这不仅没有关系，而且有益，对话的目的，就是要解决这些分歧，达成共识，至少是实现一种信息的交流，促成彼此的了解。国家与国家、个人与个人之间都是这样，只有互相了解之后，才有可能更深一步地达到彼此理解，或者达到彼此减少误解。我的工作是和外国人对话，帮助他们了解中国，向他们说明中国社会的历史、变迁和现实情况，这些，需要通过和他们对话才能完成。具体到日常生活，最简单的例子，一个大学生要找工作，他需要和用人单位之间进行对话，需要告诉对方，自己学过什么、实践过什么、有什么工作上的追求、有什么经济上的要求、自己还有哪些潜力……这些自己不说，别人怎么知道？如果这个人很善于表达，在说话过程中能够打动对方、给人留下清晰的印象，他是不是就会在竞争中更有优势呢？当然，这种介绍的前提不是“忽悠”，而是诚恳、务实的。

语言很有力量也很神奇。有时候简单的话能在瞬间把不同的人之间的距离拉近。我举一个例子。伊朗的一位部长有一次在上海洽谈购买中国机车。本来这不是我负责的项目，有个场合需要我说点儿什么。我说伊朗的留学生在美国功课很好，和中国留学生一样好，也就是说，我们的合作是发展中国家和发展中国家的合作，是聪明人和聪明人的合作，一定能取得成功。对方当时非常高兴，觉得我们在谈判过程中不管有什么分歧和疑虑都是可以解决和商量的，因为大家的目的相同，就是促成合作。我这不是“忽悠”对方，我说的是实际情况，是他和我都了解的事实，因此我们才能深有同感。

其实对话的重要性在日常生活中也是特别明显的。“只做不说”和“多做少说”有时候会留下遗憾。有些事情，特别是一些关键性的想法，应该学会表达出来，一方面是让别人知道你的想法，另一方面也是给别人机会表达不同意见。

在特殊的场合下，沉默是有力量的，我不否认，但是，语言也确实有它独特的妙处，语言是一个人思想和性格魅力的名片，会讲话、讲真话的人，是很可爱的。

我不喜欢用“技巧”这个词，我喜欢说真挚

安顿：每个人的政治敏感度是不一样的。我在您的作品中发现，您好像是个很感性的对话者，抛开大段的政治理论论述，您通常会拿出一些比较家常甚至是比较温暖的小故事来作为例子，补充到相对枯燥的论述当中。这是一种交流的技巧吗？

赵：我不喜欢用“技巧”这个词，我喜欢说真挚，真挚是深度沟通的前提。

我明白你说的感性起点。我觉得那其实是一种情感交流。我觉得讲故事、讲好故事是一种沟通感情的方式，人与人共同的感动能化解很多矛盾，有助于形成共同的认识。比如，奥地利总统托马斯·克莱斯蒂尔先生1995年10月来上海访问，我陪同他专程去虹口当年欧洲犹太难民聚居区参观。他说，当年奥地利对不起犹太人，参与了对他们的迫害，使他们避难来到遥远的上海，是你们救助了他们，所以今天我要来这里表示衷心感谢。他说着就流下了眼泪，当时天空突然下起了雨。他与周围的中国群众热情握手，情景十分感人。我们这种交流，完全是感性的，是自然而然的，可是我们最终达成的共同认识是理性的。

“理直气和”就是自信加从容

安顿：在大多数人印象中，作为代表政府形象的新闻发言人总是免不了给人能言善辩的感觉，好像这是这类人第一要具备的优势。但是，从您的说话、写作来看，并不是这样，没有逼人的气势，还挺温和的？

赵：我是个挺容易激动的人，但我不极端。作为新闻发言人，我觉得仅仅能言善辩是不够的，很多时候，外宣工作并不是一场接一场的大辩论，而是需要有耐心、有自信心、讲艺术、有步骤的一种非常务实的说明

和介绍。这里面其实也包含了很强的科学性和逻辑性，需要有一些历史、文化知识。

人们说当人特别自信、特别有民族自豪感的时候，就会理直气壮。我觉得不错，但是，这么多年工作下来，我发现还有一个境界，就是理直气和。如果说理直气壮是自信，那么理直气和就是自信加从容。

我是学理工科的，做科研工作20年，我注重逻辑的合理和论据的充分，我觉得不管是国际间的对话还是个人之间的交流，说道理一定要有依据，有了依据，心底踏实，娓娓道来，并不会因此缺少气势，反而能更显出表达的语言背后的巨大“潜能”。

文化复兴是强国的基础

■（2006年4月2日在中国梦和建设和谐社会论坛上的演讲）

中国是世界四大文明发源地之一。中国古代哲学思想，尤其是儒学思想不仅输出到周边邻国，还对欧洲的启蒙运动产生过巨大影响。以中国古代的四大发明为代表的70多项科技发明对世界作出了重大贡献。黑格尔说，当黄河长江已经哺育出精美辉煌的古代文化时，泰晤士、莱茵河和密西西比河上的居民还在黑暗的原始森林中徘徊。但是，几百年来，中国逐步落后，中国对外文化交流呈现了严重的逆差。中华人民共和国成立，尤其是改革开放以来，我国对外文化交流和传播日益改观，取得了很多成就，但文化严重逆差的状况尚未根本改变，并且，外国文化向中国输入不断强化。我们认为，中国要成为社会主义强国，必须要政治、经济和文化同时强大。

和中国对外贸易"出超"相比，中国的对外文化交流和传播则是严重"入超"，存在着"文化交流赤字"。以文化的典型载体图书为例，多年来我国图书进出口版权贸易大约是10∶1的逆差，出口的图书主要是到一些亚洲国家和我国的港澳台地区，面对欧美的逆差则达100∶1以上。2004年，从美国引进图书版权4068种，输出14种；从英国引进2030种，输出16种；从日本引进694种，输出22种。文艺演出也有类似状况。从1999年到2002年，仅俄罗斯就有285个文艺团体到中国演出，同期中国到俄罗斯演出的文艺团体只有30个，大约相差10倍。从2000年到2004年，中国进口影片及影视作品 4332 部，而出口影片却屈指可数。美国电影的生产量只占全世界的 5%—6%，但放映时间却占全世界放映总时间的 80%。

在语言文化方面，中国和西方的交流也处于严重逆差状态。美国高中有大约 2.4 万人学中文，但学习法语的美国高中学生是 100 多万。美国 3000 多所大学，只有近 800 所开设了汉语课程。英国财政大臣布朗 2003 年来中国时说，英国在继续进口越来越多的家电、服装和其他东西的同时可以用出口一样东西来平衡，这就是英语。英语教学作为一项出口，它的价值在五年里已经从 65 亿英镑增加到了 103 亿英镑，大约占 GDP 的 1%。

一种语言形成霸权后，就意味着以这种语言为母语的国家和民族将很容易拥有信息霸权和文化霸权，并会影响政治话语权。从中国历史上看，我们并不排斥外来文化，而且善于吸收其中的精华并丰富和发展我们的文化，但是当前文化交流中“西强我弱”的现实值得我们深思。我想强调一点：中国对外文化传播的严重赤字和入超，并不是某一个或几个部门的问题，而是因为我们文化这个软实力本身包括文化对外传播能力还不够强大。

英国的撒切尔夫人最近说，中国不会成为超级大国，“因为中国没有那种可用来推进自己的权力，而削弱我们西方国家的具有国际传染性的学说。今天中国出口的是电视机而不是思想观念”。

历史上曾出现罗马强权、英国强权和美国强权。三大强权都是以强大的经济和军事这些硬实力为物质基础，但同时，三大强权也无一例外地以强大的文化形态和政治制度这些软实力为精神基础。文化上的优越感和吸引力是三大强权的共同特点。罗马是依靠优越的军事组织和文化吸引力进行统治的。英国把欧洲文化推向全世界，英语更成为世界性语言。美国强权的建立实际上依赖其通俗文化、包装了的意识形态和所谓的民主制度。

中国无意强权，但作为一个拥有 5000 多年文明史的文化发源地，只出口电视机，不出口电视机播放的内容，也就是不出口中国的思想观念，就成了一个“硬件加工厂”。文化不是化石，化石可以凭借其古老而价值不衰；文化是活的生命，只有发展才有持久的生命力，只有传播，才有影响力，只有有影响力，国之强大才有持续的力量。所以，文化不仅需要积淀，更需要创新，才能振兴。

中国要振兴文化，并对世界文化作出较大的贡献，需要在以下几个方面加强：

——中央要制定国家文化发展战略，其中，对外传播和输出文化是重要的组成部分，不可一笔带过。文化是综合国力的重要组成部分，综合国力的竞争也已经以“文化力”为焦点。所以，我们要充分认识到文化对一个民族和一个国家未来命运的基础、支柱和关键作用，要把振兴文化提到文化安全的高度，有了文化安全，才能谈到价值观安全和意识形态安全。要把振兴文化和对外传播文化提到民族命运的高度，文化的振兴和输出关系到国家的强大和民族的未来，必须纳入国家发展战略。

——输出文化要培养人才，组织队伍。这支队伍不只是翻译队伍，而是面对外国的文化和意识形态的一支有创造和传播能力的队伍。

——振兴文化需要加强文化教育，比如，有条件的大学设立文化学系，系统地进行文化的教学和研究，培养文化人才。

——在文化贸易中，要增加一些外国受众容易接受的较通俗的，但绝不低俗的产品，太高深的则难以传播。

历史和现实证明，任何民族文化的断裂，必然导致这个民族的衰退。而民族的振兴，始于文化的复兴。只有在世界文化占有一定的份额，才能成为文化大国。只有文化大国，才可能成为世界强国。从某种意义上说，谁开始喜欢你的文化，你就开始拥有了谁。

我们的伟大祖先创造了灿烂的中华文化，我们要继承祖先的光荣，必须创造出不停前进的中华文化，才能实现我们梦寐以求的强国之梦。

挑战性的问题往往是外国最关心的问题

■（2008年3月14日在上海接受《瞭望东方周刊》记者聂晓阳采访，节录）

记者：你做新闻办主任7年多了，在你眼里，中国的形象或者说叫"国缘"在这期间发生了哪些变化？

赵启正（以下简称赵）：中国的国缘是越来越好。对中国的认识越来越清楚。国际主流媒体所表达的中国形象不是一致的。各个报纸不同。不同时间不同，各个问题也不同。有的国家在经济发展上很称赞你，有的对什么都赞成，就是对我们的宗教政策不太了解。我们要注意主流的，所谓主流的就是传播最广的，有众多受众的。因此我们每天在分析国际舆论，看到变化，抓住主流。如果你不抓主流，工作就没有针对性。

在网络时代，在信息泛滥时代，先有一个结论去找证据不难。我看到一个报道，说一个阿婆90多岁了，吸了一辈子烟，不但没有受害，反而活得很硬朗。你可以找到这样的例子，但这不是主流。我们不能指望全世界都说你好，特别是不能指望对中国怀有偏见甚至有某些敌对情绪的人说我们好。但主流上说对中国的认可度是大大提高了。

记者：你喜欢回答什么样的问题——中规中矩的还是富有挑战性的？

赵：我喜欢富有挑战性的问题。因为挑战性的问题往往是外国最关心的问题，你回答后容易得到传播。效果好。我们对外宣传讲究效果论。我们要尽量争取正面效果，避免负面效果。正面报道为主。但什么是正面报道有时候并不清楚。你就只认一个道理，就是问报道出来效果是正面的吗？什么是负面报道，我的定义是，凡是阻碍社会进步的，就是负面的报道。但不是因为负面消息就不报道。报道负面消息也可以产生正面的效果。

记者：你的交友之道是什么？

赵：以诚相待。不要怕在别人、年轻人面前暴露自己的愚蠢。因为你暴露你的缺点，暴露一次就能克服一次，暴露一次无知，就能弥补一次，变成有知。交朋友是一种享受和愉快。不是说你送我一条领带就是朋友，真正的朋友在交流中你送我一个思想。要不然你会感到孤独。

记者：外国朋友呢？有什么特别难忘的事情吗？

赵：我认识的外国朋友太多了。70% 的外国元首来中国都去上海。印象比较深的有卡斯特罗、阿拉法特、叶利钦等。叶利钦一上飞机，我就问我怎么称呼你。他说叫我同志。我说叶利钦同志，我读过你的传记。他问你对我哪段最有兴趣。我说你和老师吵架，也可能你违反校规了，老师说要建议校长开除你，结果你不但没让老师开除你，你去找校长把老师开除了。我问这样的学生多吗？他笑着说，不多，就我一个，所以我当总统他们都没有。

我带领卡斯特罗参观宝钢时，他问产值多少、人数多少，我告诉他后，他心算了一下，说你这个数字不对，因为人均下来不是这个数。接待的人就解释说机制改变了，绿化、清洁那部分人单算。后来他对我说，你下基层时要注意，“不要事先让他们知道，更不能事先告诉他们你要问的问题”。卡斯特罗还说，你问基层人员问题的时候，脑子里想一想，以防他们说的与情况不符。参观完宝钢，卡斯特罗说你们的经济的确是社会主义经济，办法也很好。

记者：温家宝总理今年在《政府工作报告》中提出“增强政府工作透明度，提高政府公信力”。你认为应该怎样更好地打造透明政府？新闻发言人制度现在还存在哪些问题？

赵：这个制度，有的省和地方还正在建设，举行得不经常或者很长时间没有举行。发展得也很不平衡。过去很多人不知道新闻办是干什么的。所以我们在培训上下了大工夫。去年培训了2000人，今年要达到3000人。不能在北京培训，我们上门服务，到西北、到东北。每个月都举行。我们请CNN老牌记者，问他怎么刁难美国总统？也请白宫发言人，问他怎么保护总统？知己知彼。

新闻作为一种软力量，在发生危机的时候有独特作用。如果有些东西你不主动，没有早发布，就要被动。你说等事情完了再发布，实际上可能这个消息早已传遍全国。真实的消息模糊了，最后对国家不利。新闻发布制度的建立对于提高政府公信力，改善政府与人民群众的关系乃至建设一个和谐的社会，都是有重要意义的。

应该承认，仍有少量突发事件政府“说话”较迟，有的事件可能要拖上几天甚至上月。这里面原因很多，不一定是有意隐瞒或缓报。一个原因是事件的复杂性延缓了信息的传递速度。因此，我们现在特别鼓励地方官员在情况不都清楚的情况下也要发言，知道多少，先说多少。

当前，我们的一个重要任务是要建立一个突发事件的信息传递网络，以便事发地政府在事情发生后及时向上报告。目前，我们已经制定了建设这一网络的有关细则，有望于年内公布，通知到省级政府。有了这个信息报告网络，突发事件报告的效率和责任将得到依据和保证。

你身边的故事就是中国故事

■（2012年11月30日在解放日报文化讲坛演讲，节录）

世界各国都在发展中，若想成为一个被尊重的国家，首当其冲的应该是它的文化被世界喜欢，而不是有多少军力，甚至不是有多少GDP。小国受到尊重的例子也很多，这样的国家必然是因为文化灿烂才被人尊敬的。我们也要问自己我们为世界的思想宝库贡献了什么？今后我们要贡献什么？

我们在今天还靠利玛窦翻译的中国经典输出中国文化吗？还靠鲁迅所说的《支那人气质》，就是史密斯在1900年写的那本书去表达中国人吗？为什么鲁迅毅然决定弃医从文了呢？那本书对他是个大刺激。书中说“中国人爱说谎”，还说了其他的“中国人的不好”，不过史密斯承认中国人勤劳、吃苦。外国人不读利玛窦和史密斯了，也许会读李约瑟的《中国科学技术史》，我们本土能提供什么呢？我们还是缺少能写出风行世界的“中国读本”的大作家。

我们当然要对世界文化作贡献，我们的俗语叫作文化“走出去”。走出去，人家接受不接受？好的文化不仅是走出去，而且到后来还会被“请出去”。

有一句话流行了很久，“越是民族的，越是世界的”，但这句话是不正确的。这句话使我们懒惰，好像我们不努力也会自然地成为世界的。有这样的事吗？地方一个普通的小曲，首先是地方的，可能也是民族的，但中国都没走全，怎就会是世界的呢？有的地方剧团到了北京，谁去看？观众多是老乡。你再演几场，没人看了。在中国都不行，怎么“越是民族的，越是世界的”？这荒谬不荒谬？有人说，这是鲁迅说的，我们查了，鲁迅没说过。鲁迅是这么说的：只有民族的，才是世界的。我把他这句话说全了，只有在本民族是优秀的前提下，才有“可能”成为世界的。而且在民族的、传统的基础上还要有新创意。所以“越是民族的，越是世界的”是非常懒惰的、不作为的思想，我们再也不要说这句话了。

那么，我们文化“走出去”，以什么方式走出去？也许“穿中装”、“穿西装”都可以，但是不能都“穿西装”。有的人说京剧，那可是“国粹”。但是，多数外国人是看不懂的。京剧的确是有特色的优秀剧种，但是要走出去，你得适应世界，让外国人看得懂。

“京剧”应该怎么翻译成英语？这个词一直被翻译成 Beijing Opera（北京歌剧），人家说大概就是北京人演的《图兰朵》、《茶花女》。日本人的歌舞伎翻译成英文，不叫 Tokyo Opera，它叫 Kabuki。Kabuki 就是歌舞伎的日文发音。Kabuki，哦，外国人就懂了。至少外国人不会认为它是东京人演的《胡桃夹子》，或者《卡门》。所以，咱们好不容易有点中国的、可以输出的、民族的东西，却用了外国词汇，“穿了西装”。明明是中国的馒头，却被翻译成了“蒸气面包”。所以要想别人尊敬我们的文化，我们要先尊敬自己的文化。“京剧”就得译成“Jing Ju”，没有什么可犹疑的！

现在我们又有一个毛病，太爱讲“哲学”，道理说得太多！故事往往是哲学的载体，故事往往离真理最近。用平易的语言讲出一个深刻的道理，你是高手；用复杂的语言讲一个复杂的道理，你能及格；用复杂的语言也说不清楚，你不及格。

什么是中国的故事？就是我们自己身边的事儿。假设我们解放日报报业集团的尹明华社长去美国出访，他会访问美国的报社、大学或议会，做的事是公共外交。他可以讲《解放日报》的故事，它的正刊什么样，社论怎么写，副刊什么样以及在中国纸质媒体人们还爱不爱看，现在遇到了新媒体的挑战，他准备怎么做。将这些讲给人家，人家就会觉得你们《解放日报》是有思想的，有改革的，还是与时俱进的。读者会吸收营养的，中国特色就在故事里头。

有一位外国驻中国大使跟我说，贵国有一个特点，从乡长到省长说的话几乎一模一样。如果他们说的都是原则性的语言，当然一样了。他们说的并没有错，但这种语言往往是结论式的，往往是较干巴的。如果乡长讲讲乡里的故事，省长讲讲省里的故事，效果就会不一样了。

为什么我们退步了，不会讲故事了？我们从幼儿园就学讲故事，长大了却不会讲了。所以说文化的交流与互动，我们人人都会，就看你愿意不愿意做了。如果愿意做，我们中国文化就能够影响世界。

第五编
新闻发布攻略

【本编导读】

新闻发布是一项系统工程

新闻发布是新闻传播链条上的一个关键环节。

新闻发布从策划筹备到实施再到取得预期的效果，也是一项系统工程。

赵启正就任国务院新闻办主任后，在完善新闻发布制度、培养新闻发言人、增进传播效果方面做了大量卓有成效的工作，积累了许多成功的经验。

首先是观念的更新。比如对孔子“讷于言而敏于行”的主张，赵启正就提出，少说多做，本来是一种美德，但是如果做过头了，就是缺点。受儒家传统的影响，中国历来把“多做少说”甚至“只做不说”奉为美德，认为说话多的人不稳健，言多必失；外国人也有“沉默是金”的说法，把能言善辩、能说会道视为缺乏修养的道德瑕疵。就个人道德修养来说，这可以是一种选择，无可厚非，但对于一个国家、一个团体来说，“多做少说”或“只做不说”，如同“衣锦夜行”，无法让人理解，难以结交朋友，增加行政成本，降低运营效率，减少成功机会。既敏于言又敏于行，透明开放，这是现代社会对一个人的要求，也是当代世界对一个国家、一个团体、一个企业的要求。对于从事宣传、外交、外经外贸行业的人，更是如此。

同时要健全新闻发布的机制。开好新闻发布会是整个新闻传播链条的源头。赵启正就任国务院新闻办主任后，大大增加了国新办新闻发布会的次数，从每几周一次增加到每周两三次甚至更多，同时指导、推动中央各部委和各省市建立健全新闻发布制度，几年中，中央政府各部门和地方政府举行新闻发布会从每年几十场，增加到2000多场。

开好新闻发布会的关键之一，是要有好的新闻发言人。赵启正花了很大精力推动从中央到地方党政机关、人民团体、重要企事业单位设立新闻发言人，并举办了很多新闻发言人培训班。他组织多所著名大学的新闻传播学院参与新闻发言人的培训工作，邀请国内外专家到培训班授课，他自己也多次到培训班讲课，留下许多精彩的讲课记录。他讲的最多的题目是《发言人的使命与智慧》，他认为要成为成功的发言人，“使命感”是最重要的。他亲自主持批驳美国众议院特别委员会发布的《考克斯报告》的新闻发布会，批驳美国国别人权报告的新闻发布会，以及全国政协的多次新闻发布会，都堪称新闻发布会的经典之作。

要完成新闻传播这一系统工程，不但需要有好的新闻发布，还必须有好的传播。做好新闻发布只完成了前半段。后半段的传播任务要由记者、编辑和媒体来完成。赵启正高度重视传媒人的工作，他与中外有代表性传媒单位的记者、编辑、节目主持人建立了密切的工作关系，与他们交朋友，经常跟他们会见、交流，商讨合作项目，扩大交流渠道，接受媒体采访，成为深受记者和媒体欢迎的新闻发言人。

如果你是一位新闻传播专业的在校学生、新闻传播行业的从业者，或者党政机关企事业单位的领导干部、文宣人员，相信可以从本编中找到一些可供参考的案例，举一反三，学到一些实战的本领。

走出 SARS

■（本文以英文发表于 2003 年 5 月 15 日的 *China Daily*）

让中国难忘的春天

正当我们进入新世纪第三个春天的时候，一场突如其来的 SARS[①] 灾难以迅雷不及掩耳之势袭击了中国大地。

它来得如此迅猛，在很多人还不知 SARS 为何物的时候，它就在中国的广东、香港地区、北京和其他地区肆虐。据世界卫生组织（WHO）公布的数据，短短几个月，全球已有 32 个国家和地区报告了 SARS 病例，患者超过了 8000 人，死亡人数超过了 800 人。中国是重灾区，是全球抵抗 SARS 的前线。

这是一个让中国难忘的春天。北京，经历了从未有过的寂静。疫情更大范围扩散的可能性犹如悬在人们头上的达摩克利斯利剑。为了防止它万一的下落，生命和生命必须保持距离。

SARS 的突然到来，使中国政府和人民经历了一场自新中国成立以来从未有过的严峻的瘟疫流行的考验。

灾难之初，我们有关机构的组织指挥不统一，信息渠道不畅通，应急准备不充分，统计的病例有误，一度引起社会的恐慌和不安。

---

① Severe Acute Respiratory Syndrome，在国际上简称为 SARS，在中国简称为“非典”。

中国政府果断地对此事进行了彻查，并及时采取了坚决措施。于4月20日撤销了相关负责人的职务，重新核定疫情数据，举行新闻发布会，让世界零距离了解SARS在中国的情况。

至5月8日，世界上有110个国家限制中国人前往旅游，有的甚至拒绝入境。SARS在极短的时间内使中国人陷入一种意想不到的境地。人与一种未知病毒的“战争”就这么来了，比一场真正的战争还来得迅速。中国的春天被蒙上了口罩，街道上少了人群，商店的顾客少于售货员。历史睁大了眼睛，每个人都在关注着这场“战争”，每个人都在心中祈祷：早一天结束灾难！

中国一时成为世界关注的焦点

中国一时成了世界媒体关注的焦点。外国媒体对中国报道的数量之大、评论之多，是近年来很少见的。有些西方媒体不顾SARS是一种至今原因不明的传染病的事实，强行将这一天灾附和为中国社会的人祸。有一家杂志甚至将感染了SARS病毒的肺叠加在中国国旗上作为封面，这样做对任何国家来说都会被认为是一种无礼和侵害。

许多经济部门和研究机构不断预测中国乃至东亚经济发展将受SARS传播的严重影响，认为“SARS将使东亚陷入金融危机以来的另一场严重经济危机之中”，“疫情将严重影响中国的投资环境，减缓经济增长速度”。世界多家金融机构普遍下调中国GDP的增长预测，说中国今年GDP增长率将下降一个百分点，甚或下降一半。

对于SARS究竟来源于何处，全世界的医学家至今仍众说纷纭，有人说来自某种野生动物，甚至有人归因于太空微生物……无论它来自何处，都如人类历史上无数次瘟疫的流行一样，是大自然带给人类的灾难。

人类发展史，就是一部人类与自然灾害斗争的历史。而病毒在自然界的历史远比人类要长。直到1996年，人们才弄清楚，疟疾的传染源来自9000万年前。正如艾滋病是美国首先报告的，但不能说美国就是艾滋病的发源地一样。这场危机告诉我们，在这个更加全球化的时代，机遇与风险并存的道理。它教给我们一个重要经验，就是我们需要更好的疾病监督机制。中国国务院为建立有效的监督机制，于5月12日公布了《突发公共卫生事件应急条例》。

世卫组织专家的想不到

今年5月，一位来中国的世卫组织专家说，他本来打算在中国呆一个星期，却因为领略了中国新一代领导人面对SARS危机的智能与果断，亲历了中国与世卫组织合作的一步步进展，结果让他在中国呆了45天。他说，如果没有亲身经历，你无法体会过去短短一个多月里，中国经历了一种怎样的进步，这是中国开放历程中的又一个里程碑。国外有人评论说，在抗SARS斗争中，人们看到了中国政府一种清新、务实、果敢的政治气象。新一届领导人面对SARS的挑战，采取了出人意料的严厉行动。中国的政治风气、社会氛围、干部作风、新闻媒体等方面都发生了细微而可喜的变化。对于中国人来说，这种变化给他们带来了信心和鼓励。领导人的一个行动，比一百句空洞的口号更能鼓舞人心。人们至少知道，他们正竭尽全力！人们不会忘记他们所做的一切。

虽然“非典”疫情使上半年的中国经济受到了一些影响，但从整体上来看，这种影响只是局部的、暂时的，中国经济的总体发展形势仍然良好，也没有改变经济快速增长的势头。据初步预计，上半年国内生产总值的增长率仍在8%以上。中国经济对灾难的抵抗力在亚洲金融危机之后又一次得到了证明，尽管这两次灾难的性质有那么大的不同。

中国经济经受考验

我们观察到，一方面，中国的旅游、餐饮、零售业等部门一度萧条，同时我们又看到电讯、体育运动产品、家用汽车大幅度地增长。这种消费者的选择在部门之间的替代，也会降低SARS对国民经济的直接影响。世界三大经济组织——国际货币基金组织、世界贸易组织和世界银行也呼吁不要过分夸大 SARS 对经济的影响。他们说，SARS 对亚洲经济的影响是可以控制的，对全球经济的影响也是有限的。美国有人评论说，由于中国的疫情仅仅集中在几个主要疫区，并没有在农村地区蔓延，加上防治措施得当，疫情在较短时间得到有效控制，中国受到的影响并没有原先估计的那么严重。农村和非疫区所受的影响比较有限。同时，外来投资只是稍稍减缓了速度，并没有出现转移外撤的现象。随着疫情的缓解，各种大型基建项目相继开工，这些都在一定程度上减小了 SARS 对经济的冲击。可以说，SARS 对中国经济只是损及皮毛，并未伤及筋骨，如果疫情不再反复，这种不利影响应该可以较快弥补回来。新加坡《联合早报》援引德意志银行报告称，SARS 对经济的影响小于市场预测，中国经济正在恢复迅猛的增长势头，德意志银行对中国 GDP 增长的预测将调高至 7.5%。英国《金融时报》称，如果中国能在今年第二季度控制住 SARS 疫情，那就可以避免对经济产生结构性破坏，对中国今年 GDP 增长的冲击也应只在 0.5%之内，中国依然是一个全球性的市场。而且，经受 SARS 磨炼的中国将变得更加成熟，向着现代化迅速发展。

中国政府的适应力与透明度

也有人质疑我们的应急体制，说我们透明度不够，说中国的医疗系统应对公共卫生突发事件的能力较差。在这一点上，美国摩根士丹利资产管理公司的报告认为，中国新领导层这次的处理手法，凸显出令人鼓舞的适应力和透明度。中国政府的果断措施和取得的积极成效受到国外媒体的广泛肯定。SARS 在中国各大城市表现不同，有的城市蔓延严重，而有的就轻得多，结论是我们的机制和工作中的一些地方需要改进，并且能改进。

为抗击 SARS，中国中央政府投入 20 多亿元人民币，各地方政府共投入 50 多亿元人民币。北京市政府用 8 天时间建成了有 1000 多个床位的小汤山 SARS 医院。仅此一个项目北京就投资 2.4 亿元人民币。各地政府对城市贫困市民和农民、农民工实行免费救治，对在城市间和城市与农村间的流动人群采取了几种防止 SARS 扩散的措施。各省建立了县、乡、村三级防护网络。中国通过2000多种报纸、400多个电视台在几天之内向全国城乡普及了防治SARS的基础知识，做到了家喻户晓。乡村的田边地头可以见到防治SARS的招贴画。由中国国务院新闻办公室编辑以中、英文分别出版的《画说非典》画册也受到了广泛的欢迎。中国成功地防止了最令人担心的SARS在中国广大农村的蔓延。这场中国特色的反SARS之战，体现了中国政府和人民的一致性和中国社会主义制度的高效率，随着中国抗SARS不断取得的成效，中国越来越多地得到了全世界的广泛赞扬。

世界已经看到，当这场灾难向中国人民袭来的时候，他们表现出了前所未有的从容和坚强。在灾难面前，大家坚守自己的岗位，通过各种方式相互鼓励和支持。基层街道、居委会等组织有效结成网络。党中央所呼吁的和衷共济、众志成城抗击SARS，成了对抗SARS的有力武器。

爱与责任凝聚一个民族

在北京的小汤山医院，每天有1000多位医务工作者不顾个人安危，为挽救每位病人日夜奋战。“健康所系，性命相托”，他们以理性、科学、敬业的精神和超负荷的工作与SARS抗争。“这里危险，让我来!”在危险面前，他们把自己宝贵的生命放在了一边，把一个个垂危的生命拉出了死亡的边缘。SARS出现以来，我国有900多名医护人员被感染，占SARS病例总数的五分之一，不少人已为抗击SARS献出了自己最宝贵的生命。然而，许多刚刚康复的医护人员又义无反顾地走上前线。他们每天以南丁格尔的名义，实践着希波格拉底的誓言①。我们应该永远记住白衣战士被感染和殉职的人数，也必须记住其中的教训。

---

① 希波格拉底（Hippocrates），公元前五世纪的希腊名医。有著名的希波格拉底誓言：“我要遵守誓约，矢志不渝。对传授我医术的老师，我要像父母一样敬重。对我的儿子、老师的儿子以及我的门徒，我要悉心传授医学知识。我要竭尽全力，采取我认为有利于病人的医疗措施，不能给病人带来痛苦与危害。我不把毒药给任何人，也决不授意别人使用它。我要清清白白地行医和生活。无论进入谁家，只是为了治病，不为所欲为，不接受贿赂，不勾引异性。对看到或听到不应外传的私生活，我决不泄露。”

世卫组织的官员说，中国的医护人员工作极其努力，“世界上没有哪个国家的医护人员能做到这样，中国应该为他们感到骄傲”。

在中国的其他城市，每天也都有不少的志愿者走上街头献血。所有迈出的双脚都不会停留，所有伸出的双手都没有犹豫。众志成城，抗击SARS，正是全国民众每一天的实际行动。在中国大地，到处都能听到感人肺腑的故事，感受到临危不惧的心跳。自强不息，厚德载物，人人为我，我为人人。在这场灾难的浴火中，中华民族精神又得到一次提炼和升华。五千年中华文明的力量正是我们自信和坚强的最真实的依据。一开始SARS好像加大了人们的距离，结果拉近了人们心灵的距离。

在灾难中，危险无处不在，但爱与责任，已使平凡和伟大变为一体。人们的信念是：让力量传递力量，让生命挽起生命，挺起我们民族的脊梁！让我们用凯旋的圣火，照亮宇宙间的苍茫！

现在，在北京的街道旁、胡同里，在新建的草坪和现代化广场上，我们到处能看到人们积极健身的身影与挂在人们脸上自信和必胜的笑容。在他们的脸上，恐惧已经消失，阳光依然灿烂。中华民族与世界人民一样，正在以人类的自强不息和科学态度直面SARS的威胁，并将如世界期望的那样，以永不言败的生命精神走出SARS，走向更加幸福的生活。

此刻，我想起了诺贝尔文学奖获得者、波兰女诗人维斯瓦娃·希姆博尔斯卡的著名诗句：

我们的战利品就是懂得了世界
它是那么伟大，两只手就能够把它抓住
那么艰难，可以面带微笑地将它描写
那么奇怪，就像祈祷中的古老真理的回声
……

今天的世界需要相互关爱和支持

就在写作本文的时候，得到了关于中国SARS疫情的最新数据：临床病例连续 13 天为零，疑似病例连续 13 天为零，死亡人数连续 12 天为零。总计出现 5326 例患者或疑似患者，347 人死亡，治愈出院 4895 例。世卫组织在 6 月 24 日向世界宣布，从即日起解除对北京的旅行警告，并将北京从“近期有当地传播”的 SARS 疫区名单中删除。至此，中国大陆所有城市已经全部从疫区名单中解脱。我们期盼着，也确信台湾地区会在最近几天内从 SARS 的疫区名单中解脱。

这场传染病暴发得快，全世界动员得也快，取得成效也快。这似乎说明：经济全球化使传染病可能在 24 小时内传至世界各地的重要城市，但经济全球化也推动了全球的联合的力量抵抗传染病。

我想借此机会，对在我国抗 SARS 之战中，给予我们大力援助的日本、美国、德国、英国、韩国等许多国家和国际组织及国际友人表示最真诚的谢意！

这场 SARS 危机使我们更深刻地感受到：我们共同生活在一个地球上，相互关爱和支持是多么的重要。

新闻发布是及时引导国内外舆论的有效方式

■（2003年9月22日和11月4日
在两期全国新闻发言人培训班上的讲话）

我今天主要讲两部分，一是讲新闻发布会制度的重要性，二是讲对新闻发言人的要求。

为了适应我国社会发展的新形势，改进和完善我国政府新闻发布工作已经成为一项十分紧迫的重要任务。健全国务院、国务院各部门和地方政府三个层次的新闻发布体制，增加发布的数量，提高发布的质量，有助于政府工作的透明，有助于政府贴近广大人民群众，有助于积极引导社会舆论，对于促进我国社会发展、维护社会稳定具有重要作用。对外则有利于向国际社会表达一个真实的中国，有利于影响国际舆论。因为本办的任务是对外宣传，所以我今天主要是从这个角度展开。

让全世界更好地了解中国的真实情况

我国的外宣工作要服务于我国的改革开放和社会发展。让全世界更好地了解中国的真实情况，为中国特色社会主义的建设营造一个良好的国际舆论环境，是外宣工作的基本任务。新闻发布便是这项工作中一个非常重要的组成部分。新闻发布在国际上是通行的，特别是在发达国家有很久的历史。我国新闻发布的历史相对较短，很多创造性的工作还需要我们共同努力去做。

追溯我国政府的新闻发布工作，在20世纪60年代就出现了。当时外交部根据需要，举行过几次新闻发布会。印象最深的就是在1965年陈毅同志的那次发布会。而真正将此项工作予以规范化推动，是从1982年初开始的。外交部率先举行新闻发布会，并逐步建立了新闻发布制度。国家统计局等部门也相继设立了新闻发言人，建立了定期新闻发布制度。就地方政府而言，北京、上海、广东、南京等地是新闻发布制度建立较早或办得较好的地方。

随着我国社会的进步和发展，中国逐渐地由国际政治、经济舞台的边缘走向了中央，真正名副其实地在国际政治生活、经济生活中越来越多地担负起重要的角色。中国的国内外政策和经济发展越来越为世界所关注，这也是国际新闻界对我国新闻发布会需求增多、兴趣增强的原因。最近以美、日等国为首的一些国家，不断要求我人民币升值，有一阵子西方大报几乎每天都有文章制造这种舆论。然而，大家可以想想，20年前或10年前，世界对人民币并不这样关注。那时我国对国际贸易的依赖度很小，大多数中国人也不像今天这样关心美元、欧元或日元的汇率变化。世界对中国经济发展、对中国经济改革的消息的关注，以我国加入WTO为标志成倍地增加了。中国国内市场的发展关系到外国投资者和贸易商的利益，许多外国机构都有常驻中国的代表处，观察和收集我国国内经济信息。中国人民银行的戴相龙行长出席国务院新闻办的新闻发布会时，路透社记者每次提前半个多小时等候在会场门口索要新闻稿，甚至用微博直传现场情况到伦敦，可谓分秒必争，对中国金融情报的重视由此可见一斑了。

要向外国媒体多提供本国的信息

中国的外交政策更是为国内外普遍关注。中国是联合国安理会常任理事国，在世界事务中占有无可替代的位置。中国的立场、中国的表态、中国的行动对国际形势有举足轻重的影响。外交部常规的新闻发布会每周两次，还有临时增加的新闻发布，次数也不少，我们的声音可以说总是能及时传遍世界的。任何一个国家营造一个有利于自己的国际舆论环境都不能只依靠本国媒体。美国全球传播办公室公开说，要促进外国媒体、记者作有利于美国的报道。我访问过东京的外国记者俱乐部，该俱乐部负责人说外国报纸很少采用日本记者的报道，所以他们总是尽量给外国记者有关日本的资料，尽量多地开发布会，这对促进外国媒体正确报道日本确有好的效果。回忆伊拉克战争，很说明舆论战的艰巨和重要性。我们的印象是，美、伊双方的战争就是炮火战和舆论战并行，甚至可以说舆论战先行。当时就有人评论说，伊拉克的新闻发布会几乎相当于几个师的战斗力。

1999 年 5 月和 7 月，我们在北京召开了两次新闻发布会，较深刻地批驳了诬陷中国盗窃美国导弹和核武器机密的《考克斯报告》，国内外媒体都作了充分的报道，其中《国际先驱论坛报》以头版头条刊载。有外国朋友告诉我，这是很罕见的。当年年底美国新闻界将美国媒体炒作《考克斯报告》列为美国十大丑闻之一。对这类事件采用新闻发布会的形式较之其他形式的突出效果是显而易见的。

敢电视直播，说明你们有信心

中央领导同志最近多次讲话，要求增强宣传舆论工作的时效性和针对性。胡锦涛总书记在全国防治非典工作会议上的讲话中指出，要“及时准确传播信息，积极有效引导舆论”，“要进一步加强对外开放条件下做好工作的能力”，“要加强对国际经济、政治、法律、文化等方面知识的学习，加快熟悉有关国际惯例，不断提高同国际社会打交道的本领”。这里包括对内的新闻发布，也包括对外的新闻发布。我们认为，新闻发布是及时地引导国内外舆论的有效方式。

国务院新闻办公室每次发布会参加的记者在百人上下，几乎每位参加者都能有一篇或长或短的报道提供给他的媒体。上周德国《名星》杂志的驻京记者陪他们总裁来我办，他们对我说，中国各个部长轮流出席发布会，并且直播，这很有特色，也是很不容易的，许多国家做不了这么好。

他们说，在欧洲，不是顶级重要的消息，不是伊拉克战争，不会直播。敢直播，说明你们有信心。

部长们亲自发言，更激起了记者的兴趣

中央各部委已经建立了新闻发言人制度，部长们亲自发言，这更能激起记者们的兴趣；各省区市也逐步建立了新闻发言人制度，经常就当地群众最关心的话题发布新闻，这有利于使人民群众更加理解党和政府的政策，更了解某些事情的真实情况，从而更加支持政府的工作，也能更有效地监督政府的工作。

新闻发布前要充分准备，在舆论分析的基础上还要了解外国记者想知道什么，中国记者要知道什么。要设置议题，准备答问方案，答问要有针对性、说服力、有效性。各部门和各地方政府的新闻发布工作要围绕政府的中心工作进行，包括政府想要表达的内容，围绕群众最关心、最感兴趣的问题展开。对一些群众不理解、不满意的问题要未雨绸缪，主动公开，主动引导，而不要将发布会变成在舆论压力下不得不举行，也不要做成应付性的解释。

新闻发布的形式不是一种，而是多种，可以是个别记者采访，也可以是集体采访，还可以采取电话回答的形式。最近西北工业大学发生了一起因日本留学生的下流表演引起数千学生上街的事件，网上及国外媒体的各种报道沸沸扬扬。后来新华社发表了陕西省教育厅发言人的谈话，起到了有效的对外澄清、对内引导作用。也可以采取吹风会的形式。吹风会是给记者作某个问题的背景介绍，供他们在写稿时参考，一般不能引用发言人的姓名。如果某位违反了约定，下次不叫他来了，他损失就很大。

国内媒体的需求更重要

有的地方新闻发布会现在举行得较少，理由是该地外国记者很少。但应该认识到，国内媒体的需求是更重要的。国内各媒体的记者们也希望跟

政府发言人对话，希望能得到生动活泼的消息，并解答读者通过他提出来的问题。现在举行发布会比较多的是北京、上海和广东，特别是 SARS 出现之后，北京的新闻发布会举行了多次，对卫生部的新闻发布会起了延伸和补充的作用。大家都记得当时北京市委、市政府的几位领导亲自登台，面对众多中外记者，不仅介绍了真实情况，澄清了问题，还赢得了对北京市的整体好评。上海市举办的几次发布会在国内外媒体都有许多报道和称赞之词，这都是很好的经验。大家和上海、北京、广东的同志可以交流一下。

对地方的新闻发言人制度，我们现在没有统一要求，不是说非在何时建立不可。如果条件不具备，可以做些准备工作：培养人才，寻找一些、思考一些可能的问题，构思一些当地媒体和人民群众关心的问题的回答要点。这样先在头脑上“练兵”，为以后正式开展这项工作做好准备。

新闻发言人责任重大

李长春同志最近在中央党校省以上主要新闻机构负责人培训班上的讲话中说：“要按照政治强、业务精、纪律严、作风正的要求，努力建设一支高素质的新闻队伍，切实增强政治意识、大局意识和责任意识，增强政治敏锐性和政治鉴别力，增强正确分析认识意识形态领域形势、应对复杂局面、把握正确导向的能力。”长春同志的讲话，对于我们建设一支高素质的新闻发言人队伍具有重要指导意义。也许可以把我们政府新闻发言人看成是身兼二职，既是公务员，又是新闻工作者。因为对媒体来说，你是重要的新闻源之一，政府新闻发言人是众多媒体报道消息链的起端，传递的是政府信息，可谓责任重大，容不得马虎，容不得失误。所以“政治强、业务精、纪律严、作风正”的要求对我们不仅适用，而且要更严格。

政治成熟　立场正确　勇于负责

对于新闻发言人的要求，归纳起来，第一个要求是“政治成熟、立场正确、勇于负责”。“政治成熟”概括地说就是对党的指导思想有深刻的理解，对党和国家的政策，包括所代表的政府部门的政策有融会贯通的掌握，能够在政治上很纯熟地把握和应对局面；“立场正确”就是要维护国家和人民的根本利益；“勇于负责”是缘于有时我们遇到的问题事先并没有准备，但对自己知道的，有把握的还是要说。那时候容不得你再请示、再跟别人商量，能答的还得答。因为你代表的是国家，维护的是国家的利益和荣誉。

第二个要求是“内知国情，外知世界，兼修文化”。“内知国情”是指要有关于我国国情的基本的知识储备和你工作领域的知识储备，还包括对一些随时发生的时政性问题的了解。“外知世界”包括两个方面，一方面必须知道你所回答的问题在国际社会上是一种什么情况、什么舆论；另一方面应该对不同国度外国人的文化背景和他们的理解能力略知一二，了解外国人与中国人的文化差异，这样有助于准确地表达我们希望他们了解的信息，也就比较容易有好的效果。

第三个要求，应该是“讲究逻辑，有理有节，善待记者”。逻辑如果不通，不能令人信服，别人会觉得你牵强附会，强词夺理。那么你不但没有得分，还失分，所以，我们一定要讲究逻辑。“讲究逻辑”的基础就是实事求是。偶尔会碰到我们尚不了解的情况、不知道的问题，或涉及国家机密的问题，那么可以说“下次告诉你”，或“这个问题我不能回答”。要记住，宁可少说，不说，也不可以说假话或胡乱应付，否则会破坏新闻发布的权威性。

在“有理有节”当中，很重要的一条是要“善待记者”。记者是个新闻人，他追求的是新闻。他不是你的学生，不是你的部下，不是你的朋友（作为个人关系当然也可以是朋友，这里是就新闻发布的场合而言），也不是你的“敌人”，他是你的挑战者。记住这点很重要！这会使你随时处于发言人状态中，不会松懈。他们不是你的学生，没有必要像讲课一样长篇大论；他们不是你的部下，不能以作指示的口吻讲话；他们也不是你的朋友，不能说我只告诉你们，千万别说出去；他们更不是你的敌人，虽然有时他们会提一些尖刻的问题，但这多数是因为职业的需要。记者是新闻传播链上不可缺少的一环，你希望他们传播你的信念和消息，而他们愿意战胜你，逼你说出惊人的消息，甚至期望你说错话，说出你本不想说的话。就像打网球一样，看谁得分，因此他们是你的挑战者。回答问题要简洁，过多的解释会被误认为强词夺理，在解释中也容易出现漏洞而引起再次追问。我们统计过，在一般情况下美国白宫和美国国务院发言人回答每个问题平均只用 40 秒。

新闻发言人的热线电话

■（2005年1月10日接受中央电视台新闻会客厅专访，节录）

新闻发言人需要和新闻界保持密切联系

主持人白岩松（以下简称主持人）：一年以来，国务院新闻办主办的发布会很多，但是12月28日这一天很特殊，国务院新闻办自己举办了一场关于新闻的新闻发布会，把国务院62个部委的75名新闻发言人的电话公布了。事先征得他们的同意了吗？为什么公布电话？

赵启正（以下简称赵）：新闻发言人是一个非常重要的政府工作岗位，他们需要和新闻界保持密切的联系，如果联系不密切，就会影响效率。所以，这也是根据记者们的要求公布的。

主持人：假如我是一个需要用这些电话的记者，我应该怎么用这些电话呢？

赵：当你在采访中遇到困难的时候，比如你不知道这个问题应该由哪个部门回答，或者听到一个消息不知道是正确还是不正确，需要核实，都可以用这些电话来询问。也可以询问“下一周的新闻发布会有什么内容呢”，等等。

主持人：我们现在的新闻发言人的确是刚刚起步，有很多人都是兼职，有很多繁重的工作。但是以后会不会设专职？现在不设专职又怎么办？

赵：随着事情的发展，随着发言人任务的加重，有一些部门会率先设专职的。这么大一个部门，有几个专职的新闻发言人不算奢侈。

尽量不要发生“无可奉告”的情形

主持人：请先说说您最欣赏的新闻发言人是什么样的？

赵：新闻发言人应该有正确的立场和目的，所谓正确，就是应当透明地和真实地传递信息。他的立场是：政府想要表达什么，要主动说，而不是被动地等着被询问。这样说了还不够，发言人还得充分地掌握他们部门工作的进展和政策，这个领域内，中外有什么比较研究也需要了解。所以，回答的是中国的问题，但是，发言人表达的方式却是国内外记者都能够接受的方式。正确、简洁、明了、及时。

主持人：其实从2003年国务院新闻办公室就开展了新闻发言人培训工作。我们希望培训出来的是什么样的新闻发言人？我曾经开玩笑说，是不是像江姐一样，“上面的情况我也知道，下面的情况我也知道，就是不告诉你”？

赵：恰恰相反，我们培训的目的是“如何告诉大家”。新闻发言人和记者的关系是个接力棒的关系，发言人是政府信息的第一棒，而记者是传递的第二棒。所以，不是“如何不告诉人家”，而是“如何告诉人家”，并且要告诉得清楚、准确。

主持人：您来之前特意准备了一个题板，我们先拿出来看看您准备的题板是什么。

赵：这是一张新闻发布工作大体程序的图解，有很多人问我们，发言人怎么工作？这一个方框说，发言人要列席他们部门的决策会议，不列席他不知道会议内容，他就无法选择有新闻性的信息来公布。

主持人：这儿大家容易误解：“新闻加工”是不是尽挑对自己有利的讲，不一定是讲事实，但是说出来对自己有利，然后加工一下？

赵：“新闻加工”指的是从很多政府工作的头绪中找出有新闻价值的信息，用新闻语言来表达出来，这叫“加工”，不是“编造”的意思。另外，还要根据国内外的舆情，哪些是重要信息？怎么选择？发言人得了解人家对什么有兴趣。通过对舆情进行分析，这时新闻发言人不是自己凭空确定“新闻”，而是把已经发生的与公众想知道的这两者结合起来才能在发布会上有的放矢。书面材料也好，回答问题也好，才能比较准确、比较简洁。

主持人：但是，有两个问题大家比较关心。第一个是“相关口径”，是不是可以理解为上级领导给发言人一个口径？它是中国特色？其他的国家有没有？另外一个问题是：上级告诉发言人只许说到这儿，别的不能说？

赵：我们国务院新闻办与部委发言人是各负其责：“口径”不是说哪些许说，哪些不许说，第一是要说得准确。第二是对有的超过你的工作领域范围的问题，你必须得先向相关部门请教。口径是个工业术语，应该是“回答纲要”或者是“回答要点”。工业上讲“口径”指直径是多少。

主持人：接下来是“收集舆情”。很多记者很害怕，会不会开完一个新闻发布会之后，我的报道被认为“报道不力”，以后给我穿小鞋？

赵：本办和我的新闻发言人都不会做小鞋，因此也不出售小鞋。我们对记者的要求是“事实要准确”。“评论”当然是根据你的立场。同一件事情，欧洲人和美国人评论不一样，都是北美，加拿大人和美国人也不一样。我觉得这也很好。但是事实是一个，评论是多样的，这符合新闻规律。了解舆情，工作才有针对性。

主持人：赵主任，您刚才讲得非常清晰，讲的是一次新闻发布会的准备过程。可是，不要说全国各地政府了，就是这次公布的国务院62个部委的75位发言人中有多少是严格按照这套程序准备新闻发布会的呢？

赵：如果他们自己独立举行新闻发布会的话，这个程序一点不能少，问题只是做到家和做不到家。尽量不要发生“无可奉告”的情况，“无可奉告”就是说你没有准备，发言人不能随便回答人家“无可奉告”。去年我们组织的60场新闻发布会，基本没有发生“无可奉告”的情况。

记者不是下级，不是学生，是“挑战者”

主持人：还要问您，新闻发言人和记者到底该是什么样的关系？这恐怕是针对新闻发布制度问得最多的问题吧？

赵：新闻发言人和记者的目的都是传播新的信息，这是一致的。在工作关系上，一个是新闻的发布，一个是新闻的传递。政府部门和记者的关系不是上下级的关系，我不能说你们应该怎么做，你们不该做什么。发言人对记者也不是老师对学生，不能像在大学讲课，先说 ABC，ABC 下面还有 1、2、3，这样记者不知道哪句话重要。另外，记住记者是有一定的素养的，因此不能给他们讲定义、作过多的解释，他不是你的学生。记者也不是你的挑衅者，专门与你作对，不是的。记者为了报道好才发问尖锐，因此有时候话就很厉害，但这是职业需要。对发布会上的记者，我觉得最好的描述是“挑战者”，问题问得好，回答得更好，就叫双赢。

新闻发言人的表达要精确

清华大学研究生：我感觉在发布会有些时候，新闻发言人回答问题在绕圈子，不直面问题，我觉得老百姓肯定觉得不“解渴”，想知道的内容没有得到完全的解释，应该怎么解决这个问题？

赵：你说的这个问题是我们对发言人进行训练的一个重点。有的人在镜头面前实在是很紧张——镜头病，有的人不紧张，但是他说话兜圈子。发言人思想要清晰，表述才能简练、精确，这需要略加训练，一点即明。

主持人：您又准备了一个题板给观众看？

赵：这是告诉大家新闻发布会前的一些细节是怎么做的。这也说明我们向大家讲的话或者发给大家的材料是很负责任的。一要确定发布时间：这里有两个时间，哪一天是“时间”，发布会多长也是“时间”。确定发言人要视内容而定，确定发言人和主题，就是要选择最重要的、最受关注的、有新闻性的，如果是平淡的、大家没兴趣的，记者会惩罚你，他不来。所以，我们一定要数数有多少个摄像机、多少个记者。

主持人：刚才看题板的时候我有一个疑问，第二条是确定发言人，第三条确定主题，我觉得应该倒过来才对，应该是先确定大家关注的主题，然后才决定发言人。

赵：你说得对，这是一个疏忽，应该倒过来。我刚才回答说，如果错了怎么办？就立刻纠正。

主持人：您回答得太诚实了，我反而不知道下面该问什么了。

赵：如果我修饰的话，那你就可能继续进攻！

“丑事”和“突发事件”是两个概念

主持人：2004 年举行了 60 场新闻发布会，这是创纪录的。但是，大家不仅期待那种固定的、预料的，而且还希望在突发事件到来的时候，政府迅速地针对突发事件来举办新闻发布会。2005 年是不是要开一个很好的头？

赵：关于突发事件，大家也知道我们中央政府、中央领导人在多次讲话中提到要加强报道。问题是如何加强，以及目前为什么做得还不够理想。我们作了很多的案例分析。刚才有位先生说，是不是“家丑不可外扬”。“丑事”和“突发事件”是两个概念，有些突发事件不一定是丑事，但却是令人痛苦的或者造成很大损失的，比如海啸，比如地震。当然，一些突发事件里头也许夹杂着官僚主义或腐败的内幕。矿井管得不好，一氧化碳的探测仪坏了，指示器显示得不对，没有及时修理，结果大家下坑道作业去了，这也是丑事。可是因为这样就不告诉公众，不告诉家属吗？还是要告诉的，这里有几个问题：第一是突发事件有复杂性，二是的确需要对突发事件的报道做特别的训练，才能迅速、准确，三是效率问题。边远的矿山连我们得到准确的信息都很难，真是不知道找谁去问情况，找省政府，省政府也在向下问，问到地区、问到县，地区、县还是向下问，问到张家庄、李家庄去了，没有一个贯通的报告线索，所以，要想报道突发事件，必须首先建立起责任系统。这个网络要极其高效才行。刚才大家说中央、国务院各部委发言人的热线电话总体上还可以信赖，只是不太理想。我们想举办突发事件的新闻发布就更困难，因为有时不知道实情。这是 2005 年要研究和改善的方面。

主持人：赵主任，2005 年能不能在 70 或 80 场的新闻发布会中，有

10或15场也许是完全不在你们的预料之中，而是根据事件临时召开的?

赵：我觉得有这样的可能性，我们努力吧。以前有一种新闻观，就是当事的机构和地方觉得处理好了突发事件后再发布新闻。处理一半怎么说呀?！其实错了没关系，发言人只要说这是我目前掌握的信息，说错了再纠正，大家能够谅解，比不说要好得多。另外他又担心，我如果一说记者蜂拥而来对付不了怎么办，因此要晚点说。通过讨论，通过对比，我们认识到，越早发布越主动。你如果不讲，别人会讲，而别人不是新闻记者，会讲得很不准。

多数情况下没有“托儿”

观众：赵主任，新闻发布会中漂亮的女记者，是不是有更多的机会抢到话筒?

主持人：你也问出我的心里话了。

赵：至少有意识地不会，下意识地则因人而异，像他（指白岩松）就有可能。(全场笑)

主持人：我其实经常是为此而失去了提问机会的人。

观众：我没有参加过新闻发布会，但是我想知道那些国内记者的提问都是安排好的吗？是“托儿”吗？尤其是在开始的十分钟或者前几个问题，是不是有所安排?

赵：多数情况下没有，少数情况下有。为什么？因为我们安排发言人的开场白不能超过八分钟，他讲不完，又觉得这些话太重要了，还是想说。这个“托儿”不多，一个、两个而已，第三个绝对不是。如果找“托儿”，说明有的发言人的概括能力低，是不是?

对“党务公开”，完全可以抱有希望

观众：去年国务院新闻发布会在“政务公开”方面做了重要的工作。那么今年是否要进一步搞好“党务公开”?

赵：我觉得大家对此完全可以抱有希望，因为这件事情，不是你提了意见我接受你意见，而是党的十六届四中全会决议中已有这样的决定了。我做了卡片，我拿出来给大家看看："党的十六届四中全会通过的《中共中央关于加强党的执政能力建设的决定》，强调要'发展党内民主'，'逐步推进党务公开、增强党组织工作的透明度'。'重视对社会热点问题的引导，积极开展舆论监督，完善新闻发布制度和重大突发事件新闻报道快速反应机制。'"这是多么重要的决定。我们当然都拥护，拥护的表现就是去实践。所以，我觉得大家的期望能够实现。

我喜欢尖锐问题，喜欢棋逢对手

■（2006 年 5 月 11 日接受《新民周刊》记者贺莉丹采访，节录）

做一流新闻记者不容易

记者：你就任中国人民大学新闻学院院长迄今已半年，你对学习新闻的学生有什么建议？

赵启正（以下简称赵）：新闻学院的学生毕业之后要深入社会，要给他们更多的面对社会的机会，让他们将来能从容面对挑战。

我们希望学生毕业后，尽量能提早独当一面、好好工作。所以在校期间，一方面帮助他们学好课本内容，一方面要请一些重要人士到学校来演说，越是好的大学，越有能力请到名人来演说。名人在演说的两个小时左右时间内信息量很大，并且在思想方法上可以有很多启示。一场报告或演说下来，跟一场课堂上学到的知识相比有不同的体验，这种体验靠读书往往是得不来的。

我的体会是，应该加强社会科学院系与社会的联系，使学生们更多地“外知世界，内知国情”，使他们更加成熟，更早成为今后的工作骨干。

记者：外界评价你时曾经用过“中国第一新闻官”、“中国政府公关总领”、“浦东赵”等称号，不过也有人说你担任人大新闻学院院长不过是起了“花瓶”的作用，你怎么看呢？

赵：我不否认可能有“花瓶”作用，但这“花瓶”里头要有水，要能养花、使花更美丽才好啊。从去年 11 月 19 日我去人民大学开始，一个半月的时间内就使人大增加了 2000 条新闻报道，报道中提到“人民大学”的新闻多了 2000 条。你说的“花瓶”如果指这个，这是有的。我不愿意做“花瓶”，但如果一定要我做“花瓶”，我要做好的“花瓶”。

记者：你在就任时表示“不要做泡沫院长”，在具体治学的过程中，你遇到的最大挑战是什么？毕竟，治学不同于从政，你如何实现从一名政府官员到一名教育管理者的转型？

赵：半年内我还回答不了这么大的问题。但我发现，我应该做的是要进一步扩展知识面，比如说，我就不大知道新闻史。但国内外对我们新闻工作者的需求我知道得多，我接触到的国内外记者太多了，一流新闻记者应该有怎样的素质我可能知道得比他们多，我深深地感觉到我们还要努力，要做一流新闻记者不容易。

我喜欢棋逢对手

记者：你向来表示喜欢提问尖锐的记者，是吗？

赵：是这样的。尖锐的问题往往是人们最关心的问题，也是我们最需要解释的问题。记者提了尖锐的问题，给我一个回答的机会，我很感谢这个记者，我并不认为他是跟我为难。

记者：我们在以往国务院的一些新闻发布会上看到，有一些记者给你“挑刺”，你很喜欢吗？

赵：特别好！就好比打网球，你打过来的球是软的，我怎么办？你就是把球抽回去也不英雄，那是一个软球！你打过来的球是硬的，我回得就好啊，棋逢对手！

记者：在你看来，一名优秀的记者应该具备哪些素质？

赵：一是要有广泛的基础知识，作为记者，如果不懂经济、不懂文化、不懂政治，怎么报道？你怎么判断该不该报道？记者的知识面可不能太窄了，听不懂的话就说“最后登通稿吧”，这就非常遗憾。通稿是统一的，用通稿对付几句，这样的记者绝无成就。刚才有同学问我，你怎么取得成就？我说第一是努力，第二是机会。大家机会一样，为什么有的记者写出名作来，有的记者就写不出来？除了努力之外，还跟知识面有关系。

记者：你的工作让你可以接触众多国内外记者，在你看来，外国记者跟中国记者相比有哪些差别？

赵：一般外国记者更专业，他会事先研究一些问题，提问时先说一件事情，然后说“因此我的问题是……”，他是“二段论”。我们的记者不是这样，问：“你第一次到中国来，你对中国有什么感想？”这是最笨的问题了！

在南联盟，我们的一个记者问人家：“你的女儿被炸死了，你一定很难过吧？”这叫问题吗？在美国，一个中国记者问美国飞行员的中国夫人：“你的先生牺牲后，你再也不嫁，你是不是为了纪念他？”这个美国飞行员 20 多岁在中国作战牺牲，现在老太太 70 多岁。我当时就说，你的问题浑！第一，“不再嫁”是封建思想，再嫁也不是不纪念亡夫；第二，你怎么知道她没再嫁呢？奥运会上，我们的记者问：“你没得金牌，你很沮丧吧？”能这么问吗？记者首先要学会做人，像这几个例子都反映了做人的道理不够。

争取报道的正面效果

记者：你曾表示，新闻发布会上尽量不要发生“无可奉告”的情况，特别避讳新闻发言人跟记者说“无可奉告”。在你以往的工作经验中，有没有遇到对记者的提问以“无可奉告”作答的情况？

赵：作为新闻发言人，你当然应该尽量回答问题，老是“无可奉告”怎么行呢？人家是“乘兴而来，败兴而归”。但新闻发言人实在不会就只好“无可奉告”，不能瞎编。有一次有个记者提问，我回答：“这个问题我不知道，我需要了解以后再回答你。”

记者：我们可以看到，对一些突发消息的报道现在比以前更快了，但是在中国一些地方政府，对突发事件的处理还是很不及时，一些地方政府官员并不愿意媒体“揭丑”，也不愿意发布信息，你是如何向这些地方政府官员灌输“信息公开”的理念的?

赵：不能因为负面消息就不报道，报道负面消息有时也可以产生正面效果；我们要尽量争取报道的正面效果，正面效果的衡量就是对广大人民有利。

记者：不得不承认，有的地方政府和机构有时并不愿意媒体介入。

赵：看你怎么说了！发生SARS，是报道有利还是不报道有利？如果我做地方领导，我想报道有利，让大家小心，否则蔓延了怎么办？比如说某大学有人作弊，是报道有利还是不报道有利？报道有利啊，谁再作弊开除谁。有的人不喜欢报道怎么办？不喜欢就促进他！有的机构自己出了事不愿意被报道，该怎么办？不能听他的，还得报啊！

问题越敏感越有必要回答

■（2015 年 10 月 28 日与澎湃新闻网记者对话，节录）

公务员都要提高和媒体接触的素养

澎湃新闻：境外媒体的提问会涉及当时略微敏感的问题，您在回应敏感问题时候如何把握尺度，会不会担心说错话？

赵启正（以下简称赵）：敏感问题往往是国内特别是国际非常关注的问题，越是敏感的问题我认为越有回答的必要，而且必须是清楚的问答，而不是含混的回答。含混的回答，会使敏感的问题更加敏感，延续对方对我们疑惑的时间。

对于敏感的问题，我们在平时是很注意的，对它发生的背景、进展的过程、国际主要媒体和国际重要人物的态度、国际民意，以及国内政府的态度、国内的民意，我们都要做仔细的研究，储备在头脑里。这是随着时间每天发展的，每天都有新的问题出现，不能用几年以前的见解或情况来对付今天，因此自己要随时了解这些敏感问题的进展。这是一个背景。

在回答的时候，能够直率回答的都要直率回答。比如说，有美国重要媒体问我，你们为什么封锁美国之音的广播和网站？早期我们会回答，可能是技术问题吧，线路不好吧。现在我会说，因为你们播出的内容时干涉了中国内政，挑拨了中国的民族关系，有破坏国内社会稳定的恶意，因此我们就关闭了。他可能反过来说，你们的网络我们没关、你们的广播我们没关。我回答，因为我们没有这样的内容，没有挑拨你们的种族矛盾和社会矛盾，没有干涉你们的内政，所以你也就没有必要去关了。

新闻发布不要有意压缩伤亡数据

澎湃新闻：现在新闻发布会已不再是新鲜事。可以说突发事件的新闻发布会往往是最受关注也是最激烈的。我们如何去改进突发事件的发布会?

赵：新闻发布不是有了突发事件才想到发布，而是在日常就要建立本机构新闻发布的机制。

这里包括几个方面。第一，要有新闻发布工作的小组，他们平时要关心与本机构有关的社会动态，包括民意、包括政策变动、包括自己同类的其他城市或其他机构的动态，这样就有一个观察和了解，知道国情，知道本行业行情，知道政策。第二，在发生事件的时候，平常要有一些准备，要有议程设置。比如医院，如果发生有人拒绝交费、捣乱、上街，如果发生死了人，怎么办？都应该有一个预案。有预案的话，一步一步执行起来不会漏掉。第三，发生危机事件的时候，新闻发布只是危机处理中的环节之一，还有其他环节。比如发生灾难，如何让损失减少到最小，如何救治伤员，如何恢复交通等，新闻发布只是其中一个。

新闻发布有两个第一并行，一个是准，一个是快。你说我准确不了，因为我要在第一时间就发布。不是的，你知道多少就是多少，比如“现在火已经熄灭了但是还在冒烟”，你可以这么说，如果后面死灰复燃了你可以解释；比如“据我所知，现在失踪了5人”，这个数字你不要瞒。死亡数字一次一次向上提，给人印象就好像存在隐瞒。外国的危机处理，在发布的时候往往说得多，“9·11事件”刚开始发布说伤亡上万人，是不是有意说多我也不便猜测，但是不要有意压缩。

在报告当中，人比财产更重要。不能在发布会上，说了很多事情，最后再说人员伤亡，这是不对的，首先是人的伤亡，然后才是财产，再是其他。

新闻发言人制度要与时俱进

■（2016年11月5日在上海浦东干部学院首届中国新闻发言人论坛上的演讲）

今天很高兴和大家在这里探讨我们国家新闻发言人制度的进展，看到多位曾经一起工作过的老战友和各位优秀的发言人，唤起了我很多回忆和感想。

我国的新闻发言人制度是随着中国改革开放的潮流同步前进的，今天虽然还有不少需要进行改革之处，但是应该承认已经取得了巨大的进步，进入了从有到优，向更高水平的发展阶段。

回顾一下我国关于新闻发人的专门规定，只有两个，一个是1983年2月的《关于实施〈设立新闻发言人制度〉和加强对外国记者工作的意见》和1983年11月《新闻发言人工作暂行条例》。暂行到如今，此后一直没有更新的文件发布，其他有些重要文件虽然涉及新闻发言人的工作，但都不是一个专门的文件。新闻发言人制度要与时俱进，现在到了制定一个新的新闻发言人制度的时候了。

多年来我们通过新闻发布，在政务公开，加强服务型政府的建设，保障群众的知情权和监督权方面做了很多工作。通过新闻发布也及时对外国公众和政府发出了中国声音，发挥了公共外交的作用。简而言之，新闻发布会，对内是沟通本国公众，实行政务公开；对外是说明真实的中国，说明中国国情、中国内外政策，并及时解疑释惑。

国际环境不可能都按照我们的意愿去发展，我们想和平崛起，但是有人不高兴，担心我们崛起要损害他们的利益，于是不遗余力地制造中国威胁论等各种舆论。这对我们的发言人制度和对我们的发言人就会有不断的新挑战。

最近的例子是菲律宾单方面要求海牙仲裁庭非法裁决南海岛礁及领海主权问题，我们发挥了政治智慧，提出对他们的仲裁不参与、不承认、不执行，同时开展了三个方面的斗争，即法律斗争、外交斗争、舆论斗争。

大家细想，我们已经申明不参加在海牙的仲裁，也就不能当面做法律斗争，而是通过国际海洋法领域的专家在媒体发表文章。又因为当时菲政府已经中断了外交解决的途径，于是我们是通过外交部发表声明阐释立场的。我们还在海牙，在美国，在东盟的新加坡都举行了关于南海问题的研讨会，召开了有大量相关国家记者参加的新闻发布会，在发布会上向众多海外媒体表达了我们的立场，并且回答了极有针对性的问题。我们可以看到在此特殊时刻，这三个斗争都集中表现为舆论斗争，很多都是通过新闻发布的形式开展的，在国际舆论中维护了我国的根本利益。

外国公众大多并不懂专门的国际法律条文，我们用通俗的语言讲清楚这个裁决是一张废纸，他们花了大钱给了仲裁厅和律师，做了丑事，吃相难看，裁决非法无效。这个声音就在国际传播开了，我们的发布会在特殊情况下不是很有战斗力吗？假如我们没有这 30 多年对外传播实践的积累，在关键时刻我们恐怕很难有这样成功的表现。

今天，在国内，随着改革的推进，旧矛盾的积累和新问题时有出现，需要更有效地引导舆论，化解公众的不满和抱怨；而在国际上，反华势力多方遏制我国，中国威胁论也有所上升，国际舆论环境不容乐观。同时我们还要向世界讲清楚“中国梦”、“一带一路”和中国对世界治理的观点。所以我们的新闻发言人制度要进一步发展，特别对承担重要责任的新闻发言人要有更多的培养和关怀。

新闻发言人应当具备什么样的素质？我在 2003 年 9 月国务院新闻办公室举办了两次全国新闻发言人培训班上，把新闻发言人的素质概括为三句话：政治成熟，立场正确，勇于负责；内知国情，外知世界，兼修文化；讲究逻辑，有理有节，善待记者。这个要求是很高的，首要的是我们要有坚定的立场——党的立场，国家的立场，人民的立场；要有足够的知识储备；要对我们的内外政策有深刻的掌握；还要有符合逻辑的表达，这样引导舆论才会有好的效果。

每一位新闻发言人都需要有专门的培训，现在有了这么多的干部培训基地，培训的专业化也在不断的改进。今天这个论坛是我国第一次举行的专门的新闻发言人论坛，由此开始以后就有第二次，第三次，希望能长期继续下去。许多大学都有新闻学院，有的还有新闻发言人研究中心，都可以提供对干部的专业化的培训，对这些大学的这些学院我们应该大力支持。

我国的干部序列当中并没有发言人的位置，任用标准也是各单位自行决定的。重要机构的新闻发言人应该是专职的。新闻发言人不是养兵千日用兵一时，而是养兵千日用兵千日。他要随时观察国内外舆论，观察本领域有关的动态，研究相关政策，与时俱进地进行“议程设置”。有这些准备，才能保证成功的发布。很多发言人表现很优秀，工作要提升，位置会变动，成熟的发言人走了，新手来了。发言人更换得太快，对工作来说是有损失的。那么，能不能在本岗位上给他提升级别？我记得有位领导说过，发言人级别太低，发言的威望和影响就会不够，同时能批评他的人也会多，他会无所适从。

我们不能只是任命一位发言人，还要建立相应的、常设的发言人团队做支撑，一个人再优秀也孤掌难鸣。我在担任全国政协大会新闻发言人时，就请政协的干部、主流媒体的编辑和中国人民大学新闻学院的博士生组成的小团队帮助我收集各方信息，同时设计可能的答问要点。

还有，新闻发言人应当能够列席本部门的重要会议。法国总统的发言人跟我说过，他作为发言人最重要的工作是跟着总统走，总统到哪儿，他到哪儿，他了解总统的思想、观点和决策，才能做好发言人。

我刚到新闻办的时候，国务院常务会议没有规定我们列席，有关的会议偶尔去一次。后来我们正式提出，才有了新闻办领导列席国务院办公会议的规定。我建议省市自治区也应该据此做相应的规定。

我还希望单位领导对发言人要有足够的体贴，足够的宽宏，不能因为偶尔的失误就加以过于苛刻的责罚。

我国政府新闻发言人制度还正在继续完善中，对此我有所期待。谢谢大家！

第六编
高端交流　智者对话

【本编导读】

“交流不过关，空负一身学问”

资深外交官吴建民说，他在外交工作中多年观察，发现在国际场合一般中国人交流能力较弱。

赵启正亲自做过调查，发现中国的大学毕业生“知识水平不错，表达能力较差”。

的确如此，中国的传统文化，往往重视个人学习，忽视人际交流，造成一般学人交流能力不足。

为了补齐这个短板，吴建民在他担任院长的外交学院专门开了“交流学”课程，亲自写讲义，亲自授课，培养学生的交流能力。

赵启正也多次写文章、做报告，大声呼吁提高学生、传媒人、宣传文化干部的交流对话能力。

他们认为，交流是当代人的基本功。特别是对于从事新闻传媒、外交外贸以及领导、管理工作的人来说，“交流不过关，空负一身学问”。

交流，是文明的对话，思想的碰撞，真理的淬炼，智慧的升华。在相互交流和对话中，见贤思齐，提高个人的能力和修养，提高团体的凝聚力和影响力。

交流是一门学问，也是一门艺术。

交流，就是学习。通过交流，可以学人之长，补己之短，增长知识，开阔眼界，在人生道路上疑惑时有人指点，遇到困难时易于得到别人的帮助，获得成功。

交流，就是传播，让你的见解、主张被别人理解，赢得信任，增进友谊，广结善缘，培养美好的感情。朋友越多，越不会孤独。个人如此，国家也是如此，交流能力就是“软实力”，友邦多，国际环境好，内修外治，国家就能建设得更好。

本编收录了赵启正与国内外社会各界人士交往、对话、讨论工作、切磋学术的一些案例。从这些案例可以看出，赵启正的交往极为广泛，他们中既有国家领导人，也有传媒领袖，既有跨国公司的企业家，也有学者专家，既有社会精英，也有普通记者、编辑、青年学生。

他们虽然文化背景、宗教信仰、世界观、价值观不同，但是，他们敞开心扉，各抒己见，如切如磋，如琢如磨，他们渊博的知识、深邃的思想、绚丽的文采、幽默的谈吐，让人读起来如饮甘露、如坐春风。

通过交流对话，赵启正把“向世界说明中国”的声音放大，再放大，传遍了世界五大洲的各个角落。

文化是财富，友谊也是财富

■（2005年5月15日参加中央电视台《高端访问》节目）

水均益（中央电视台节目主持人，以下简称主持人）：我们今天请到的两位嘉宾是这次《财富》全球论坛的两位顶级人物，一位是时代华纳的董事长帕森思先生[①]，另一位是我们作为东道主的代表——中华人民共和国国务院新闻办公室主任赵启正先生。特别需要提一句，赵先生和全球《财富》论坛有着密切的关系，因为1999年是他第一次把《财富》论坛引到了中国的上海。

深刻理解“财富与文化”

主持人：今天对话的主题是“财富与文化互动”，请两位先做开场白。当然，赵先生作为东道主一方，按照我们中国的传统，请先说。

赵启正（以下简称赵）：热烈欢迎帕森思先生又来北京，我们多次在北京和纽约见面，每次交流都有新的见解，这次我要听您的最新见解。财富和文化，应当从广义上去理解。财富不只是指金钱或经济实力，作为一种价值观，文化是一种财富，友谊也是一种财富。而从广义上来看，文化

① 理查德·D. 帕森思（Richard D. Parsons），时代华纳公司董事长兼首席执行官。时代华纳是世界最大的跨国传媒公司之一，旗下有《财富》杂志、《时代》杂志、华纳电影公司、CNN等，拥有美国电影、电视、杂志及互联网各20%的份额。

不只是书刊、报纸、电影，而是一种民族特性。国家与国家、民族与民族之间的沟通，文化沟通是基础，是最重要的沟通。文化沟通了，财富就能沟通，也就是说，能促进各国的经济和其他方面的社会发展。

主持人：这是一个简短而精辟的论述，也请帕森思先生先就这个问题来一个开场白。

帕森思（以下简称帕）：首先，我要感谢我的朋友赵启正先生。我们以前在上海、北京、纽约见过很多次面。他一直都是向世界宣传中国的一个最好的大使，他向我们所有人宣传介绍中国文化的深层因素是什么。我也非常同意他的看法——财富不光指金钱。论坛的主旨之一就是不仅仅让商人聚集在一起，探讨我们如何更好地发展世界经济，探讨世界和中国经济如何才能更好地联系起来。同时，我们也可以更好地增加对彼此的了解，了解相互的文化和相互的预期。所以，当我们谈到财富与文化的时候，我们是把它们作为一个整体来看待的，对于全世界各个国家都是如此。

赵：帕森思先生对中国倾注了热情，多次到中国访问，不断提出新的建议。《财富》论坛多次在中国举行，这也需要他的坚持才能实现。在这里，我向帕森思先生表示敬意。

《财富》论坛为何频繁来到中国?

主持人：这次《财富》全球论坛得以在北京举行，是不是由于你们俩的私交特别好，所以才来到中国?

帕：尽管我们是非常好的朋友，但《财富》论坛在中国召开是因为这里有头号的新闻。中国很显然已经是世界上最重要的经济实体之一，而且每一个来自其他国家的商界领袖都很愿意来中国，了解这里正在发生的情况，了解如何才能利用这些机遇，同时也因为中国张开了双臂，欢迎更多的外来人士参与中国的经济发展，并进行一种国际经济的互动。这是我们选择中国的原因之一。当然赵先生和我是朋友，可以说是锦上添花了。

主持人：《财富》论坛已经是第三次来到中国了。赵先生，您认为把这样一个全球性的带有经济风向标意义的论坛引到中国，能给中国带来什么样实际的东西？

赵：《财富》做了世界500强的评定工作，500强能在它的号召下参加这个论坛。在经济全球化过程中，跨国公司的重要性是突出的。根据一般统计，50%的生产、60%的贸易、70%的技术转让、80%的直接投资是由大约60万个跨国公司完成的。之所以在这里召开《财富》论坛，是因为跨国公司要不断了解中国的发展，它要观察每时每刻的中国。

帕：我们都明白，在一个较短的时间里，也许就20年吧，中国会形成一个很强劲的经济体，这会影响到世界上其他国家。事实上，这种情况已经发生了。帮助中国经济进一步增长，就是让世界上的其他国家都参与进来。我们欢迎这样的21世纪，中国和亚洲的崛起，会对全球经济发展带来很大的影响，同时中国也会成为世界最强大的经济体。

主持人：帕森思先生，很多观众可能会这样想，《财富》论坛每隔两年到中国来举办一次，他们到底图什么，是不是想来挣点钱？

帕：简洁地说，答案是"是的"。我们是一家商务性公司，我们存在的目的就是要为我们的股东挣钱。但从整体上说，我们更高的目的并不仅仅是为了挣钱，而是为全世界做一些事情。我经常对我的员工说，我们做任何事都要尽可能实现三个目的：第一，要使得投资得到回报；第二，要为世界做些好的事情；第三，要能从中获得乐趣。所以，当我们召开这些论坛的时候，我们要尽力使它盈利，当然必须要挣钱。但我们选择北京，就是为了让世界了解中国正在发生什么。世界想要了解中国的活力。刚才赵先生也谈到了世界需要了解中国的经济和文化，了解中国是如何迅猛地改变和发展，而做到这点的最好途径就是让他们到中国来。在这里召开论坛，同时满足了这三个目的。

赵：我觉得任何一个集团都要考虑盈利，没有盈利就不能维持。但是获得利益有各种不同的方法，赚钱有光明磊落地赚钱，也有不择手段地赚钱，那么时代华纳呢，是通过文化服务来获得利益。这是正当的，因此也是我们欢迎的，欢迎它分享中国的机会。我们因此也加强了沟通，想分享美国的机会，所以我们是相互帮助的。

中国的版权保护与媒体开放

主持人：今天我想请你们分别问对方两个问题，我在中间做主持。帕森思先生，您有什么问题问您的老朋友赵先生？

帕：我想这并不是一种交锋，而是一种对话和交流。我们刚才私下里谈论了中国的电影、图书及其他文化产品，这些可能在中国卖得很不错，但是在国外不行，反之也有这样的情况。我们公司特别感兴趣的是寻找更多的合作伙伴，来实现一种文化的表达，比如说图书、影视、音乐等。但这在今天的中国是非常困难的，因为尽管中国是一个法治国家，也有保护知识产权的法律，但中国的现实是，有一些知识产权被盗用了。所以，我要问赵先生的第一个问题就是，他是如何看待这个问题的？他认为政府应该作出怎样的回应，才能维护一个良性的环境？

赵：中国政府坚决打击盗窃知识产权的犯罪行为，并采取了一些法律措施及奖赏。在中国广东，检举一个非法复制 CD 的生产线，奖励 50 万元人民币，超过一个普通人一生的全部积蓄。我本人曾做了 21 年的工程师，也有几项专利，也出过书，我就不希望人家盗窃我的知识产权，因为这并不是我个人利益的问题。如果一个科学发明被盗窃了知识产权，就会影响这个实验室或者这个人去研究第二个题目，实际上是阻碍了社会的进步，这并不只是个人损失。可以说，中国目前存在盗版的现象是由于中国原来的法律不够健全。现在中国在不断加强这方面的法制建设，并成立了知识产权局。所以，可以告诉帕森思先生和各位朋友的是，中国的知识产权保护一定会一天比一天好。

帕：我受到了鼓舞。我相信政府正朝着正确的方向努力。在我看来，这个问题不仅可以保护中国人民的创造力，而且能够使创造性的文化行业得到解放，提供更多就业机会，而且可以把中国更好地宣传到外部世界去。我要问赵先生的第二个问题是，您如何看待媒体市场的开放进程？

赵：中国在与美国和其他国家关于对外开放的谈判中，并没有涉及媒体开放，这是新提出的问题。中国的媒体开放，也要参考各国的经验。比如，美国媒体的开放也有相当的限制。不是美国国籍的人在美国办媒体，就会受到极大的限制而不能展开，因此，默多克先生放弃了澳大利亚国籍变成美国人了。中国在这方面还没有完整的法律，但有开放的迹象，就是在互联网方面，如ICP（互联网内容提供商）、ISP（互联网服务提供商），现在允许有50%的外国股份。这种开放的姿态，也许超过了世界上其他一些国家，并且效果较好，外国投资者也很积极。所以，纳斯达克上中国网络的股份的股票倒是很坚挺。帕森思先生，您可以买一点儿！

帕：如果赵先生买我的股票，我就买那些股票。

赵：那我就买时代华纳的，你买新浪、搜狐的。当然您也不能买太多，也有风险。

跨媒体发展与全球媒体市场竞争

主持人：赵先生，现在您可以向帕森思先生提两个问题。

赵：时代华纳是一个跨媒体集团，这一集团的好处是可以节省成本共享资源。中国现在开始有媒体集团了，但是跨媒体的很少，像英国的BBC，日本的NHK，美国的几个大广播网，就是电视和广播同一个集团。您认为，媒体集团是不是都应该是跨媒体的？

帕：这是一个非常好的问题，这个问题在美国现在也是在辩论之中，几个比较大的媒体公司正在考虑是否要向比较小的组织分化。我个人的观点是，要做到在全球富有效率，就要有规模，这样才能不仅在当地市场，而且在全球市场推广产品。为了追求那样的规模，我们就必须有投资的实力，要有好产品并进行正确的包装，然后销售。媒体行业起码有一部分是需要合并的，也就是说需要有跨媒体的公司和集团，但并不是所有的媒体都是这样的。在美国也有一些非常好的独立电影公司、独立出版商和独立电视制片公司，但他们不能在全球范围内和时代华纳或者新闻集团、迪士尼这样的公司竞争，因为它们的规模还不够。它们是垂直一体化的，并没有跨行业的趋势，所以不能够和比较大的跨行业公司竞争。因此，对赵先生刚才提出的问题，我认为至少中国媒体产业的一部分应该成为一种跨媒体的集团化实体，或者叫“综合性集团”，这样你们才能够在全球范围内竞争。

主持人：我想替赵先生问帕森思先生一个问题：美国媒体看重中国市场的哪些方面？

帕：事实上，在美国的每一个人，不只是媒体公司，都在关注着中国，都意识到中国会在未来20年里崛起成为经济强国，而且都意识到必须伸开双臂去拥抱这样一个国家。作为媒体公司，我们每一个人都想更好地了解，如何能够和中国的业界、政府以及人民进行合作，来帮助中国的媒体事业发展。因为这不仅符合中国的利益，也符合全世界的利益。而且坦率地说，我们在这儿也是要赚钱的。在我们的帮助下，中国人也可以赚钱，因为他们的行业可以发展得越来越好。

时代华纳的全球视野

主持人：请问帕森思先生，时代华纳在中国的发展对哪些方面特别感兴趣？

帕：首先从世界范围来看，我们在美国已经是一个很大的集团了，我们拥有美国电影、电视、杂志出版以及网络各20%的份额。所以，当我们要寻求增长的时候，就必须寻找美国以外的市场。我们在欧洲占有一定的份额，但那里已经很发达了，所以我们看重的是世界上一些主要的发展中国家。中国、印度、俄罗斯和巴西是我们看好的四个主要市场。目前，拉美国家的经济还在恢复过程中，还没有准备好，所以机会很有限；而俄罗斯现在还比较动荡，所以，对于我们来说国际扩展的领域就是中国和印度了，而中国显然是位居榜首的。为了扩展业务，我们在中国已经有所发展了。比如，华纳兄弟公司在中国电影事业方面已经有了合作，我们同样也对杂志出版业、电视和网络很感兴趣，这就是我们在中国关注的四大焦点。

赵：很多美国大片进入中国很成功，但是中国的片子进入美国的较少，其中有经济的原因，也有文化的原因。据我所知，美国拍一部大片，大约平均需要8000万美元，更贵的需要几亿美元。中国的片子，一般大概500万人民币就够了，好片子大约1000万人民币（个别的上亿人民币），从成本上看，双方相差几十倍。在文化方面，是如何把中国的故事让美国人看得懂。很惭愧，“花木兰”是中国故事，让美国拍成动画电影了，并且成绩不错。我的问题是，你们的电影业很成功，那么你们能否给中国的电影业提出些忠告？您能不能帮中国每年在美国放映几部电影？

帕：这是现实情况。在西方，大家都知道中国的文化是世界最古老的文化之一，有非常丰富的故事。我们行业的主旨就是要给人们讲故事。电影、电视甚至是报道都是这样，当然说的是真实的故事。世界上再也找不出第二个像中国一样拥有如此丰富的文化的国家。我想反映中国文化的电影要在全球包括美国取得成功，需要两个条件：

第一个条件是制作的质量问题。电影制作有很高的技术含量，这里涉及技术转让的问题，我们非常愿意和中国建立合作伙伴关系，进一步改善中国电影制作的质量。我以前谈过两个重要的原则，第一是要建立公平、公开的竞争平台，以形成更开放的市场；第二就是加强法治，以保护知识产权，这样才能使得更多的美国技术进入中国。

第二个条件是规模。我刚才也谈到了，像时代华纳、默多克和迪士尼这样的大公司，都有自己的规模，有雄厚的经济实力，因此他们有能力把自己的电影向全球推销和发行。我们非常愿意帮助中国电影业的发展，通过与中国建立合作伙伴关系的方式，投入技术和资金，利用我们的技术力量和财力，在全球进一步推销中国的电影。这对双方来说都是双赢的合作，因为我们可以加速这方面的工作以创造更多的就业机会。同时，也可以使中国的故事在世界上更广为人知，并且更具竞争力。

与佩雷斯论智慧

■（2005年8月3日在特拉维夫与以色列副总理、以中关系促进会名誉主席西蒙·佩雷斯的谈话，节录）

【导读】

西蒙·佩雷斯是以色列著名政治家，早期参与开创基布兹农场[①]并曾在军队工作，对建立以色列有突出贡献，先后担任过以色列副总理、总理、外交部长、国防部长等要职，2008年任以色列总统，1994年因达成实现以巴和解的协议而与拉宾共获诺贝尔和平奖。

赵启正与西蒙·佩雷斯的谈话从他在上海工作时对犹太人的了解开始。犹太人在二战期间受过德国纳粹的残酷迫害，几乎陷入灭顶之灾。自身处于苦难之中的中国人民向他们伸出了援助之手。其实，犹太人与中国的友好交往早在宋代就开始了。犹太进步人士和革命者，对中国人民的解放斗争也有过突出的贡献。

两人的对话涉及政治、经济、社会、历史、文化，内容很广泛，但给人印象最深的是对聪明和智慧的讨论。两人时而引经据典，显示出渊

① 基布兹农场是以色列的一种集体社区，过去主要从事农业生产，现在也从事工业和高科技产业。基布兹的目标是混合共产主义和锡安主义的思想建立乌托邦社区，社区里的人没有私有财产，工作没有工资，衣食住行教育医疗都是免费的。外人可以自愿加入基布兹，里面的成员也可以自愿退出，退出的时候可以领到一笔退出费以回报对社区的贡献。不过近几十年有些社区进行了私有化，生活方式发生了改变。

博的学识，时而发出超越前人的真知灼见，闪耀着智慧的光芒，洞幽烛微，启人心智。

这是一场政治家的对话，也是哲学家的切磋，艺术家的竞技。两人既虚怀若谷，互相尊重，又推诚相见，知无不言，显示出各自优异的政治素养、思辨能力和交流技巧。从他们的对话中，我们可以领悟到，交流既是一门学问，也是一门艺术，有心人可以从这一难得的范本中汲取教益。

犹太人在中国的故事

佩雷斯（以下简称佩）：非常高兴与中国代表团见面，在我们的心目中，中国是个非常亲近友善的国家。中国是我们这个时代的奇迹，21 世纪将成为中国的世纪。

赵启正（以下简称赵）：我虽然是第一次到以色列访问，但完全没有陌生的感觉，有一种以前曾经来过似的亲切之感。在我担任上海市副市长期间，对犹太人在上海的故事有了许多的了解。我担任现职后，进一步了解了犹太人在全中国的故事。我从政府工作的角度出发，帮助并支持了上海、天津、哈尔滨等地学者进一步收集和研究犹太人在中国的有关资料。这是不久前刚刚出版的最新版本《犹太人在中国》。我昨天与贵国副总理奥尔默特见面交谈时，他表示将帮助将此书译成希伯来文，并协助在以色列的出版发行工作。此前我曾与杰克·罗森（Jack Rosen，美国犹太人联合会主席）先生探讨过该书在美国的出版事宜，他也表示非常愿意提供帮助。我对奥尔默特说，我的野心是将此书出版到 130 万本（全世界犹太人共有 1300 万，奥尔默特副总理认为，应当多印，每一个犹太人家庭有一本）。但他说我太谦虚，太保守了。

佩：关于犹太人在上海的故事的确是令人十分感动的。我曾去上海访问过，并参观了犹太人在上海的会堂。其间我作了一次演讲，为我做翻译的是一位上海的译员。她的英文很好，但她在翻译后却向我说有三个词没有听懂，一个是反犹主义（anti-semitism），一个是犹太复国主义（zionism），一个是纳粹的种族主义（racism）。她认为这三个词很难理解。

当时我对她未曾听过反犹主义感到十分惊讶，可后来想想，这也恰恰证明，在中国根本就没有过反犹主义情绪。将此书译成希伯来文一事我将会在日后与以色列的以中友好协会保持联系。

文化传统对于国家发展的重要作用

赵：针对中国的发展，许多国家的报道还不是十分准确，特别是西方媒体的报道还有很多误解和歪曲。但是中国对自己的表达也还远远不够。犹太人对“二战”中犹太人所遭受的灾难在战后及时进行了认真的调查，收集了大量的史实资料，因此可以很好地向世人加以表述。在这方面我们与你们还有相当的差距，应该向你们学习有关的经验。

佩：我知道“二战”期间日本军队对中国人民所犯下的种种暴行。他们残杀人民，强奸妇女，摧毁了中国很多建筑。一个国家或个人从战争的阴影中走出来并发展自己，是一个十分艰难的过程，我对此十分理解。中国在这几十年中有了很大的发展，过程虽然艰难，但取得了令人瞩目的成就。中国在战后重建家园的过程中并没有依靠西方或其他国家，而是靠自己的力量发展起来的。

赵：感谢您的赞誉，我们对以色列的发展也十分钦佩。中国人普遍比较了解犹太人的文化传统、家庭教育情况以及在科学、文学等各方面的成就。为更好地反映“二战”时期犹太人与中国人民友好相处的历史，我正在鼓励中外电影节拍一部反映犹太人在中国的电影。

佩：很伟大的主意。以中两国之间虽然有很多不同，中国很大，以色列很小，但以中两国的传统观念中也有很多是一样的。比如两国人民都很重视教育、卫生、生命。这样的传统在犹太民族发展中起到了不可替代的重要作用。

文化交流是政治、经济交流的基础

赵：也许在文化合作方面我们还可以做一件事。许多年来，在中国有很多研究犹太文化和历史的书，应从中精选一些译成英文或希伯来文。我们可以先把样书寄过来，你们来负责挑选、制作和发行。

佩：也可考虑制作一个电视节目，节目中请一位犹太母亲和一位中国母亲分别讲述她们是如何教育子女的。这样不仅可让两国的母亲彼此了解，同时节目本身就是两国文化的一种交流。中国不是有“孟母三迁”的典故吗？其实，我们确实应学习一些中国的历史，当然，这方面要选择一个好的教科书版本，在以色列大学中采用。

赵：文化交流是政治、经济交往的基础。有了充分的文化交流作为基础，很多事情就可以顺利地开展下去。我们曾经向法国介绍过一百本可能译成法文的书。为让世界人民能够以自己熟悉的文字，通过阅读图书更多地了解中国，中国政府推出了“中国图书对外推广计划”，他们第一次翻译了70本，在书展上销售情况非常好，希拉克总统本人每样都买了一本。希拉克总统十分了解中国。您也同样熟知中国。有您这样的领导人给予支持，我相信两国间的文化交流会更加迅速地开展起来。

佩：我还说不上对中国已十分了解，我正在向中国学习。对我而言，中国的文化非常令人着迷。您此次访问以色列非常重要，也非常及时。两国间密切的交往关系中，不仅仅是国与国的关系，还应是文化间的交流与合作关系。您刚才所提的一些想法和建议很好，我们应考虑，对此采取有关的后续行动。

历史是最好的老师

赵：我访问回国后，将鼓励中国一些重要的纪念馆的负责人到我刚刚参观过的北部基布兹（以色列的集体居民点，又译作集体农庄、定居点）纪念馆进行培训性的学习。应该让他们通过学习明白这样一个道理：纪念馆的任务不是展示编年史，而是要通过展览震撼人的心灵并给予启示。我在访问世界各国时，参观当地的纪念馆是我主要的行程之一。纽约、华盛顿、莫斯科、圣彼得堡、法国诺曼底的纪念馆我都参观过，这次又有机会参观了特拉维夫的大屠杀纪念馆。我也曾参观过日本的长崎和广岛纪念馆，但它所展示的内容和启示与这里不同。日本人民也曾因战争遭受了巨大的苦难。

佩：日本人民虽然在“二战”中遭受了苦难，但战争是日本挑起的。

赵：您说得很对，日本对那次战争的表述与我们不同。

佩：我曾去过长崎的纪念馆，展览的内容也很感人。当然，前一代人所犯下的罪行不一定由下一代人继续为之付出代价。我认为这些纪念馆的目的不仅仅是纪念，而是要给人们一种警示，不让战争的悲剧再次上演。

赵：访问中，很多以色列的朋友对我说，这一代人的任务就是要把纪念馆办好，不要推给下一代。不然人们对以前的在战争和遭受的迫害将会越来越模糊，回忆也将有可能中断。

佩：年轻的一代对历史缺乏耐心。对他们来讲，未来是那么迷人，而过去看起来是如此苍白。他们因历史充满血腥而内心感到沉重，他们更希望历史是红色而非血色的。

赵：历史是最好的老师，但不真实和被扭曲的历史是坏老师。

佩：我们都要从历史中学习，但如何学习是关键。学习本身并不是一件简单的事，自己要有充分的准备，自己要成为自己的老师。因为当今世界的发展是如此深刻，变革是如此之快，这使以前的历史有时会显得极为苍白。中国是一个拥有 5000 年悠久历史的国家，但是中国近 50 年取得的成就也许比以往 5000 年的成就更辉煌。

应该在冬天学习绘画

赵：以色列一直怀着友好的态度，对中华人民共和国几十年的发展给予了积极的评价。外国领导人特别是欧洲领导人到中国上海参观时都愿意到犹太人故居参观。不久前去世的奥地利总统克莱斯蒂尔也曾去参观过，当时我是陪同，他很激动并落了泪。

佩：以色列开国总理本 · 古里安在 50 年前就对中国抱有亲切之感。他曾向西方国家的一些领导人表示说，中国代表这个世界的未来。50 年前的中国，正是中华人民共和国刚刚建立，百废待兴之时，古里安总理那时就认为中国是世界的未来，说明他对中国的文化、历史和人民一直怀有深切的情感。一个人若学习绘画，应在冬天学习。因冬天里大自然没有绿树成荫，树干没有遮掩，树叶凋零，一切都是赤裸裸的。这时画画，才见真功夫。我想说，本·古里安在中国还处于低谷之时就已经与知道了中国的未来。

赵：我明白为什么犹太人中会出现那么多的哲学家了。作为有名的政治家，往往都有很高的哲学智慧。

佩：可是我自己不是很肯定，但我们确实要不断思考，不断学习。我觉得最聪明、最好的思考方式就是要遵守道德准则，要诚实。中国的孔子不是也要求人们在任何时候都要崇尚仁德吗？

犹太人历史上曾有过许多黑暗的日子，但即便如此，我们仍然很好地保持了我们的道德准则，这对于我们既是准绳和指针，又是我们彼此团结支持的力量。

赵：一个民族越是长期地遭受苦难，越容易产生思想家。在一个非常优裕的环境中往往会滋养思想上的懒惰者。孔子一生受过很多的苦难和挫折，因此产生了许多优秀的思想。爱因斯坦的早期生活也很艰苦。

佩：对，他年轻时也曾发生过许多不幸的事情，对他个人来说有如一场场灾难。

赵：中国人认为，一个伟大的人物一定要有受苦的经历。如果是贵族式生活中成长的青少年，恐怕不会有太大作为。这也许能够解释犹太人中的优秀人士比例较大的原因吧。

佩：谢谢！也许是这样。对于犹太人来讲，我们没有土地，没有石油，我们拥有的就是独立的个性，我们的思想，民族的特性。

聪明和智慧的区别

赵：思想财富是不会被掠夺的，谁都拿不走。今年您曾接受过中国电视台记者的一次采访，在中国播放了多次，影响很大。其中您说的一句话对我也是一种鼓舞。您说，年纪大不是罪过。

佩：我的确说过年纪大不是罪过。关键看你如何理解和利用它。有些人可能认为年纪大是一种罪过和负担，但年龄的增长可能会使你更加果敢、智慧。

赵：聪明和智慧是有区别的。美国数学家、诺贝尔经济学奖获得者纳什也说过，人年轻时可能很聪明，但年纪大了会更有智慧。我认为，对于政治家来说，拥有智慧更重要。

佩：的确，聪明和智慧是有区别的。聪明是你如何更好地使用你所学到的知识，而智慧是用所学的知识预知未来，预测未来可能发生的事情。我的政治导师、以色列的开国总理本·古里安曾对我说，专家是指对于已经发生的事情进行深入研究的人，而真正的智者需要能够预知将要发生的事情。

赵：智慧需要丰富的知识基础，知识经过个人的努力也许能较快地积累起来，但智慧的成长则需丰富的阅历和自我磨炼——这就需要时间。令人惋惜的是，当具有足够的智慧时，他也具有了足够的年龄！

拒绝沟通就可能会造成相互对立

赵：与您交谈非常愉快，有些内容印象深刻，以后我也许会把我们的谈话告知更多的中国人。

佩：如果您能向中国人民转述我的谈话我会感到十分荣幸的。我对中国人的生活方式有着美好的印象。西方人的基本理念是人和上帝的关系，而在中国文化中，更多的是强调人与人的关系，这是非常不同的。也正是因为这一点，我才认为中国人的文化是很令人着迷的。

赵：您说得十分准确，中国的儒学思想强调的就是人与人的关系。我冒昧地说犹太文化似乎处在东方文化和西方文化之间，在犹太文化中，与上帝的关系、与物质的关系和与人的关系都有所体现。

佩：是这样。作为犹太人，我们要尽可能做到心胸宽广，放眼世界，而不是局限于本民族。全球的（global）、国际的（international）、宇宙的（universal），这三个词是有区别的。“全球的”是指在世界范围内人与人之间的关系，“国际的”强调国与国的关系，“宇宙的”则最具有包容性，包容各种不同的文化和思想。在这里，你可以领略不同哲学和不同宗教的魅力和深刻性，就像在智慧的海洋中遨游。

赵：世界各民族的不同特色组成了丰富的世界，在这丰富多彩的世界里，人与人的相互沟通最为重要。拒绝沟通就可能会造成相互对立。我的工作职责就是加强中国与世界各国的沟通。

佩：中国有56个不同的民族，可算是一个“联合国”了，所以在沟通与交流方面中国人已久经沙场，很有经验了。其实犹太人自身也有很多分支，相互差异很大。

赵：由于以色列的大部分犹太人曾分布于世界各地，带来了世界不同的优秀文化，因此也就更显聪明。又因为曾生活在世界各地，把民族和文化的某些较难相融的差异也带来了，因此就又出现了文化的冲突。两者相比，融合与发展是主流，分歧和冲突是次要的。因此以色列文化会有很伟大的前途。

如何积累和分配财富

佩：社会主义和资本主义有所区别。资本主义社会中，人在文化上可能是一只软弱的羔羊，而在经济上如凶猛的狼。社会主义刚相反，是文化方面强大，经济方面则较弱。

赵：中国是社会主义国家，在发展的过程中以社会主义为原则，但同时也吸收了许多资本主义的经验。

佩：是从资本主义中学习，还是从资本家那里学？

赵：我认为两者都要学习。中国很缺乏资本主义某些经济运行机制方面的经验，资本家的管理经验，中国的企业家也要参考。一个真正的社会主义者，不应有意识形态方面的障碍，应该学习人类一切优秀的东西。

佩：我们应像资本主义那样挣钱，像社会主义一样公平地分配财产。

赵：大概您的这种思想就是指导以色列的思想吧。

佩：也许是这样吧。我经常与我的朋友们说，要像社会主义那样分配财富，首先要像资本主义那样挣钱，积累财富。挣钱和使用钱是两回事。挣钱时要尽己所能多挣钱，但在分配财富时就要充分考虑人民的利益，要有责任感。

与奈斯比特夫妇关于“中国模式”的对话

■（2009年9月，节录）

【导读】

著名未来学家约翰·奈斯比特从上世纪80年代起，先后出版了《大趋势》《亚洲大趋势》《中国大趋势》等书，在世界范围内产生了广泛影响。2009年9月，赵启正与约翰·奈斯比特和多丽丝·奈斯比特夫妇就“中国模式”问题，进行了五个半天的坦诚对话。约翰·奈斯比特是美国人，多丽丝·奈斯比特是说德语的奥地利人，他们在天津财经大学成立了一所奈斯比特研究院，专门研究中国问题。赵启正与他们的对话无疑是跨语言、跨文化的高端对话。从他们的对话中，我们可以看出他们对“中国模式”理解的相同和差异，更能看出中西方文化交流是非常必要也是非常有益的。

我们所讲的中国故事以前在西方是闻所未闻的

赵启正（以下简称赵）：阅读你们的书（指《中国大趋势》），使我想到一个问题。你们通过大量的调查研究和独特的分析方法，提出了对中国的见解。现在，世界各地的媒体每天都在谈论中国，但是，他们当中的大多数人没有像你们这样下功夫，他们对中国的评价许多是肤浅和混乱的，自然引起了读者的困惑。

约翰·奈斯比特（以下简称奈）：是的，的确如此。大多数西方记者根据他们自己的意见和倾向，根据西方历史和西方文化来评价中国。这是一种来自中国外部，而不是内部的观点。我们所讲的中国故事以前在西方是闻所未闻的。如果西方不欢迎它，我们不会感到惊讶。

多丽丝·奈斯比特（以下简称多）：我想我们将面临两种反应。一种是很好的反应，比如："我以前怎么不知道这些情况？我怎么一直没有听到过所有的这一切呢？怎么就没有人在你们之前讲述这些呢？"瞧，这是积极的反应。另一种反应就大为不同了，而且往往占多数。

奈：在讲述中国故事时，另一个需要考虑的因素是西方不想听它。这些中国故事与深烙在他们思维中的中国印象大相径庭。中国崛起如此之快以致能够与伟大的西方相抗衡，看来就像西方自己那样，这使得西方甚为愤愤不平。这就是情绪的由来之处。西方人一想到中国正在取代西方成为世界上最重要的大国就容易情绪激动。事实上，权力正在从西方向东方转移。

赵：历史上和现在的几个西方强国在崛起的过程中和崛起之后，都曾经欺负过别的国家。他们若以此经验猜测中国，就会不放心，所以情绪激动。

对中国的观察，西方企业家往往比政治家更客观

赵：任何一个国家的发展当然是由于该国政府和该国人民的努力，要看他们的政策是否正确，资源是否丰富，人民的智慧和勤劳是否得到发挥。而在经济全球化的今天，外部条件也是一个国家发展必须考虑的因素，所以中国很希望世界对中国的发展有较为正确的判断。反过来看，中国则是他们的外部条件。如果对中国的分析感情用事，从而得出了错误

的结论，对他们也是不利的。所以，正确地认识中国不仅是中国人所希望的，也是西方明智人士应当持有的态度。

奈：总体来讲，和记者相比，西方的工商界人士更愿意了解和接受中国的信息，他们乐于倾听中国的真实的故事。但是，不管是西方还是东方，都有自己难念的经，都要考虑自己局部的经济情况，都有他们自己的计划和希望。所以，要让他们对更宏大的对象产生兴趣是很困难的。

赵：对中国的观察，西方的企业家往往比政治家更客观，因为他们在于中国的合作中必须仔细地观察中国的投资环境，并且要计算他们的投入和产出。

速度和稳定之间要有一个微妙的平衡

多：我来提一个比较尖锐的问题。中国现在的发展速度太快，作为一个西方人，我会说："中国高速列车已经超过限度了，因此，中国必须减速。"

赵：这几年，我们也在想这个问题：我们有没有必要每年保持甚至超过 10% 的增长。我们感到需要稍微放慢一点，稍微控制一下速度，较全面地、用心地考虑一下中国发展中出现的关系国计民生的不平衡问题、文化发展问题、环境建设问题。不只看 GDP 增长速度，还要看整个社会的进步，并保持可持续的发展。

我曾对中国的一些大学生说："当你们在运动场上进行 100 米赛跑的时候，会把暂时多余的衣服都脱掉。在跑的时候什么也不想，就是拼命跑。跑完了 100 米，还得走回来，把你们的衣服再穿上。"学生们听明白了，也就是说文化不能丢。中国的建设是很长久的事业，应该像跑马拉松那样跑下去，总是用跑 100 米的速度去跑马拉松是不合适的。中国要调整到一个合适的速度，以适应长期发展。

中国应及时地向西方记者提供充分的信息

多：过去 500 年以来，西方国家经过文艺复兴、启蒙运动、法国大革命、最后由美国创立了现代民主。西方有一种观点认为，西方所制定的这些模式，比如说民主模式，是最完美的，是人类社会最终的规则、最好的模式。如同美国的弗朗西斯·福山教授在他那本《历史的终结》中所言："我们眼前看到的可能是人类意识形态演变的终结点，西方的自由民主制度作为人类发展的最终形式被普遍接受。"他希望其他国家接受西方的这些规则。

当然我们不一定认为这个观点是正确的。因为中国现在正在创造一个全新的体系。中国也相应地在制定自己的一些新的规则，这些规则可能比西方的现有规则更适合中国。我觉得，从沟通上来讲，中国有义务也有责任向西方记者及时提供充分的信息，帮助他们了解中国。就西方记者而言，他们也有责任尽可能及时、全面地搜集关于中国的信息，告诉他们的读者。我觉得，目前这两个方面都做得不够。

赵：您提到弗朗西斯·福山这本书我读过，但是并不能苟同他的观点。就是在本周，他对日本记者又说了一番话。他说，中国经济令人惊异的快速发展体现了中国模式的有效性。他认为中国今后的民主法制建设不太可能全盘引进西方的理念，而可能采取立足民生、务实渐进的方式，围绕环境污染、土地征用、基层官员腐败等具体问题，通过政府与民众之间的互动、磨合，逐步实现制度的进步和升级。他还说了一句非常重要的话，他说："历史终结论还有待于进一步推敲和完善，人类思想宝库需为中国留下一席之地。"①

多：我们很赞成福山先生的这个观点，他修正了他自己的历史终结的学说。实际上我和约翰在《中国大趋势》中，一直都在描绘中国这种新的发展模式。如果要继续探讨下去，我想问，什么是中国发展模式？我们可不可以来描述一下？

赵：好主意！当前世界有着不同的中国观，比如说"北京共识"②也是一种中国观，对中国模式的不同看法，就是不同的中国观。

---

① 参见日本《中央公论》2009年9月号对福山的专访：《日本要直面中国世纪》。

② 2004年5月，美国高盛公司高级顾问乔舒亚·库伯·雷默在伦敦作了题为《北京共识》的演讲，中国的经济奇迹及其背后的"中国模式"一时成为世界的焦点。

如何理解"中国模式"

多：提到模式，或者提到制度，就西方而言，如果简单地说，它的制度就是民主制度。如果以非常简洁的语言，或者用一两个词，来描述中国的制度和中国的体制的话，您怎么来概括？

赵：的确，中国人自己没有首先使用"中国模式"这个词，因为"模式"这个词有多种含义，它有模范、示范的意义，中国人慎用这个词就是为了避免把"模式"变成"要别人学习"的那种意义。如果一定要给"中国模式"下个定义的话，那么可以说是新中国成立60年来建设中国特色社会主义的理念、战略、政策、实践的过程和结果的总称，也包括出现的问题。也许称为"中国案例"更合适，它还在进行中，处于现在进行时。

可以用比较通俗的话来概括中国体制的几个特点：一是在理念上，是执政党为人民执政，并且在经济发展、文化发展、科学进步上引导人民向前进，执政党应该代表最广大人民的根本利益；二是在发展方向上，是从人民的需求出发，坚持全面、协调、可持续的发展，也就是"科学发展观"；三是在实践上，谨慎和大胆相结合，重大改革都是先试验，再推广，如我曾经工作过的上海浦东新区，就做了很多先行试验，然后推广至全国。

奈：刚才您做了解释，但在我看来，社会主义和市场经济实际上是有不兼容的地方，似乎市场经济不该是社会主义的一部分，与其说是中国特色的社会主义，不如说是有中国特色的市场经济。

赵：按传统的观点，社会主义和市场经济实际上是有不兼容的地方，所以邓小平说："计划多一点还是市场多一点，不是社会主义和资本主义的本质区别。计划经济不等于社会主义；市场经济不等于资本主义，社会主义也有市场。计划和市场都是经济手段。"① 这是他的伟大创造，并在中

① 《邓小平文选》第三卷，第373页。

国实现了。

奈：我对您刚才提到的“中国模式”和中国特色的社会主义，对您坚持用“社会主义”这个词，我还是有不同的看法。中国现在实行的是一种全新的模式，你们治国理政的方式，你们行事的方式，都是全新的，所以您不能简单地用“社会主义”来描述了。如何来称呼中国现在这种新的模式，我还没找到一个非常恰切的词。

赵：邓小平考虑过这个问题，所以他加了个定语，就是“中国特色社会主义”。

奈：在我看来，如果你们想让世界了解一个全新的中国，就不能再用陈旧的词汇。您刚才提到用“中国特色”来修饰“社会主义”，但是在欧洲，很多人一说到“中国特色”就想到共产主义，会产生意识形态方面的一些联想，而这种联想往往是负面的，实际上对中国也是不利的。

赵：中国已经把马克思主义中国化了，既和中国的传统文化思想融合，又和经济全球化的时代融合；它和以前的苏联以及东欧的共产主义是有很大的差别的，“共产主义”和“社会主义”在中国不是负面词汇。如果中国把这两个词放弃了，很多中国人会感到困惑，会坚决反对。“中国特色的社会主义”这个词语外国人理解起来有困难，但中国绝大多数人不仅理解，而且拥护。我们一定要首先考虑中国人的选择，然后考虑外国人的理解。

多：我们在分析“中国模式”的时候发现，“中国模式”背后还有很丰富的含义。中国并没有给自己找一个所谓的意识形态的外衣来披上，而是实实在在地从自己的国情出发。她建立了自己的做法、自己的体系，这就像花一样，她本身很成功，而且她能够扎根发芽，能够自己茁壮成长。这就是中国的成功之处、聪明之处。邓小平没有将另一件外衣覆盖在中国的身上，或者受制于意识形态思维，他做的恰恰相反。

赵：冷战时代意识形态的鸿沟分裂了世界。冷战结束了，这条鸿沟并没有自动填平。邓小平是领导中国人民跨越意识形态鸿沟的伟人，不跨越这条鸿沟，中国就不能实行改革开放的政策，这是具有世界意义的。

西方人喜欢推广自己的价值标准，强调普适性

赵：你们在书中提到一个实际情况，有的西方人愿意用自己的模式为标准，并希望其他国家也采取这种模式。这涉及某一种模式是不是具有普适性（universality）的问题。

一般说普适性是指两个方面：一个是平面的延伸，世界各地都适合；一个是时代的延伸，以前适合，现在适合，将来也适合。在自然科学领域，这是毫无疑问的，比如说牛顿的三个定律、爱因斯坦的相对论，在中国、美国、奥地利，都是适合的，甚至在火星、金星上都是适合的。所以，自然科学的定律的普适性是绝对的。

可是在讨论社会科学的普适性时就要十分小心。比如英国经济学家凯恩斯的理论，在20世纪30年代初，对美国起了很大的作用。但是到了40年代，美国人就不使用凯恩斯理论了。那么今天遇到了危机，有人又想到了凯恩斯的理论，但是今天却不能完全照搬凯恩斯的理论去做，它有时间和地点的限制，不能说有普适性。

最不容易有一致看法的就是政治理念，世界政治制度的多样性是实际存在。比如说，如果认为唯有两党制和议会制度是最合理的，其他制度都是不对的，这就限制了别人的选择自由和创造性。如果硬要这样去要求别的国家，冲突就在所难免。在当今世界，有些西方国家一定要中国参照他们的制度或者把他们的制度照搬过来，这样要求，中国人觉得不合理，也不能接受。

美国梦、欧洲梦和中国梦

多：说到政治体制，我想借用一个人说过的一句话：你要判断一个政治体制的好坏就看它的结果，结果好就行。因为你不能简单地说哪个制度更好，那个时代已经过去了。

赵：也许我们可以进入一个有点浪漫主义色彩的内容——谈谈世界上的几种“梦”。如“美国梦”曾一直是世界上许多人所羡慕和钦佩的，但是在欧盟发展了以后，又出现了“欧洲梦”，许多人认为这比“美国梦”更符合他们的需要。那么“美国梦”、“欧洲梦”和“中国梦”三者的区别在哪里呢？有一本《欧洲梦》①，作者认为，“欧洲梦”是21世纪人类发展的新梦想。

奈：我认识这个作者。这本书实际上是说欧洲史的社会主义梦想。

多：欧洲想创立一个“欧洲梦”，能够击败“美国梦”。现在形势发生了新的变化，我们进入了一个新阶段，欧洲和美国正在观察中国，眼看着“中国梦”的崛起。我想知道中国这个梦想包含些什么，中国需要做些什么才能真正成为这样的地方。美国是一个充满无限可能的国度，中国将成为另一个充满无限可能的国度。

赵：“中国梦”可以分成两个阶段来说。

在20世纪初，中国还是由封建皇帝统治，在全世界来看是最落后的国家之一，甚至于被称为“一盘散沙的国家”，就是说人民不团结；也被称为“东亚病夫”，是说中国人精神上不振奋，体质上不健康。那个时候中国有先进思想的人的想法就是推翻封建王朝。可是在封建王朝推翻之后，中国又进入了军阀混战的阶段和遭受日本军国主义侵略的战争年代。当时，中国封建势力残余、帝国主义在中国的势力以及一些官僚资本的势力压在中国人民身上，我们称之为“三座大山”。那时候的梦想很简单，就是推翻“三座大山”，建立新中国。这是20世纪前50年的梦。

1949年中华人民共和国成立之后，中国在国际地位上、政治上与其他国家是平等的，但由于在科学、技术、经济上的落后，中国仍然是一个相对贫穷的国家。这时候的“中国梦”是尽快实现现代化，使人民生活获得改善。今天，“中国梦”可以被描述得更加具体，就是要在21世纪中叶实现社会的全面小康，同时要力所能及地承担应尽的国际义务。

奈：说到“中国梦”时，与一个概念我想弄清楚，中国领导人曾经在

① （美）杰里米·里夫：《欧洲梦》，杨治宜译，重庆出版社2009年9月版。

多个场合多次提到“小康社会”，那么“小康社会”到底是什么含义？

赵：“小康社会”最初是由中国改革开放的总设计师邓小平提出的，是对中国社会进步的要求，包括了物质文明、精神文明和政治文明的全面要求。在2020年全面实现小康社会的物质文明标准可以用数据表述的有许多项，如恩格尔系数低于40%，还有教育、医疗和环保等等指标。大体上指的是，到中华人民共和国建国100周年的时候（2049年），中国人民的生活水平能够相当于中等发达国家的水平。“中国梦”是由全国民众的梦组成的，并且能有纲领、有步骤地去实现。

一个国家的梦想必须由全体民众的梦组成，脱离了多数民众的梦，国家的梦就成了空中楼阁，必然是不能实现的。从20世纪初就开始的中华民族争取自立于世界民族之林的斗争，就是争取民主和自由的斗争。民主和自由的实现是一个过程。我前面已经讲过，“中国模式”或“中国案例”处于现在进行时，它还在发展中，它遇到的很多困难，还在设法克服之中，还远远没有完成。中国的确无意去传播自己的“模式”。

中国模式与西方模式的区别

奈：刚才您提到了“中国模式”还是一个过程，那么在塑造“中国模式”的过程当中，我们会看到更多领导层和普通民众之间的互动。一方面我们会看到中国领导层越来越成熟，对自己的成就越来越自信，对老百姓的支持越来越自信。从人民的角度讲，他们也越来越成熟，他们能够看到他们对中国的决策有更大的影响力。但我认为现在缺乏的是，怎么样用一种更透明的方式让大家来理解中国模式和西方模式相比有什么优势。因为就现在的中国年轻人而言，他们不光是把中国的现在和中国的过去相比，还和西方模式对比。我们也经常和中国年轻人对话发现他们渴望决策有更多的透明度，想了解为什么做出这个决策。另外，中国对于自己过去的历史应该采取一种更加开放的态度。

赵：我最欣赏的就是你们在新书中提到的自上而下和自下而上的垂直的民主。从另一个角度来看就是“协商式的民主”。如果把它进一步做好，我们要做更多的努力，其中之一就是增强透明度。一个政策决策前要有透明度。而在政策的执行、执行的结果方面也要有透明度，这样才能改善我们的政策及其执行过程和结果。比如说，交通法规的出台，就是先开了听证会，并在网上进行了讨论。最近对于汉字字体的某些结构，专门机构提出了要予以改进的方案，没想到遭到了绝大多数人的反对，因此不能正式颁布。在执行过程中会有问题，比如土地动迁，在各省各地、城市农村，情况极其复杂、极不一样，因此动迁法规如何改善需要进一步讨论。这种透明在媒体，尤其是网络的帮助下，正日益增强。

和西方相比，我们没有为了竞选而花费全国纳税人的物力、人力、财力和时间。中国政府的稳定性使它所考虑的事情比起某些国家频繁更替的内阁来要长远，更负责。中国愿意说 5 年、50 年后如何，而一些国家的内阁只能说 5 个月、1 年后如何，这就是区别。因此，中国的发展规划是有战略性的，政府必须有责任感。

当然也有缺点，比如，如何对执政党和政府有更好的监督？如何克服不断发生的腐败？这是摆在执政党面前的一个挑战。

但是我们不回避这个问题。我们会从以下几个方面做出努力：一，严惩已发生的违法行为；二，改善、加强现有的监督机制；三，更加透明化。我们既做历史性的纵向观察，也做世界性的横向比较。毫无疑问，比较是认识问题的重要方法。

多：还是回到民主的话题。您刚才讲到的不仅是很好地帮助西方了解中国的例子，实际上对中国人更好地了解自己也很有效。我们的建议是：中国不仅需要向外部世界推销自己，也要向内部——中国人自己进行推销。

实际上，即使在中国，也有许多人不知道中国这套体制给中国人民带来的种种好处。它好就好在认准了就能够大胆地向前走，不争论，不耗费时间。这就和我们写书一样，我们两人要是彼此相争不下，可能这书就写不出来了。所以说中国这套体制是一个很高效的体制。大家如果能和谐相处，就会有很高的产出。

赵：这是很有说服力的见解，不仅对年轻人是有效的，对我也有某种启发。从中国的历史背景和中国的现实状态看，中国适合这种特色的社会主义制度。西方的制度或其他类型的制度都是各自的选择。

多：依我们看，中国体制里危险性较大的唯一问题是：如果领导层不好，那是非常糟糕的。

赵：事实上，中国的政党制度严格地说是中国共产党领导下的多党合作制。就是说还有一些党不仅参政，而且对共产党进行民主监督是他们的一项重要职能。更重要的是，任何一个社会制度，如果它脱离了人民的支持，那这个制度一定会失败。这是人类历史上已经证明了的，未来也是如此。

与吴建民谈交流

■（2009年5月，节录）

【导读】

像运动、思维、说话一样，交流是人类最基本的行为能力之一。交流能力的高低，直接决定着一个人一生的成败和成就的高低。对于从事新闻传播工作的人来说更是如此。

赵启正和曾任中国外交部发言人、驻外大使和外交学院院长的吴建民是两位善于交流的人。

赵启正幽默，人情味浓，亲和力强，反应机敏，知识渊博，善于思辨，通过思辨促进心智交流。

吴建民儒雅，持重，言辞犀利而不失风度，善于说理，通过说理赢得外交胜利。

吴建民邀请赵启正到外交学院讲授交流学。他们两人又应世界知识出版社两位领导高树茂和沈国放（他们都曾是驻外大使）的邀请，围绕“交流”这个话题，结合自己的人生经历，畅叙各自的心得体会、经验教训，纵论关于交流的真知灼见，然后整理成文，出版了《交流使人生更美好》一书。全书从头到尾生动亲切，言谈话语流露着真挚之情，字里行间闪烁着智慧之光。

赵启正和吴建民的丰富阅历，使他们在对话中能从多种角度提出问题，回答问题，这种回答虽不是唯一的，却饱含着人生的哲理和甘苦，足以启迪后人。

交流是现代人的基本功

赵启正（以下简称赵）：上海市曾经做过一个调查，中外企业在招聘中对刚毕业的大学生的感觉是“知识水平还不错，表达能力较差”。

吴：这种例子比比皆是，面试过不了关，不会交流，把时间浪费掉，把事情做砸，辜负了一身学问。

交流也是解放潜能。原来有能力在那儿，没人知道，谁也不来找你，而一旦通过交流释放出你的潜能，人家就认识了你的能力。随着中国与世界合作的深入，会交流，不会交流，差别极大。会交流，在一定情况下就解放生产力。今天，中国社会的交流太重要了。

赵：我的弟弟在美国做比较文学研究，他认为，人们常说的“成功等于机会加勤奋”，这句话是有毛病的。他说不妨把加改为乘，就可以更全面些。机会加勤奋，如果不勤奋，有了机会还能有部分的成功；如果是乘，则有了机会但一点不勤奋的人，相乘的结果会是零。由他这番话做联想，我们不妨再多乘几个因素，比如健康、修养、知识、交流能力……其中很重要的一个因素是交流能力，成就或贡献等于勤奋乘机会乘知识乘交流能力，等等。为了说明“乘”的意义，不妨假设博士生的知识是 9，硕士生是 8，本科生是 7，大专生是 6，高中生是 5；再假设最高的交流能力是 1，及格的交流能力是 0.6，那么交流能力高的人，尽管学历较低，其成功的可能性也许会超过学历较高的人。当然在不同工作领域，情况有许多不同。这个公式把成功改成了成就，成功的标准难说清楚，成就有大有小，容易理解。

吴：我同意您的算法。法国免疫学家巴斯德有句名言：“机会偏爱有准备的头脑。”可以换个角度说，交流是一把成功的钥匙。一个人的能力怎么使人了解呢？必须通过一定的场合表现，交流就是让外界认识你能力的一把钥匙。如果一个人本身的能力是 10，而交流能力是 0.9（因交流很难做到百分之百），那么乘起来，外界认识这个人的能力就是 9；如果换一个人，交流能力是 0.1，那外界认识你的能力就是 1。交流的重要性就在这里。

美国劳工部部长赵小兰在武汉市的一所大学演讲时，说了她对美国文化的理解："美国是个'不停说话'的社会，不论你是赞美、不满、疑惑还是忧虑，美国人从不羞于表达，而且他们也不懂'身体语言'，一切都要说出来。如果有什么不懂的事情，一定要大胆问出来，多数美国人都很有耐心，他们不会责怪你插话，因为他们也经常这样做。"赵小兰说自己小时候非常安静而且害羞，经过这么多年在美国生活，"现在也可以说个不停"。

赵：赵小兰这样说，是鼓励中国的大学生们在人际交往中，不要羞于语言表达，要敢于通过"说个不停"的方式，来丰富自己、锻炼自己、提升自己，从而做个有能力、有活力、有魅力，甚至是有影响力的人。

首先要有责任感

赵：在日常生活中，有时确因自己说话不妥会得罪人，这自然需要自我改正。但也有时说话并无不妥，却得罪了人，也只有无奈。在感慨之余，就会想到，在许多场合，还是得记住毛主席的"说话要有根据，批评要注意政治"的名言。至于在重大外交场合面对突发的对中国不利的形势，不顾个人得失，临险不惧，则是作为一个中国人的责任感使然。您的传记中有这样的记载，我颇为感佩。

吴：我们的许多外交官都做得很好。

赵：这种场合的确是要有牺牲精神的。我在新闻发言人培训班上说过：对外讲话，说对了不表扬，说错了可能受批评，但不能因此而胆怯，失去表达正确见解的机会。以国家为重，这才高尚。

吴：的确，为什么有些中国官员不愿意接受媒体采访，对外不愿讲话？原因在此。我体验到，如果把事情做好了，不仅对国家、对促进双边关系的好处是巨大的，自己也有点成就感。

高价收买不同意见

赵：交流实在是太广泛的存在，在教室中学习，是老师和学生的交流。中国教育改革取得了许多成就，但是对“课堂的革命”，也就是教学本身的改革，还没有大进展。中学是老师讲课，学生亦步亦趋。到了大学本科，甚至到了研究生阶段，有的学校的课堂里还是老师讲课，学生听，很少有讨论的场面。课堂交流，才是一种培养创造性思维的学习。

吴：您说需要“课堂革命”，点出了中国教育中的弊病——填鸭式。填鸭在一定情况下有效，多了，填不进去，就无效了。要有较多的交流，学生印象才深。比如我给来进修的高级外交官讲交流学，他们走南闯北，见多识广，如果讲太多交流的原理，他们反而印象不深。一般我只讲20分钟交流的原理，基本原理非常简单，然而运用起来千变万化。接着我就让他们上台练习。他讲完之后，让大家评，我最后总结，同时回答问题。交流可以促使人们对问题的认识加深。

赵：如果有与自己不同的意见，应当特别重视，听不明白的话，还要接着请教下去。因为这往往会从中发现自己见解的漏洞，并使自己的见解和智慧上升。应该感谢他们，要向他们鞠躬。

吴：这使我想起年轻时听过陈毅同志讲的一句话：“高价收买不同意见。”这是一种境界。他觉得光是畅所欲言已经不够了，他觉得要推动，要造成一种气氛，要让大家敢于跟领导讲不同意见，这样可以使领导考虑问题更加完善。

造物所忌者巧，万类相感以诚

赵：交流中的真诚，往往使我感动。真诚敞开了交流的通道，既丰富自己，也丰富对方，使双方同时得到提高，这是最珍贵的。

吴：“真诚”是有成效的交流的原则。我非常喜欢于右任的两句话：“造物所忌者巧，万类相感以诚。”即使在外交活动中也要诚恳，我觉得成功很大的因素是诚恳。

赵：丹麦有位科学家玻尔（Niels Hendrik David Bohr，1885—1962），是诺贝尔奖获得者，在原子物理学上作出过重大贡献。人家问他："您有什么秘诀能使这么多青年物理学家如此热衷地聚集在您那里？"他说："我不怕在年轻人面前暴露自己的愚蠢。"我觉得这是吸纳和输送智慧的正确态度。

吴：这是一种有大智慧的表现。再聪明的人，总有无知的一面，自己认识到这一点，就不怕。暴露自己的无知，青年人可以刺激你去弥补自己无知的地方，这样科学上就可以前进。

赵：一个文化修养很高的人，也会念出错别字。如果有人告诉我，这字念错了，我会很高兴。这是多么低的成本和多么大的收获。所以不怕在青年人面前暴露自己的愚蠢，我觉得特别是对年纪大的人，这是一个警句。

玻尔这样的故事，在外交场合可能看不到吧？

吴：外交中经常用外交辞令，当然不能像玻尔那样充分暴露自己的见解。但这也使得不了解外交的人以为外交官讲话要么冠冕堂皇，要么油腔滑调，其实这是对外交的一种误解。

脑子里有一支无形的红笔

赵：能够洗耳恭听是一种品德。莎士比亚说过："对于别人的话要善意接纳，你这样做要聪明很多倍。"

吴：人与人之间，不论是小范围还是大范围的交流，注意听人家讲话是非常重要的。因为你讲话希望人家听，人家讲话你听不听，人家也很介意。我在外交生涯中也遇到过不太成功的例子。比如，有的同志喜欢在不同场合将同一成套的东西讲出去，我管它叫输出"成套设备"。

赵：您是指一些通用的套话吧？

吴：是的，他们认为该讲的讲了，达到了以我为主的目的，人家可能会提的问题、会有的评论，却不愿听。人家再讲两句，他就刹车了："好吧，我们今天就谈到这儿吧。"

赵：交流中，听也是有方法的。我们读书时往往拿一支红笔，把重要的地方画下来，而听的时候，脑子里有一支无形的红笔，是把对方说的要点摘出来，滤掉那些次要的，这样你才能吸收对方的精华，或就对方的重要问题做出呼应，呼应包括赞成、反对或补充。

吴：有时我听人家讲出好的话，我脑子里会单独把这话重复一遍，有时我会用纸笔记录一下，而您手勤，随时随地都用卡片记录有用的东西。

赵：脑子记不了那么多东西。

客随主便，主随客便

赵：交流的障碍不仅有语言问题，更有文化上的问题。1975 年我刚到上海工作时，同事们一起吃饭，非得 AA 制不可，北方人则不习惯。这里没有对错，都对。

吴：语言是文化的载体，一般来说，精通一国的语言，往往也会比较多地了解这个国家的文化。我用法文起草讲话稿与用中文起草，风格完全不同。我也非常同意您刚才说的，中国不同地区，由于方言不同，文化也不同，比如广东，广府文化、客家文化和潮汕文化就有差异。

我们在同外国人打交道时，文化的差异经常表现出来。比如中国人热情好客，但有时会让人感到强加于人。敬酒，中国人一定要人干杯，把酒喝干，法国人就是举起杯子比划一下，不一定碰杯。饮酒时，倒好酒，法国人先拿起杯子晃一晃，还用很多词加以形容，比如“酒入口像天鹅绒”。中国人则对味道不是很讲究，就是要把酒干下去，表示一种感情、一种友谊。

赵：在中国，一般人认为，能够豪饮的人，要么是才子，要么是英雄，“李白斗酒诗百篇”，“武松三碗能打虎”，所以我请你多喝一点儿，是视你为英雄。“酒逢知己千杯少”，就视你为知己了，毫无恶意。我们在考虑文化差异时，不是简单的中外差异，而是中法差异、中日差异、中韩差异……

吴：我想最重要的是知己知彼。比如请客，周总理有句名言“客随主便”，我到别人那儿做客，就尊重人家的习俗；人家到我这儿，“主随客便”，这样都是谦虚的。

赵：在重要的政治对话或商业谈判中，各国有各国的原则，不能讲礼仪而轻易让步。比如周总理在万隆会议期间以及很多场合，要表明发展中国家与发达国家是平等的，发展中国家要被尊重，这些原则问题他从不让步。在我们和朋友交往中，也有需要谦让和需要坚持某些原则的不同情景。

吴：在万隆会议上，大家各讲自己的看法，吵得不亦乐乎，周总理当然要讲中国的看法，他能综合大家的共同点和长处，提出一个主张为大家接受，这就是另外一个范畴的问题。

赵：周总理好像有句话：中国代表团到万隆来，不是为了吵架，是要求同，求同存异，是为了大家的共同利益。

吴：是的，这就给会议指明了方向。当时的大背景是第二次世界大战结束不久，人类经历了战时激烈的斗争，许多分歧在会上都显示出来了。只有求同存异，才能谋取大家共同的利益。

第七编
公共外交　匹夫有责

【本编导读】

外交、外宣工作的新天地

十几年前，大多数中国人还没听说过“公共外交”（Public Diplomacy）这个词，如今它已成了学术界、教育界、外交界和传媒界的一个热门话题，大学里的一门新课程，外交活动的一个新平台，学术研究的一个新热点。

中国公共外交的蓬勃兴起，在很大程度上是赵启正大力提倡并身体力行、积极推动的结果。

长期从事外宣工作的经历，使他深感外国人眼中的中国形象与中国的现实有很大的落差，由于冷战思维的残余、文化差异和意识形态的不同，“中国落后论”“中国崩溃论”“中国威胁论”在西方国家流传甚广，恶化了中国的国际舆论环境，加大了中国和平崛起的阻力。

要改变这种状况，政府间的外交固然必不可少，但在经济全球化、互联网和新媒体日益普及的今天，民间的交往对国际关系的影响越来越大，公共外交的作用越来越大。正如胡锦涛同志所说，要搞好公共外交，“努力使我国在政治上更有影响力、经济上更有竞争力、形象上更有亲和力、道义上更有感召力”。

以习近平同志为核心的党中央高度重视人文交流工作，中外人文交流事业蓬勃发展，谱写了新的宏伟篇章，为推进我国对外开放事业做出了重要贡献，有力推动了全球范围内的人文交流与互鉴。中共中央办公厅、国务院办公厅颁发了《关于加强和改进中外人文交流工作的若干意见》。习近平同志在十九大报告中，进一步提出要加强中外人文交流，以我为主，兼收并蓄，推进国际传播能力建设，讲好中国故事，展现真实、立体、全面的中国，提高国家软实力。

赵启正因年龄关系从国务院新闻办公室主任的岗位上退下来，改任全国政协常委、外事委员会主任和新闻发言人后，全力投入公共外交活动，写文章，作演讲，办刊物，推动各地创建公共外交协会，开创了一片外交、外宣工作的新天地。短短几年，除成立了全国的公共外交协会外，已有十几个省市成立了公共外交协会，许多大学创办了公共外交研究机构，成立了公共外交专业，开设了公共外交课程。

随着我国进一步扩大对外开放，我国各行各业的公民与世界各国人民的交往越来越频繁，越来越深入，所以搞好公共外交不仅是政府机关、公私机构的事，也是每个公民的事，“公共外交，人人有责”，每个中国公民都应该掌握一些公共外交的基本知识和技能。

说明今天的中国最重要

■（2010年9月22日在北京与美国公共外交高级顾问保罗·福迪会谈）

福迪（以下简称福）：我注意到，中国政府对公共外交有着强烈的兴趣。现在我想了解一下，目前中国在公共外交领域里面临的最大挑战是什么？

赵启正（以下简称赵）：中国改革开放得比较晚，外国人对中国的了解太少。国际舆论中所描述的中国与真实的中国相比，失真很大。

福：那么您想向其他国家的公众传递什么样的信息，说明中国是什么样的呢？

赵：要说明一个真实的中国。真实的中国就是一个很大的国家，也是很复杂的国家，是发展中国家，是不断进步的国家。

福：因为您是做公共外交工作的，所以首先您要搞清楚别的国家是如何看待您的国家的。如果其他国家的看法是不正确的，您就要试图施加影响，消除他们的误解。所以我想问的是，中国是如何来评估其他国家对中国的看法的？

赵：我本人每天要看两次国际主要媒体关于中国的新闻和评论，其中大量的是来自美国的，因此西方国家如何看待中国，我了如指掌。简单地说，西方人对中国的意识形态的敏感或者是意识形态的障碍使得他们不能正确认识今日的中国。他们还在想着原来的苏联，觉得中国和苏联差不多吧。如果有些事情发生在巴西、印度，可能没有问题；但发生在中国，就会受到严厉的批判，甚至攻击。

福：你们采取了哪些行动来改变外国人的这种错误印象呢？您希望中国在世界上树立怎样的形象呢？

赵：我们的报纸、杂志和演说家不太善于讲中国的故事，而是过多地用一些社会科学名词、特别是政治名词来阐述中国。这样的表述，外国人理解起来很困难，因为外国人所受的教育，他们的政治教育、哲学教育，他们教学的词汇表与中国的词汇表有很多不同的部分。

我担任政协外事委员会主任以后，深感世界对中国的政治协商会议几乎完全不了解。所以我明确了我的委员会的任务就是向外界表达政治协商会议，通过这个机构来表达中国的政治制度和中国民主的内容。

福：就公共外交而言，知道你们的人很多，这是一件很好的事。我昨天去汉办的一个类似博物馆的展示区参观。给我印象很深的是：这个展示区做得非常好。通过对那里的参观，我能对中国的文化和历史有非常好的了解，但展示的内容更多是集中在中国古代的历史和文化方面，这给人的感觉是：中国现在似乎希望外国人更多地关注古代的中国，而不是现代的中国。中国有这样的意图吗？您怎么看待这个问题？

赵：我一向认为，说明今天的中国最重要。外国人是到今天的中国来旅游，和今天的中国政府打交道，和今天的中国商人做生意，首先是今天的中国。历史上的中国，一些对文学和历史感兴趣的外国人会更注意的。

福：因为在参观了汉办之后，我感到非常疑惑的是：汉办在展示中国的时候，突出的是中国的古代文明，比如中国的四大发明，而没有展示中国航天事业的发展，比如没有中国航天员的形象。四大发明是很久以前的成就了，在四大发明之后，你们也有许多成就。你们是想让外国人一说到中国就想到古代你有四大发明，伟大的长城，还是希望外界能够想到中国是一个现代的国家？如果是现代的中国，您希望中国的哪些方面能够在外国人的脑海中形成一种国家形象？

赵：因为汉办主要是对外传播汉语，而汉语确实是一种比较古老的语言，所以从职业角度来看，他们很容易倾向于描述中国古代文化。但是我最希望外国对中国古代文化有一个大致的了解，而对今天的中国有比较详细的了解，重点是今日中国。

中国有很多机构，比如《中国日报》，主要是讲今天的中国。你将要参观的上海世博会既讲了古代，也讲了今天，但是今天是重点。奥运会就全讲的是今天的中国。孔子学院的老师和校长出国前，我都给他们上过课。我说过一句非常容易记住的话：你们校长或老师，每一个人都是外国人的中国读本。我的意思是说他们要表达的是今天的中国人，而不是古代的中国人。但是在他们的文化中可能会有孔子的某些思想。

公共外交——不同文明间的对话

■（《跨国对话：公共外交的智慧》序言节录，2012年1月19日）

传统的公共外交是一国政府对其他国家所开展的，旨在提升本国形象或声誉的活动。进入21世纪后，经济全球化的发展使国家间相互影响和依赖的程度加深，加之某些国际特殊事态，许多国家把公共外交进一步提升为全球战略布局之重要一环，使得公共外交的重要性骤然提高。如美国1999年便设立了“公共外交国务卿”的职位，英国也于2002年设立了类似的职位。

中国实行改革开放30余年来，经济、社会的高速发展使自己走到了世界舞台的中心，中国发生的事情往往成为世界的事情，世界也成了中国发展不可回避的边界条件。但在此前，中国一直和世界有某种隔绝，外部世界对中国数千年的传统文化感到陌生，甚至有些神秘感，致使世界对中国的全面理解尚需时日。加之冷战思维的残余，影响了西方政治力量和媒体对中国社会制度、经济、文化的观察和评论，以致国际舆论中的中国形象与她的实情严重不符。这种背景提升了中国加强公共外交事业的迫切性。

北京奥运会和上海世博会是近年来中国举行的标志性公共外交活动；从2004年至今，中国教育部和汉办在105个国家和地区建立了358所教授汉语和传播中国文化的孔子学院；中国外交部在2005年5月成立了公共外交办公室；2010年初，中国首个专门研究与讨论公共外交问题的杂志《公共外交季刊》创刊，受到了广泛欢迎；2011年以来，上海、天津、广东等与国际来往密切的省市相继成立了公共外交协会；最近几年，以公共外交为主题的研讨会十分活跃。追溯起来，1949 年成立的中国人民外交学会是中国第一个从事人民外交的社会团体（“人民外交”与“公共外交”的内涵基本相同，当时“公共外交”一词尚未流行）。虽然如此，中国的公共外交与欧美许多国家甚或有的亚洲国家相比还有相当大的差距。

公共外交的实践活动与理论研究已有几十年的历史，但公共外交的内涵在不同国家、不同时期却有所不同。对此，相关著作有明显的滞后性，相关的杂志种类也较少。为及时调研相关的发展情况，我在 2011 年设置了一些与许多国家在公共外交理论、实践方面颇有创见的资深人士面对面交流的机会。在广泛的交流中，我发现大家几乎有一个共同的认识，即：从事公共外交需要学习基本的专业知识，但其理论并不具有很深的学术性；而公共外交的实践需要高度的智慧。政府的相关政策、项目规划和非政府组织的公共外交活动设计、实施都需要广泛的跨文化知识和创新性的沟通艺术，并且还要对公共外交活动的效果进行及时的评估，从而不断地修正实施办法。

政府公共外交的重点首先在于向外界公众表达本国的内政外交政策；而民间所承担的公共外交则较少使用政治和社会科学的术语，他们表达的自己的故事更易于被外国公众甚或外国政府所理解。这样，各国政府的公共外交和民间的公共外交形成了互补之态。

公共外交事实上属于不同文明之间的对话，文明的不同表现在价值观、信仰、思维方式、生活方式以及政治制度和意识形态的差异。由于文明差异的存在，才有了文明对话的需要，通过不同文明间的对话，说明中国的真实情况，加强各国人民之间的理解，促进人类文明的进步和共同繁荣。

每个人都是“中国读本”的一页

■（2012年4月25日在英国议会的演讲，节录）

中国公共外交的兴起

“公共外交”一词在中国的流行是最近五六年的事情，并不是此前中国没有公共外交的活动。1949年中华人民共和国刚刚成立时，由于承认中国的国家很少（当然我们记得，英国于1950年1月6日宣布承认新中国，是最早承认新中国的西方大国），中国与国际的往来不可能都能以政府或官方的身份进行，于是周恩来总理提出，中国的外交是官方的、半官方的和民间的三者结合起来的对外国官方和公众的“人民外交”。依靠“人民外交”，新中国克服了孤立，进入了联合国。周恩来总理提出的“人民外交”与现在流行的“公共外交”实际上意思很相近。

中国实行改革开放30余年来，经济、社会的高速发展使中国的国际关系更加密切。但世界对中国的全面了解尚需时日，西方政治力量和媒体对中国社会制度、经济、文化的观察和评论，与其实情严重不符。这种背景提升了中国加强公共外交事业的迫切性。

中国对公共外交的认识

传统的公共外交是一国政府对其他国家公众展开的活动，旨在提升本国的形象和声誉。随着经济全球化，公众对于国际事务和本国的声誉更加关注。而以互联网为代表的新媒体赋予公众参与外交事务的广泛发言权，公众的国际活动和话语力空前增长，当代的公众不再只是传统的公共外交中的“受众”，同时也成为积极参与公共外交的“主体”。

我们认为，今日的公共外交和传统的公共外交的最大不同在于公众的主动参与，其交流的方向也是双向性的。中国每年出国工作、学习、旅行的人数已超过2000万人，凡是有机会与外国人交往的中国人都有可能为中国的国际声誉做出贡献，尽管他们中的很多人并没有公共外交的概念和目的，但是他们每个人都可能是外国人的“中国读本”的一页。

但是能够承担公共外交任务，发挥更大作用的是社会组织和民间机构，如大学、研究所、企业、媒体、宗教团体和众多的非政府组织等，他们在和国外的交往中生动地讲述他们自己的故事，而不必依靠使用政治词汇或外交辞令，他们说明中国往往会比政府官员或政府公报有更好的效果。

中国的公共外交表达什么

中国的公共外交刚刚兴起，得到了执政党、政府、非政府组织、大学、研究所、企业的热烈响应。中国政协是中国最重要的政治机构之一，它由各界精英人士组成，政协的外事委员会作为中国公共外交的重要推动者，为推动公共外交的发展进行了广泛的工作。

简言之，中国的公共外交的任务就是说明真实的中国，回答关于中国的问题。德国驻华大使向我表示他不明白中国为什么还说自己是发展中国家。我回答他，中国有两件“华丽的外衣”，一件是北京奥运会，一件是上海世博会。但是，我们里面的衣服是旧的，可能还有补丁。

中国在进行公共外交的时候，务必要说明真实的中国，说明我们的进步，也说明我们的不足。我们愿意把我们自己敞开，增加更大的透明度。

中国企业“走出去”中的公共外交

就在上月前，全国政协外委会专门用了约两周的时间走访了中国的五个对外投资活跃的城市，考察了 40 多个在外国投资的中国企业，收获很大。

截至 2011 年底，我国境内投资者共在全球 178 个国家和地区设立对外直接投资企业 1.8 万家，累计对外直接投资达到 3220 亿美元。但是中国的对外国直接投资只占全世界对外国的直接投资的 1.6%。

但是可以预计，今后中国企业对外投资与合作还会继续快速发展，潜力巨大，这符合经济全球化的发展趋势，我们也指望中国在英国的投资有迅速的增长，这对双方都有利。

目前中国企业走出去还面临着许多的困境，也有多种失败的案例。这些失败的案例，一部分是因为企业不了解当地法律法规、投资政策、劳工政策、环保要求等，或是自身经营策略的失误等。还有一部分是由于企业仅仅专注于自身的投资经营活动，忽视与当地政府、议会、工会、媒体、环保组织、民众等的沟通，从而导致失败。

虽然在当前的经济困境中，许多西方国家都公开表示欢迎中国投资，但由于这些国家从政府到公众长期以来受意识形态和媒体负面报道影响而形成的对华误解和偏见，中国企业在投资与合作的过程中往往不得不面临着更多的怀疑和指责。

克服这些误解、偏见和不信任的一个极其重要的途径就是公共外交，特别是企业自身不能只和合作的对象进行谈判，而要有意识地、主动地、诚实地与当地的政府、议会、媒体、社会组织、公众等进行良好的沟通，以了解舆论对自己的要求和担忧，要表达自己愿意承担的社会责任，包括遵守法律、改善基础设施、增加就业、保护环境、支持教育、关注慈善等。

有一些中国企业“走出去”获得的成功正是得益于积极主动的公共外交。2011 年 6 月我曾访问美国，参观了波士顿港，这个当初曾萧条的港口由于与中远集团合作，开辟了到中国的新航线而起死回生，给当地新增了9000人的就业。虽然最初这个合作却遭到了当地的强烈反对，但是中远集团与当地议会、公众以及媒体进行积极沟通，赢得了支持，终获得成功。

而我们的任务就是将其中的典型案例加以归纳总结，向更多的企业介绍和推广，越来越多的中国企业已经认识到公共外交的重要性。

企业开展公共外交，主动进行沟通应该是一种跨文化的沟通，因为中国文化和西方文化的差异远大于西方国家之间的文化差异，中国企业在国外更容易遇到文化障碍。所以，我们要告诉中国的企业，不仅要克服语言障碍，必须同时克服文化障碍。也许我们会为此举办一些论坛和培训班，到时也会请像英国48家集团的麦启安先生这样的人士来讲课。

对中英间加强公共外交的期待

中英关系是中国最重要的国际关系之一。英国的教育、科技、文化都是世界一流水平。英国是中国在欧盟内的第三大贸易伙伴，中国是英国在欧盟外的第二大贸易伙伴。2011年，中英的贸易额已近600亿美元，但需要进一步改善贸易的平衡，目前中国对英国的贸易顺差正在不断减少，中国从英国的进口的增长率要明显高于出口的增长率，扩大中国在英国的投资也是改善贸易平衡的重要举措。

据我所知，在英国，承担公共外交责任的主要机构有：外交部、英国文化委员会（British Council）和英国广播公司（BBC）等，这些都是政府承担的公共外交。同时，英国的国民和众多的非政府组织也是公共外交的承担者，他们是民间的公共外交的承担者。前者的公共外交的成绩是显而易见的，但是，后者的公共外交领域有巨大的空间。

我们也要学习英国公共外交最成功的一个案例，就是你们的英语推广。中国现在从小学到大学，有2.5亿学生在学习英语，中国请的外国的语言教授有12万人之多，其中90%以上教授英语。中国汉语的国际推广才刚刚起步，缺少经验，但语言的传播是公共外交的重要形式，我们期待与英国的合作。

今天的活动就是我们通过公共外交加强相互理解的一个范例。特别需要说明的是，这场活动也是中国政协外委会参与英国议会跨党派中国小组的“中英伙伴”项目的开始，我对此项目抱有期望。

英国学者马丁·雅克（Martin Jacques）的书《当中国统治世界》——我知道这样的书名会吸引更多的读者——其实作者在书中并没有说中国会统治世界，而是说将来会是中国人更多地读莎士比亚，英国人更多地读孔夫子，对此我完全赞同。

公共外交润物细无声

■（2017年6月3日在中国形象与全球传播高端论坛上的演讲）

今天我们讨论的题目——中国形象与全球传播，这个题目为什么这么重要？这是因为我们面对的一个现实就是，中国的国际形象与真实的中国相去甚远，或者说国际舆论对中国的评价中有许多误解、扭曲，乃至无中生有。一个国家的国际形象往往表现在外国的民意调查中，舆论会影响国家间民心的沟通，也影响外国政府对你的政策。

如果一个国家的国际形象不佳或颇有争议，恐怕它面对的国际环境就不会太友好，就会实实在在损害你的利益。中国当前已经成为世界第二大经济体，已经走到世界舞台的中心，我们不能再容忍被歪曲的国际形象继续损害我们的利益，我们面临的任务就是如何提升中国的国际形象，使其符合中国的实际。

需要注意的是，一国的国际形象和该国的自我认知是有区别的。不同的外国对中国的认识也不一样，所以关于国际形象的研究要非常细致。请看下页图：

下图很有意思，X轴线为正的右边的各项参数都是正面的，每个半径表示一个项目，如认为中国是爱好和平的、友好的、包容的、合作的、负责的、坦诚的、自信的；而左边的各参数则是负面的，认为中国是崇尚军事的、傲慢的、不负责任的、单边主义的、虚伪的、强硬的，等等。中国人的自我认知明显正面，而外国人（这是20多个国家混在一起的统计）

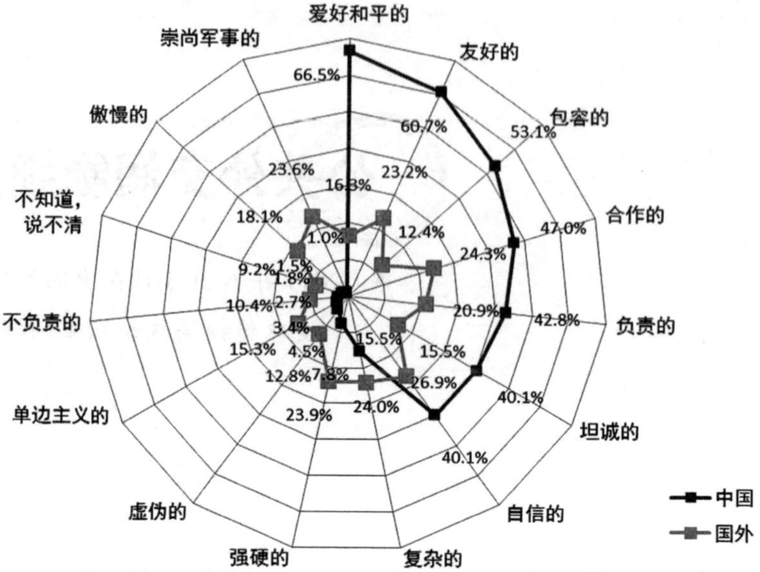

（选自《环球时报》环球舆情调查中心的《2015 中国国际形象与国际影响力全球调查》报告）

对中国的认知则正面负面都有，比较复杂。这就是我们面临的问题。

当然也有的国家的一些人看不清楚自己的国家，把自己国家看得过高；但是中国是信息发达的国家，中国人上网的人数有 7.6 亿之多，超过世界的平均值。中国人现在不是闭塞的民族，他们知道东方、西方、北方、南方的差异，因此，他们有比较的眼光，对自己的评价大体上是比较客观的。

这样就带来了一个要细究的问题，国家形象到底是哪些因素决定的？明白了有关因素，我们才容易找到办法。我归纳出形成国家形象有三个要素。

第一个要素是国家的实际情况。中国是历史悠久的国家，中国是世界文明的发源地之一，这个全世界都承认。但是谈到政治制度、发展道路的时候就有争论了，原因就在于他们的意识形态相关的偏见和对中国所知甚少。如认定中国不是民主国家、中国不自由，经常对中国人权状态发难。对于中国的经济发展的事实多数人都承认，但有不同的评论。特朗普竞选时就认定中国经济发展抢了美国的就业机会。还有些国家自己在拼力发展军事，但中国发展军事他就认为是威胁他国。

第二个因素是媒体的传播。大多数外国人了解中国不是通过直接考察，而是靠媒体的传播，报纸、电视、电影和互联网等，因此受到西方媒体所谓“政治正确”意识的影响。有些西方国家的意识形态里只要说到共产党、共产主义就是否定的，要是认为共产党领导的国家是民主的、自由的，就是政治上不正确。媒体传播的影响可谓巨大。

第三个因素是各国受众的判断和认可。当今人们的教育程度高了，基础知识丰富了，于是对信息的判断能力也提高了，以至于媒体说的受众不一定全信，他们有自己的判断力，不同受众群体的判断力由于历史文化、知识结构、思维定式、自身利益的差异而有不同，所以国家实情、媒体传播、公众的判断与认可，这三个因素最后形成了一个国家的国际形象。

在1996年浦东开发开始不久的时候，美国《波士顿环球报》发表了一篇文章，提到：“我们该怕中国吗？”这是中国威胁论最早期的版本，当时中国的GDP还远远不是今天的数字，只有8000亿美元，是美国8万亿美元的十分之一，是日本4.7万亿美元的六分之一，但是美国已经警惕了。

去年我在美国的网上看到了两张新旧浦东的对比，开发前的浦东全是农田，而现在全是现代化的高楼群。美国网友的评论很有意思：“你们看中国是一个做事情的国家，他们的奥运会、世博会就是建筑奇迹的展览，而我们美国整天谈口号。”你看，我们的浦东照片传送出去了，有的美国的网友也有自己的判断了。

在三要素中，我们最容易把握的就是做好第一要素——建设好我们的国家，保持社会经济的不断进步，也要做好第二要素——我们的媒体做好我们的对外传播，表达好一个真实的中国。我们不能只抱怨外国媒体、西方媒体对中国报道不真实，有偏见，也要反思自己怎么没有把中国的故事讲好。

除了这三个要素之外还有第四个影响国际形象的要素吗？我们的回答是，有，就是公共外交。公共外交的概念大家都是知道的，我不多说了。我们在座的各位都有公共外交的素养和机会，中国有很多人都会在各种场合和外国人接触，在这当中表达自己熟悉的中国故事。讲故事不是只讲讲哲学，不是只讲讲道理，这样他们不感兴趣，也不太容易听懂。公共外交润物细无声，长期做下去公共外交可能发挥大作用。

公共外交比我们传统的对外宣传有所发展，但与之相比，公共外交的参与者并不局限于政府，公众也是重要的承担者。形式更加活泼，不是单向传播，而是双向对话，是有互动的。过去的外宣往往不分对象，面向所有外国人，而公共外交可以把受众细分，针对不同外国人有不同的表达，交流对象也相对固定和长久。公共外交中交流的内容也很广泛，政治、经济、文化、环境，都是中国的故事。面对面的公共外交也容易知道效果。

公共外交的交流中要讲故事，讲故事最生动，容易记住，效果最好。我在上海做副市长的时候，有一次印度总统到上海郊区参观，到了一位农民家里，一位农妇向他介绍说，这是我家的新房子，这是我和我丈夫的房间，那是儿子和儿媳妇的房间。总统很感兴趣，问为什么你们两口子的房间小，而儿子、儿媳妇的房间又大，采光又好？这位农妇说在中国，儿媳妇是贵客，我们当然把最好的房间给他们。印度总统若有所思，哦，中国是这样！这位普通农妇没讲什么大道理，只是几句话就说明了中国社会对妇女的尊重，已经完成了公共外交。

怎么样讲故事呢？讲故事不是编故事，一定要真实，不必刻意拔高，如果讲的故事连自己都不能感动，怎么感动外国人？最好讲自己的故事，讲身边的故事，这样最容易讲得具体，讲得生动，这最容易感动人。

我们开展公共外交，讲好中国故事，必须要能够跨越文化障碍，这其中首先就是语言障碍，我是指在不同语境下出现的语言的“文化障碍”。改革开放初期，我们“摸着石头过河”，翻译过去，外国人问为什么摸着石头过河？为什么不游泳过去？为什么不坐船？翻译字面都对，语法也对，但其中的内涵未必就能准确传达。他们不知道中国人的“摸着石头过河”是一句中国俗语，其实是说要大胆和谨慎相结合。今天到了全面深化改革的阶段，我们说“改革到了深水区”，翻译过去外国人又不理解了，外国人以为是说中国的改革很危险了，深水是要翻船的。所以，会外语不见得就能够把翻译做好。请大家好好思考如何跨越文化障碍讲好中国故事，做好公共外交，这是我们的任务。

第八编
三十岁的年龄　四十岁的智慧

【本编导读】

成才、成功的捷径

人生，从幼年到青年有成长的烦恼，从青年到成年有成才的焦虑。

在校园就读和刚踏上职场不久的年轻朋友，几乎都面临着成才的焦虑。

赵启正在青年朋友心目中无疑是一位成功人士，所以很多年轻朋友不止一次地向他请教成才的秘诀。

赵启正喜欢跟年轻人交流，也善于跟年轻人交流。面对年轻朋友的“成才之问”，他在纪念爱泼斯坦九十寿辰大会上和在与大学生对话的许多场合，作为一个长者面前的“年轻人”和年轻人面前的“长者”，讲了一段出自肺腑的话：“年轻人聪明，年长者智慧。知识需要一个积累过程，年轻人如果努力，他的知识积累可以很快，但阅历和智慧却不如老年人丰富。人的悲哀之处也就在这里，当经验丰富之时，却老之将至！如果有年轻人与智慧的长者勤于交往，三十多岁就可以有四十岁的人生智慧，那他就可能取得更大的成功。而年轻人也同时可以把社会新的信息、对生活的热情传递给老年人。”

这段充满智慧和哲理的回答，既是赵启正个人经验的总结，也是对许多成功人士经验的概括，可说是赵启正对千千万万年轻朋友“成才之问”最好的回答，是赠给年轻朋友最珍贵的礼物。

一切竞争都是同龄人的竞争，你不可能回到1300年前和李白赛诗，不可能回到200年前和拿破仑比战功，也不可能跨越100年后和孙辈一起共享宇航之乐，你只能与同辈人同学共事。你的舞台不在过去，也不在未来，它就在当下。你的使命就是在世代绵延的征途上跑好自己的一棒，恪尽职守，把自己工作做得好些，再好些。如果你在三十岁时拥有四十岁的智慧，你就能做到这一点。如果三十岁的你只有二十岁的智慧，你就可能有负使命，愧对人生。

如何做到“三十岁的人，四十岁的智慧”？

■（在 2012 年 9 月 7 日央视青年对话节目《开讲了》的演讲）

我大学毕业到今年是 49 年。1958 年我考大学的时候，全国只招十多万大学生，现在你们这一届是六百八十万毕业生，是我那时候的六十八倍。那时候，全国的人口六亿六千万。我们在大学毕业的时候，周总理跟我们讲话，他说：“你们是同龄人的百分之一，你们是非常幸运的！”所以，总觉得毕业以后，应当多报答国家、报答人民。

因为我父母都是大学教物理的老师，所以我从小喜欢物理，就报了核物理系。我们系在北京考区是每七十位录取一位，这样学了五年。毕业的时候，正赶上中苏关系破裂，苏联专家撤离了中国。原来答应的科学技术援助项目，都没有进行完，我分配到核工业部做反应堆的物理研究和试验工作。由于苏联专家撤退了，我们反而有机会到第一线，顶替苏联专家了。到西北去，看到我们核工程基地已经被沙漠填满了，一片凄零，但是我们自己的物理学家和刚毕业的物理系的学生接替了这个工作。最后，很顺利地完成了的任务，为我们国家的国防工业做出了贡献。

当时，我们要什么没有什么，因为我们的工业不发达，探测粒子的探测器都是中国人自己去试制，有些和苏联专家设计的很不相同，但是很成功，有的就是我们这些刚毕业的人做出来的。这一段给我的教育是什么？就是：自力更生，奋发图强。

工作十年以后，我调到上海航天局，由核物理转到电子光学。我这一生转了很多次行，换了很多次工作，到哪里都听到有人说："这位赵启正是外行。"我非常感谢这样的话，它激励我：就是得用功！

在"我是外行"的鞭策下，我很快成了内行。不仅完成了科研任务，而且获得了专利，所以也当了几次劳动模范，很早地就成为了高级工程师。这个时候我的结论就是：天下无难事，只怕有心人。

浦东新区开发开放，我成为浦东新区的管委会主任。刚刚宣布浦东开发的时候，一位诺贝尔经济学奖获得者说："这可能是波将金村。"意思是说这是一个骗人的假象。我们艰苦努力，做得比原来想象的还好。为什么？因为我们有邓小平同志的领导，有上海市委市政府的努力，有全国人民的支持。许多外国朋友说：我们没有见到在二十年时间长成一个城市的，并且你们的规划那么好。像陆家嘴还没建好，它是什么样子，已经在沙盘中做好了。

我这一生，工作换了很多次，每次四五年。对我有什么好处呢，就是让我开阔眼界。不要太惧怕改行、换工作。我说过这样一句话：一个三十岁的人，如果他有四十岁的智慧，大体上是成功了。一个三十岁的人，只有二十岁的智慧，他可能不成功。但是多数人是三十岁，具有三十岁的智慧。

有一次，我演说之后，几位女青年把我拦住了。其中一个说："赵老师，我看了您这句话之后，一夜没睡着！因为我正好三十岁，我在想，我到底是不是有四十岁的智慧？我好像没有，我怎么办？"我说："你现在知道，犹为未晚。我的建议是：一要读好书，你每年能够选读两本好书，就很不错。第二，和你的家长或老师多接触，因为他和你谈话的时候，他的经历、他的阅历，可以用很短的时间告诉你，这样你就走了一些捷径。第三，你要善于思考，多问为什么，每到一个新的岗位，要对原岗位所传授的一些规则进行思考，你可能会发现，有些基本的规则和基本说法，已经过时或不适应了，这时候你可能就成为一个革新者了。"

之后我又调到北京国务院新闻办公室。任务是什么呢？向世界说明中国！为什么要向世界说明中国？因为中国以前不够开放，人家不太知道中国是什么样子。他们以为我们拖着辫子，也可能人人都会武功。我们在纽约做《中国文化美国行》的节目，请电视台的同志到纽约街头，碰到年轻人就问他："当说到中国的时候，你想到什么？"有人说我想到熊猫，有人说我想到长城，有人说我想到长辫子。我一看，这对中国的了解实在是不够了。

在德国，我问一个出租汽车司机："你对中国有什么认识？"他说："我想这是一个很神秘的国家，除此以外不知道了。"因此，我觉得我们应该向世界说明中国。说明中国的现状，说明中国的历史，说明中国的政策。这样我们就设计了很多节目，做了很多事情，出版了外文的书，设立了外文的网站。我们的外文网站有60种，孔子学院现在在外国，建了三四百个了。

主持人让我给年轻人提点建议。你们大学毕业了，这是新学习的开始，绝不是学习的终点，现在世界上这么多的学问，这么复杂，你们刚刚学会了如何学习。你们在走向生活的第一步的时候，会遇到很多原来没有想到的困难，会说这里工资怎么这么低，会说这里的领导不赏识我，会说这里的同事对我刻薄了。不要老抱怨环境。你到了哪个环境，大多数是一个平均的环境，不是特别好或特别差。如果永远是抱怨的话，你自己会失去青春，失去机会。即使我的工资低，即使我的领导不太英明，不太赏识我，我也得努力。因为你抱怨之后，浪费的是你自己，所以，大家一定要前进。

我羡慕你们，你们的故事将更精彩

■（2015年10月25日在中国人民大学新闻学院60周年纪念大会上的讲话）

今天，我们一起纪念中国人民大学新闻学院创建60周年，一起回溯学院60年的历史，而更重要的是讨论如何迎接新挑战和向新的高峰再出发。

60年来，人大新闻学院在人才培养、学术研究、学科建设和社会服务等领域都一直保持着干劲和优势，作出了杰出的贡献，走过了一段极值得回忆的历程。迄今人大新闻学院在教育部的全国一级学科综合排名前列。这是一代又一代的校长、院长，特别是全体师生的艰苦努力和兄弟院校支持的结果，否则我们绝无可能有这些成就和光彩。也请允许我借此机会向各位来宾表示衷心的感谢！

新闻传播学可以说是最与时俱进的学科，每月、每周，甚至每日都有新的挑战出现，这主要是来自以经济全球化和政治多极化背景下的国际舆论的激烈演变以及层出不穷的新技术、新媒体。我们作为60岁的学院，要严肃回答如何再出发，如何走向未来？

一个机构并不一定是越老越好，仅以“老”为骄傲是极其危险的！

我们都用过柯达胶卷，可是在座的谁用过柯达数字相机？没有，几乎没有人用过！建立于1880年的伊斯曼·柯达于2012年申请破产保护了，破产的一个主要原因是在122年的历史中前100年它一直保持领先，却在后20年中固步自封，抱住旧有成就不放，以致成为时代弃儿。

与之相反，苹果公司成立于1976年，如今其市值世界第一！苹果成功的主要原因是乔布斯的领先思维和不屈不挠的实践，高科技企业的领头人就是得年轻能干，这几乎是金科玉律。美国的常青藤大学年纪算是老了，却何以能“常青”，理由就是他们的教授和学生都是敢领天下之先的勇敢者。

我们如何响应国家和社会对新闻传播学科的现实需求？如何知难而上，与时代同步，而不被时代抛弃？我的忧虑正聚焦于此。

在此，我代表人大新闻学院表达三个承诺，请大家审核、监督：

第一个承诺是，要追随时代永不落后，更好地为中国和世界的新闻传播学发展做贡献。新闻传播学既然堪称与时代关联最紧密的学科，新闻学院就不能是被动的跟随者，而是能针对时代变革积极提出新的方向、新的方法和新的理念。

我们常说新闻媒体是时代的灯塔和瞭望者，因为我们是中国学者，我们的研究自然是立足中国的，但是必须同时观察世界，才能形成我们的创见，我建议大家要记住“人云亦云，少云；老生常谈，少谈”，总跟着外国人的文献做“拼盘”，没有自己的创新就绝无成就可言。

就学术创新而论，鲁迅所说的是“只有民族的才是世界的”，意思是只有首先在中国是优秀的，才可能成为世界的，只有反映人类共同价值的学术创新，才堪称世界性的财富。

全球传媒业和新闻传播教育皆处巨变之中，人们刚刚扑向一个热点，另一场变革的浪潮又汹涌而至了。在此刻，我们切不可默念“泰山崩于前而色不变，麋鹿兴于左而目不瞬”迟缓了行动。我们都要坚定一个信心，那就是追随时代服务人民才可永不落后。

第二个承诺是，我们要培养卓越的新闻人才。新闻人担当着向国内外传播中国和向中国传播世界的责任。由此，要求他们应当是“政治成熟、立场正确、敢于承担”的人；应当是“内知国情、外知世界、追求真理”的人；应当是“能与国际、国内两个社会对话”的人。而且应当是“跨专业”的学者，一篇报道、一篇评论会有成千上万的读者，他们所肩负的社会责任实在太大了，优秀的新闻人必定是坚守新闻理想和职业伦理的有高尚道德的人。

这么高的标准，我们切不可畏难，新闻学院的师生要有舍我其谁的气概！

第三个承诺是，为了追随时代绝不落后和培养出优秀的新闻人才，我们要扎扎实实地推进新闻与传播教育和科研模式改革。千里之行，始于足下，我们要从一门课、一本教材、一个科研课题、一场学术讨论会等具体工作入手，务实而精进地改革。在改革中，我们要妥善处理好传承与创新的关系，踏实地培育增长点而不能急功近利。所有工作都要依靠学者、学生和学科而展开。我们须知还有很多“大师”藏身业界，我们要请过来合作；我们也要倾听学生——须知很多青年才俊就在身边，往往长者也得做年轻人的学生。我们常说理论与实践相结合，在学校的学者和在一线的实践者的结合是一种事半功倍的结合，我们应当抱着谦卑请教的态度，真心地向他们学习，与他们合作，取得他们的帮助，新闻与传播教育改革才会成功。

我相信各位来宾、校友也会慷慨承诺帮助我们实现这三个承诺。

对了，最近同学们在议论腾讯用机器人写了几条新闻了，声称一分钟内就能出稿。也许将来机器人写稿能达到“集成创新”，但我还是不能想象它离开深入现场的记者报道和评论家的文章，怎么去“集成”？再说设计和操作智能机器人的也必定少不了新闻专业的人士。我相信它抢不走我们的工作，但也许能帮助我们做一些繁琐工作，让我们省出时间去做更重要的事情。

最后我想说，如今我已是“从心所欲，不逾矩”之年了。我羡慕你们年轻人，你们的故事将非常精彩，我在这里祝福你们，我会为你们的进步和成功欢呼！

中国新闻人的一面旗帜

■（在爱泼斯坦九十寿辰上的讲话节录，原载《对外大传播》2005年第6期）

爱老（爱泼斯坦，犹太裔中国人）完全把自己置身于一个普通中国人的位置，他的许多报道从大处、小处都提出了不少建设性的意见。他喜欢北京，对北京干净优美的环境印象深刻，但同时也指出了我国医疗制度上的缺憾。他用诚实的眼睛见证着中国，用平实的语言描述着中国。凡是读到他的书的人都会为他列举的事实心悦诚服，比如他写西藏，他写1955年第一次由成都到拉萨，坐吉普车、卡车，一路景色如画，但12天后才到达目的地；1965年，他是坐中国民航的班机，由成都飞到拉萨，同样的路程只用了两个半小时；最后一次是1985年，可以从北京直飞拉萨了，国外数以万计的旅游者都是乘坐巨型客机来的。他在文章中并没有直说中国民族政策多么伟大，西藏进步多么快，但看完之后，你却明明白白地看到了中国民族政策的伟大和西藏的进步。

我们大多数人是通过读他的文章了解他的，而在文章之外，爱老在我心目中，是位长者，也是位导师。他总是同所有和他相处的人平等而亲切地对话。

在今天的座谈会上，在职的出席者中，我可能是年龄较大的了。可是，我在爱老面前仍然年轻。从幼年开始，父母对我就有严格的教育，教育的核心就是热爱自己的国家，效忠自己的人民——中国人的家庭大多是这样的。

我深知爱老爱中国从而爱世界，贡献于中国从而贡献于世界。中国古人讲究“修身、齐家、治国、平天下”，那时的“天下”是当时中国人所知道的“天下”，如今则是指全球为“天下”。那么，我们是不是可以说爱老是达到了“平天下”的中国人，又是“平天下”的“全球人”呢！

一般来说，我现在较多的是以年长者的身份与年轻的新闻工作者做“忘年交”，而在与爱老的“忘年交”中，我又被称为“年轻一代”。于是有人问我，处在这样一个中间地带有什么感悟？我回答：知识需要一个积累过程，年轻人如果努力，他的知识积累可以很快，但阅历却不如老年人丰富。人的悲哀之处也就在这里，当经验丰富之时，却老之将至！如果有年轻人与智慧的长者勤于交往，三十多岁就可以有四十岁的人生体验，那他就可能取得更大的成功。而年轻人也同时可以把社会新的信息、对生活的热情传递给老年人。

爱泼斯坦先生的居室里一直保存着毛泽东在延安时签名相送的石版画像，这幅画像寓意着主人和共产党人近70年的朋友关系。50年代，周恩来总理亲自批准爱泼斯坦加入中国国籍，从此，新中国就成为了他自己的国家。在他70大寿的时候，邓小平于人民大会堂为他举杯；80大寿的时候也是在人民大会堂，江泽民送上了祝福；90大寿时，胡锦涛来到爱泼斯坦家中送上了插满鲜花的花篮。

有人说，为何一位老人的生日会牵动几代中国领导人的情感？是他的伟大感动了中国，感动了我们。他的伟大表现在几十年如一日的默默奉献中。70年，他没有停止过工作，没有停止过思索。他对中国的思考是建立在以全球视角进行比较、观察和分析的基础上的。他对中国的贡献，他的工作成果是世界意义上的。我们对他的尊重是对他伟大精神的尊重。

爱老当之无愧是中国新闻人的一面旗帜！我考虑得最多的是我们新闻工作者如何学习爱老，如何将爱老手中的火炬传承下去！

在我看来，新闻工作者最好认真读读他的著作，首先是读懂他的思想，再去读懂他表达的方式。这样就可以使没有机会接触到爱老的人，分享爱老的精神财富。学习过程中，每个人都可以有自己的感悟，也可以让别人分享你的感悟。爱老事业做得好，是因为他热爱着中国，并热爱着人类；又是因为他勤于思考。中国有句古话："勤思之，明辨之。"这是他一生工作上的特点。他的语言朴实无华，尤其适合我们"向世界说明中国"时所提倡的"中国立场，国际表达"，或"中国故事，国际表达"。

爱老有许多朋友，中国的、外国的，他都是认真对待他们，以诚相见，凡数十年如一日。说到这里，我就想起有这样一种情形，有些人与人往来，"见了面，握了手，吃了饭，换了片，断了线"。时间、精力、花费就白白付出去了，这对本来可以成为朋友的人是一种怠慢。应当保持联系的渠道。表达中国要有渠道，渠道要积累，还得善待，才能畅通，这些方面爱老也是我们的榜样。

学习爱老，自然要学习他的出色的知识积累、逻辑思维和语言艺术，除此之外，更重要的是要具有"人民立场"和"人民情感"。就像学习白求恩的毫不利己、专门利人的精神一样。

让“恩来读本”走遍天涯

■（2017年6月26日纪念周恩来总理南开中学毕业100周年作为校友代表的演讲，节录）

我很高兴，有机会参加纪念伟大的校友周恩来毕业100周年的活动。100年，一个世纪，是很长的时间了！但是，他上过课的教室还在，他住过的宿舍还在，我们还在他打过球的球场上打球，我们还走在他走过的校园小路上。

100年前，周恩来总理是带着有足够的知识和超出常人的智慧，抱着报国救民族的伟大的志向走出校门的。

南开的同学们从和周总理这么亲近的特殊感觉上说，虽然他毕业100年了，但和今天的你们相距并不遥远！周恩来在中学时代留给我们的文章和精神是我们最伟大的财富，这是我们南开中学的同学独一无二的幸福。

在很多场合我都对青年人说过，一个人如果有超乎他年龄的智慧，比如20岁的人，如果他有30岁的智慧，那么他的一生就可能获得成功。于是有人问我怎样才能做到呢？

我说，要读可靠的书，要找机会和智慧长者交流，但是，与此同时千万要在头脑留下足够的空间用于思考和创造——就像电脑如果内存空间被占用过多，就会运行不畅快，甚至会死机。

而且，对于今天的你们来说，更重要的是有了智慧还不够，还要像周总理那样有伟大的志向——为中华之崛起而读书。

南开中学这些年已经出版了十本关于周恩来的书，有《周恩来南开中学作文笺评》《周恩来南开中学岁月》等，其中《周恩来青少年论说集》还有英文、法文、日文译本。我想这十本书可以叫作“恩来书”或“恩来读本”。这些书，表达了周恩来中学时代的思考、激情和人生观。体现了他怎样忧虑国家前途，怎样勉励自己，怎样激励同学努力学习，怎样时刻准备着为国家前途和改造社会贡献力量。这些“恩来读本”或“恩来书”充分展示出青年周恩来独特的思考和超越同龄人的成熟。我相信读这些“恩来书”或“恩来读本”会让我们随时领略到他的宏远情思和志气，能随时提醒我们关注时代的变迁，启迪人生的思考。

我们读《周恩来青少年论说文集》会发现，它可以和《培根论说文集》的很多论题相比较，不仅毫不逊色，而且立意更高。《培根论说文集》再版了许多次，最后一次再版是他70岁时修订的，是一个老年人的最后的作品，可是《周恩来少年论说文集》是他16岁到19岁写就的。

我们的先辈中有很多是智慧的长者，我们的老师、今天应邀前来的贵宾都是在智慧长者之列。智慧与聪明有所不同，它需要时间的积累和奋斗的磨练。智慧长者会用较少的时间把他们几十年的体验传授给我们。

希望同学们都像周总理那样，在中学时代就立大志，努力学习，磨练意志。你们当中要有人成为科学家，成为工匠，成为教育家，成为有创新意识的劳动者。千里之行，始于足下，我们人生的成熟就始于南开中学。

我们如何长远地纪念伟大的周恩来校友？我希望每一位同学离开母校时都带着一本“恩来读本”或“恩来书”走遍天涯，不忘我们在南开中学立下的为人民服务的志向！

解读篇

贾树枚

开拓外宣工作新局面

随着中国的改革开放和现代化建设事业突飞猛进，中国的新闻出版、广播电影电视、新兴媒体等文化产业也迎来了欣欣向荣跨越式发展的新局面。在对外宣传方面，制度建设、队伍建设、阵地建设齐头并进，中外新闻文化交流越来越频繁，中国的广播电视节目和网络媒体在许多国家落地，中国出版物的覆盖面越来越大，中国的企业、中国游客、中国的艺术家、中国的留学生走出国门，带去了中国的产品、中国的文化，也带去了中国的影响。中国以经济发展、文化繁荣、社会稳定的形象出现在世界面前，唱衰中国的老调越来越没有市场。

这些积极的变化，包含着中国对外宣传单位和从事外宣工作的人员的辛勤劳动和无私奉献。曾经作为中国对外宣传的领军人物，赵启正在外宣工作中所做的开创性工作和令人瞩目的业绩，也反映了中国对外宣传事业的发展和进步。

这种发展和进步，表现在许多方面：

第一，在一系列有关中国核心利益的问题上，发出中国的声音，维护中国的利益，树立中国的形象，提高了中国的国际声誉。

比如 1999 年 5 月，美国众议院特别委员会发表《考克斯报告》，污蔑中国偷窃美国的核武器和导弹技术机密，在国际上掀起一股诋毁中国国际声誉的浪潮。赵启正以中国国务院新闻办公室主任的名义两次举行新闻发布会，用事实说明中国的核武器和导弹技术完全是中国自主研发成功的，树立了中国经济发展、科技进步的良好形象。《考克斯报告》中所说的许多“机密”实际上是互联网上都可以查到的技术信息。世界各大媒体详细报道了赵启正发布的内容，美国《国际先驱论坛报》还在头版头条刊登了这一新闻，《考克斯报告》被美国主流杂志评为当年“十大国际丑闻”之一。

又如美国等西方国家连续多年在联合国人权理事会提出议案，抹黑中国的人权事业，赵启正针对美国对中国的污蔑，在国新办组织编写《中国人权状况》白皮书和《美国人权纪录》，说明中国人权的现状，并以8种外语向世界发布，揭露美国违反人权的事实，挫败了美国等西方国家的反华阴谋，使美国的反华提案连续多年被联合国人权理事会投票否决。许多国家还要求中国国新办把《美国人权纪录》英文版发表前给他们一份，他们也要在报纸上刊登。

再如2016年，美国等西方国家唆使菲律宾等国炮制南海仲裁案，挑战中国主权。当年7月在新加坡“南海问题与区域合作发展高端智库学术研讨会”上，赵启正指出南海仲裁在程序、适用法律、证据采用等一系列问题上都存在重大错误，违反了仲裁的国家同意原则，侵犯了中国自主选择争端解决方式的权利，也违反了菲律宾与中国通过双边文件达成的协议，是一场彻头彻尾的披着法律外衣的闹剧，讽刺仲裁庭“拿了大钱，办了脏事，吃相难看，非法无效”，揭露了仲裁的本质和仲裁庭的丑态嘴脸，维护了中国的严正立场。而且语言生动、俏皮，令人难忘，收到了良好的效果。

第二，提出了“向世界说明中国”的对外宣传新思路，开辟了对外宣传的新局面。

赵启正调任国新办主任后，经过三个月调查研究，结合在上海市负责外事、外经、外贸工作和领导浦东开发开放的经验，开拓创新，提出了“向世界说明中国”的新思路。

从强调“宣传”到强调“说明”，看起来只是一词之差，但深入探究其内涵，却有巨大的差异。正如习近平同志所说，外宣工作要通过海外受众乐于接受的方式，易于理解的语言，更好地传播中国道路、中国制度、中国理念、中国文化，让中国观点变成世界语汇、成为国际共识。

在英语及西方语言中“宣传”勉强对应的“propaganda”一词有单向传播、强加于人、只说好话的负面含义，“说明”则有客观介绍的含义。

西方有些人本来就对与他们文化背景不同、社会制度不同、意识形态不同的中国心存疑惑甚至偏见，强调“宣传”使他们难以接受，而客观的介绍和说明，则易于让双方形成共识。

从这样的思路出发，赵启正强调在对外宣传中要讲真话不要讲假话，要讲成绩也要讲不足，要通过讲故事介绍中国的发展和进步，而不要只讲空洞的道理。对敏感问题不要回避，而要及时回答受众的关切。策划和实施了一系列外宣工程，如通过与国外传媒集团合作，让中国央视 CCTV-4 和 CCTV-9 在美国、欧洲、日本等国家落地。通过实施“灯下亮”工程，出版了一系列面向来华经商、旅游的海外人士的出版物，向他们介绍中国的政治、经济、文化、历史等。通过举办“中华文化海外行”“中国文化周”以及各种层次的对话活动，拓宽了中外文化交流的渠道。赵启正自己也身体力行，到英国议会、联合国教科文总部作“面向 21 世纪的中国”的演讲，和美国传媒界高端人士座谈，回答他们对中国的疑问。他还多次与国外有广泛影响的基辛格、西蒙·佩雷斯、奈斯比特、路易·帕罗等政治家、哲学家、未来学家、宗教领袖、著名记者进行对话，讨论经济社会发展和建设和谐社会等共同关心的问题。这些活动都收到了良好的效果，加深了中国人民与世界各国人民的友谊，提升了中国的话语权和影响力。

第三，通过建章立制和队伍培训，提高了外宣队伍的战斗力。

赵启正就任国务院新闻办主任后，在完善新闻发布制度、培养新闻发言人、增进传播效果方面做了大量卓有成效的工作，积累了许多可复制、可推广的经验。

首先大大增加了国新办新闻发布会的次数，从每周一次增加到每周两三次甚至更多。同时指导、推动中央各部委和各省市建立健全新闻发布制度，几年中，把中央政府各部门和地方政府举行的新闻发布会从每年几十场增加到 2000 多场，特别是在国新办举行的发布会，美联社、法新社、路透社、CNN（美国有线新闻网）、中国中央电视台和香港凤凰卫视都进行了及时的报道或转播，中国的互联网还在现场进行文字直播，会上发布的信息有 80% 都被中外媒体列为当天或当周最重要的新闻进行了报道。

开好新闻发布会的关键之一，是要有好的新闻发言人。赵启正花了很大精力推动从中央到地方党政机关、人民团体、重要企事业单位设立新闻发言人，并举办了很多培训班。他组织多家著名大学的新闻传播学院参与新闻发言人的培训工作，邀请国内外专家到培训班授课，他自己也多次到培训班讲课，留下许多精彩的讲课记录。

第四，放眼世界，广交朋友，扩大了中国的“朋友圈”，为营造良好的国际舆论环境作出了贡献。

对外宣传，在某种意义上是代表国家到国际上交朋友的工作。在外宣工作中，赵启正与许多国际著名媒体建立了合作关系，与许多传媒界领袖人物成了朋友。他与美国时代华纳集团历任总裁进行合作，多次联合举办全球“财富”论坛，对中国的改革开放起了积极的促进作用。在对外交往中，他高度的责任心、丰富的知识和专业修养，赢得了传媒界的信任和赞誉，称他是“中国的形象代言人”和“向世界宣传中国最好的大使”。

他的国际朋友圈不限于传媒界，从国家总统、总理、部长、大使，到企业总裁、工程师、设计师，乃至大学生、留学生，许多人都是他的朋友。他与外国驻华大使共同参加电视台对话节目，讨论文化交流、传媒合作。他与世界知名的设计师讨论城市规划和标志性建筑的设计问题。他陪同法国总统希拉克参观上海博物馆，讨论青铜器、长城和大运河。他与澳大利亚前总理基廷讨论澳大利亚的“亚洲政策”。他从2005年到2016年期间出版了20多本讲中国故事、公共外交、向世界宣传中国改革开放的著作，这些书不但在国内多次印刷发行，而且被翻译成英、法、德、俄、日、韩、越、乌克兰、西班牙等多种文字，在全世界发行，产生了广泛的影响。

这本书与众不同的“三特色”

《中国故事　国际表达》这本书记录了赵启正在对外宣传工作中的理论探索和实践创新成果。与其他同类图书相比，该书有许多与众不同的特色。

第一，这是一本用“案例”说话的书。

赵启正曾半开玩笑地说，世界上有很多人当总统，但并无“总统学”这门学科。即使有，读了“总统学”也未必能当上总统。与此相似的是，新闻传播是一门实践性很强的学科。对于大多数新闻传播行业的从业者来说，实践、实战永远是第一位的。学了理论，也要用于实践。在现实生活中，实践无限丰富，从理论到实践，需要“惊险的一跳”。这本书就是一本为“实战”服务的书，可视为“外宣实战指南”。“熟读唐诗三百首，不会作诗也会吟”，许多从业者入门之时，依样画葫芦，越画越像，也能登堂入室，甚至自成一家。

第二，这是一本向世界讲述“中国故事”的书。

赵启正一贯主张，对外宣传是“中国故事，国际表达”，也就是用外国人习惯的方式讲述“中国故事”，从而达到说明中国，让世界认识中国，为中国缔结良好“国缘”的目的。

“故事更接近真理”，最有说服力。赵启正是一个讲故事的能手。

1998 年 12 月 29 日，他在一篇文章中表扬推荐了中央电视台对海外主打栏目《中国新闻》播出的一档报道——《上海外滩公园的“情人墙”悄悄消逝》。他说，这个题目起得很吸引人。二十年前，上海由于住房紧张和活动场所少，外滩公园黄浦江边防汛墙边成为年轻人谈恋爱最好的去处，每当夜幕降临，那里就聚满了一对对谈恋爱的年轻人。由于地方小，人又多，以至于有的大龄青年的弟弟妹妹下午放学后提前来为哥哥姐姐占位子。于是，“情人墙”在全国乃至全世界都小有名气，成为上海一景。改革开放后的二十年来，上海城市建设突飞猛进地发展，城市公园绿地遍布全市，图书馆、保龄球馆、游泳馆、羽毛球场、咖啡屋、歌舞厅等众多活动场所吸引了年轻人，外滩公园的“情人墙”悄然消失了。记者在短短两三分钟内，向人们讲述了一个中国人生活变化的生动故事，通过强烈对比，观众实实在在地感到生活在发生着什么样的变化。这一档节目在海内外反响颇佳，有的境外电视台还来电台索要节目，要求转播。

赵启正领导浦东开发工作多年，常常对外国人讲浦东的故事。日本金融家森稔听他讲了浦东的故事，坚定了信心，投资10亿美元建设了当时中国第一高楼上海环球金融中心。阿拉法特听他讲了浦东故事，邀请他在巴勒斯坦收回被占领土后去建设一个开发区。赵启正倡议编写出版的《犹太人在中国》，在国际上引起了强烈的反响。美国犹太人大会主席理斯邦特地到国务院新闻办赠送匾额表示感谢。美国政府前贸易谈判代表巴尔舍夫斯基表示要把这本书作为“传家之宝”。以色列副总理奥尔默特提出要把这本书多印一些，让全世界每一个犹太人家庭都有一本。犹太企业家肖尔·艾森伯格先生二战期间逃离纳粹统治到上海避难，战后成为一个成功的企业家，先后在浦东投资建立了耀华—皮尔金顿玻璃厂和浦东钻石交易中心，报答上海的恩情。当时有媒体报道称，“一本画册感动了一个民族”。

第三，这是一本助人提高“交流艺术”的书。

新闻传播归根到底是一种人与人之间的交流活动。赵启正重视交流，也善于交流，他把交流的本领看成是现代人的基本功，人们通过交流释放潜能，通过交流实现人生美好的愿望。他经常强调与外国人的交流要克服四种常遇到的文化障碍——语言障碍、风俗习惯障碍、家教信仰障碍和意识形态障碍。

有人评价说，赵启正交流活动的特点是：幽默，人情味浓，亲和力强，反应灵敏，知识渊博，在高层次的国际交往中出类拔萃。他还善于思辨，通过思辨促进心智的交流。他与另一位交流学大师吴建民专门围绕交流的主题进行了多次对话，丰富了交流学理论和交流艺术的内涵。

本书中收录了很多精彩的交流案例，闪耀着思想的火花和智慧的光芒。

对外宣传的大智慧

赵启正对外宣传的指导思想，是“向世界说明中国”。

寥寥七个字，体现了对外宣传工作的新风格、新思路，包含了对外宣传的大智慧。

中国是幅员辽阔、历史悠久的世界大国，上下五千年，纵横几万里，人口13亿多，从何说起？

赵启正常说，对于外国人来说，他们不但想了解中国的历史，更想了解当代的中国，所以他强调要重点说明今天的中国。

“今天的中国”也是一个很大的题目，千山万水，千行百业，资料文献浩如烟海，从何入手？赵启正提出，要“选好中国故事，讲好中国故事”。因为故事比道理更引人兴趣，更能打动人，更接近真理。毛泽东用“愚公移山”“田忌赛马”的故事通俗地解释战略战术问题。习近平也是讲故事的大家，用故事阐述治国理政的思想和方略。中国人和外国人不但语言文字不同，思维方式也有差异，所以，在对外宣传中，要用外国人乐于接受的方式、易于理解的语言，讲述好中国故事，努力成为增信释疑、凝心聚力的桥梁纽带。

讲好中国故事不但是政府、媒体的责任，也是每一个中国人的责任。赵启正常说，每个人身边的故事就是中国故事。不必刻意用过多政治和哲学语言去描绘，用口语讲最亲切最真实。在与外国人交流中，要讲你自己经历的故事，要讲他们感兴趣的故事。讲故事不一定非要提炼出什么结论，也不要求对方完全认同，只要达到有限共识即可。就像吃苹果，不必费了很多劲把苹果做成果酱或维生素C药片请别人吃，口味未必好，别人也未必愿意吃。你就把苹果给对方吃，维生素 C 自在其中了。假如一个外国人听完了你的故事，说“哦，中国是这样的”，这就够了。决不能要求一个外国人很快就和你有相同的认识和见解，这是不可能的，即便是中国人之间有时也做不到。

需要注意的是，这些故事不管怎么讲，一定要真实。如果一项工作七分成绩三分缺点，就算不错了，如果你只讲成绩，不讲缺点，似乎十全十美，那么人家对七分成绩也会产生怀疑。失去了公信力，嗓门儿再高，也没人相信了。赵启正在接受美国《领袖》杂志中国专刊首席代表杨红专访时说，说明的目的就是让世界对中国有一个正确的认识。我们愿意介绍一个真实的中国，愿意说明中国的进步，也愿意说明中国的不足。我们每天都在讲中国的故事，但是要用国际的方式表达。不能让外国人听不懂，要注意他们的教育背景、文化程度、宗教信仰，与我们有很大的不同。概括地说，就是中国立场，国际表达；中国的故事，国际的叙述。另外，说中国好并不等于说其他国家不好。我们的目标是携手共建人类命运共同体，美美与共，建设美丽中国，美丽世界，和谐中国，和谐世界。有人拿中国梦与美国梦作比较，然后批评美国梦，更是有违中国梦的初衷，没有必要。

这样的“说明”，既赢得了信任，也广交了朋友。美国《领袖》杂志设立了“中国专刊”，专门介绍中国，先后采访报道过邓小平、江泽民等党和国家领导人，后来又派首席代表杨红三次采访赵启正，从金融银行业、区域经济和传媒的角度关注中国，努力在国外高端媒体上打造“品牌中国”。赵启正对这一做法给予肯定和支持，说，中国是世界舞台上一个日益重要的角色，它的存在对世界是有影响的。外国如果想分享它带来的机会，就必须了解它，和它对话。杨红对双方的合作很满意，说赵启正“坦率、真诚、务实的风格，一直被国际社会高度赞扬”。

赵启正在“向世界说明中国”的努力中，结识了很多合作伙伴。在美国在线时代华纳集团的两任董事长兼首席执行官李文和理查德·帕森思的协助下，中国央视 CCTV-9 在美国纽约、休斯敦等地落地，华娱电视在美国播放，双方还合作制作动画片，把《哈利·波特与魔法石》和《指环王》引进中国。赵启正还作为中方的负责人，与时代华纳集团合作，把“财富论坛”这样一个全球性的带有经济风向标意义的论坛引到中国，加快了中国对外开放的步伐。从 1999 年在上海召开《财富论坛》后，又在北京、香港、成都召开了三次。

帕森思在谈到与赵启正的合作时说：“我特别感谢赵主任以专业、和善的态度对待在中国的所有媒体公司，感谢他不辞辛劳地向全世界介绍中国丰富的文化和传统。在鼓励中国媒体扩大对外合作的过程中，赵主任发挥了关键性的作用。”

选好、讲好中国故事

对外宣传工作的不到位，常常造成很多外国人对中国的认识有偏见、有误解，使外国人印象中的中国和中国的实际情况有很大误差。地理上的距离，语言文化的差异，政治制度和意识形态的不同，放大了这种差异。

这种隔膜和误解，从小的方面说会给双方的交往带来困难，从大的方面说，也会造成对局势的误判。西方媒体上时而流行“中国崩溃论”，时而流行“中国威胁论”，时而流行“中国十字路口论”。中国发展慢一点，他们就担心“谁来养活中国”，预言“中国即将崩溃”；中国发展快一点，他们又担忧“中国会吃掉我们的午餐”并支配世界，试图在“第一岛链”“第二岛链”部署军事力量，围堵中国。在他们看来，中国的未来充满了不确定性，因而对中国的预测往往南辕北辙，与事实相去甚远，对华政策常常成为政客们辩论的话题，随着政党轮替产生钟摆效应。对华舆论则被政客和媒体左右。

如何“向世界说明中国”，让世界了解一个真实的中国？赵启正常说的一句话就是“选好、讲好中国故事”。有人发现，在他的讲话、致辞、答记者问中，总是有一个典型的故事、一组有说服力的数字、一段经典的引言、一个简单而又深刻的观点。这种表达方式既有感染力，又容易被交流对象认同。

举一个例子。1999 年 9 月，中国国务院新闻办和文化部在巴黎举行“中国文化周”活动，赵启正以《面向 21 世纪的中国人》为题在联合国教科文组织总部大会议厅做了一次演讲。他从 19 世纪法国著名作家戈蒂耶的一首题为《中国热》的诗说起，从中国妇女的小脚，讲到中国是以落后与屈辱的面貌进入20世纪的，而今天中国人正在以健康、坚实的步伐跨入21世纪。

他引用了在法国和中国都广受尊敬的戴高乐将军的一句名言："人和人之间的距离比地球和月亮的距离还大"，所以，理解一个人不容易，理解一个民族、一个国家就更难，但他希望世界上不同国家、不同民族，能够克服地理上和文化上的距离，走得更近，走得更亲密。

最后，赵启正说出了自己的结论：面对21世纪，中国人愿意在人类的进步中与全世界携手前进。中国人期待着与法国人、欧洲人进一步开展更加卓有成效的合作。

著名外交家吴建民后来评论说："这次演说是启正同志1998年就任国务院新闻办公室主任后首次在如此规模的国际会议上亮相。与会听取启正同志演讲的不仅有很多法国人，而且有各国驻联合国教科文组织的代表。会场里大约有500人，座无虚席。我当时作为中国驻法大使坐在主席台上，亲眼目睹了启正同志演讲的全过程。说这篇讲话是介绍中国情况的杰作是毫不夸张的。演讲过程当中，听众聚精会神，对演讲中的精彩片段往往报以赞同的掌声和笑声。演讲结束后，听众热烈鼓掌。"

赵启正2000年8月30日在华盛顿全美新闻俱乐部的演讲《中国人眼中的美国和美国人》，也是从讲故事开始：1784年，美国商船"中国皇后"号从纽约港起航，穿过大西洋，绕过好望角，8月28日到达中国广州的黄埔港，揭开了中美交往的序幕。对于这个太平洋彼岸的广袤之国，如何翻译成中文？开始有几十种译法。后来，中国人了解了杰克·伦敦、福克纳和马克·吐温等为代表的美国优秀文化，便选了三个有美好含义的词"美"（beautiful）、"利"（profit）和"坚"（solid）来翻译The United States，简称美国，就是"美丽的国家"。这样的故事做开场白，一下子拉近了与听众的距离。

接着，赵启正又讲了一个故事。19世纪初，美国西部大开发，在寒冷的冬天，当别的队伍撤下落基山的时候，华人劳工继续勇敢西进，在美国广袤、荒凉的西部修筑铁路，他们当中有许多人献出了生命。为了表彰中国铁路工人的业绩，美国的伊利诺斯州政府于1991年在中国上海用3000枚铁路道钉塑造了纪念碑，碑上刻着：中国建路工人所作的贡献是连接美国东西海岸并促成其国家统一的一个重要因素。人们今天还可以在上海闹市区衡山路的衡山饭店右侧看到这座别致的纪念碑。

他还讲了中美两国在二战中共同抗击日本法西斯军国主义侵略的故事。1942 年日军切断中缅公路时，美国志愿者空军开辟了跨越世界屋脊喜马拉雅山的“驼峰航线”，向中国供应抗日武器。由于山高路远，气候恶劣，不少飞机失事。据统计，当时共损失 600 多架 C-46 飞机。前几年，在中国的西藏、广西等地仍能发现“二战”期间美国飞机的残骸，1500 多名中美飞行员为中国人民的抗日事业献出了生命。

赵启正对美国“驼峰航线”的飞行员一直有难以平息的感恩心情。后来，在 2002 年 10 月，他策划了在美国赠送在“驼峰航线”上牺牲的 24 岁飞行员福克斯铜像的活动。这个铜像还请江泽民主席和乔治・布什总统题了词，而赵启正在场做了感人的演说，令在场的中美人士为之动容。

不幸的是，二战结束后，美国先是介入了中国内战，后又参与了朝鲜战争，把航空母舰开进台湾海峡，中美兵戎相见，给双方带来了惨重的损失，直到 1972 年尼克松访华，才重新打开了中美交往的大门。事实证明，中美两国和则两利、“双赢”，斗则两败俱伤。这就是赵启正得出的结论。赵启正接着说，我是一个乐观主义者，我希望我的演讲能使诸位了解中国人对美国人的友好愿望，是把它当作“美丽的国家”而不是“美丽的帝国主义”。

赵启正的这番演讲，得到了在场美国人的完全认同。美国前驻华大使尚慕杰说，这是“一次非常有益的演讲”，“对中美关系历史的回顾很有裨益。他非常坦率，指出两国间存在的一些问题，并坦诚地回答了许多问题。他还表明中国的政府和中国人民愿意并热切希望与美国发展良好关系”。美中贸易全国委员会会长柯白说，这次演讲代表中国开始作出持久的努力来拉近与美国人民的距离，也将在这方面产生积极效果。美中关系委员会前会长、美国约翰・霍普金斯大学中国研究所主任兰普顿说：我们将来不得不适应中国，就像中国现在适应我们一样。美国将来不可能简单地向其他国家发号施令，然后期待他们言听计从。我认为这次演讲阐明了中国正在发生的变化的规模和意义，也使美国人明白无误地认识到他们对中国施加影响的能力是有限的。

这样的故事还有很多。关于如何讲好中国故事，赵启正在接受解放日报记者采访时说，首先要选好中国故事。

中国故事，包括中国现状，中国的历史，中国的文化，中国的风光，普通中国人的生活，等等。对大多数外国人来说，他们首先关心的是当代中国的故事、中国超常规发展的故事；至于专业人士，或者对中国已有初步了解的人，会进一步了解这种发展背后的深层次原因，包括历史、文化、制度、理念、风俗习惯等。这些故事“源于中国而属于世界，基于历史而引领未来”，是沟通中国人民和世界各国人民友谊的桥梁和纽带。

讲故事要讲究方法。中国人讲中国故事要站在中国立场，理所当然，但站在自己的立场并不等于自说自话。要用外国人、海外人士听得懂的用语、习惯和逻辑来表达。我们有时对此认识较为模糊，认为只要说外语，人家就能听得明明白白，殊不知，比起语言来，表达方式要重要得多。表达得好，才能让别人愿意听，有兴趣听，听得进。

要想表达得好，赵启正认为，首先要“说真话”。他讲过这样一个寓言故事：“真相”，裸露而寒冷，到村庄里去，没有一家愿意收留它。后来，“真相”穿上了“故事”的外衣，再回到村庄，就大受欢迎了。以前，我们对此存有误解，认为只要是真的，怎么说都不会是假的。结果，所到之处，缺少鲜花与掌声。宣传效果也就可想而知了。故事常常因情节取胜。我们在对世界讲中国故事的时候，当然要重视情节。这还牵涉到一个宣传的平衡性原则：如果我们的故事一味说中国的好，而回避中国面临的问题，就好像缺少了起伏跌宕的情节，故事的吸引力也会因此打些折扣。

在这方面，赵启正有许多探索和创新之举，提出了许多独到的见解，体现了赵启正对外宣传领域创新的思想和实践，值得认真研究和借鉴。

他从不说“无可奉告”

新闻发布会是发布新闻的一种重要形式。然而，在新闻发布会上，新闻发言人面对记者的提问，有时也会出现“无可奉告”的尴尬场面。

“无可奉告”的原因，或者是发言人不知情，想说说不出，只好交白卷；或者是涉及敏感、保密事项，不能说，托词“无可奉告”，情有可原；或者是新闻发言人对提问虽然知情，职责所在也应该回答，但出于某种考虑，想“遮丑”，掩饰真相，便以“无可奉告”作搪塞。

作为一名新闻发言人，动辄用“无可奉告”的挡箭牌来应付记者和媒体的提问，是一种失职的行为。

赵启正认为，作为一个新闻发言人，首先要对自己的职责和使命有正确的认识。世界上大多数国家都设立新闻发言人制度，通过新闻发布、媒体的传播营造有利于自身的舆论环境。他在谈到自己先后担任国务院和全国政协新闻发言人的感受时说：我常问自己一个问题：我是谁？在新闻发布会上，你不是自然人，作为中国的新闻发言人，第一，你的职责是向世界郑重宣布中国的立场，真实地介绍中国的国情，正确地表达中国的政策，及时澄清外界对中国的误解，有效反击别有用心的人对中国的歪曲和污蔑。第二，必须“政治成熟、立场正确、勇于负责”。在面向世界表达中国时，要维护国家的荣誉，要诚实，不能说代表国家立场就可以诡辩，也不能限于表达个人的看法，特别不能炫耀自己。一个优秀的新闻发言人，要有较高的政治素养和丰富的知识储备，刚柔并济、纵横捭阖、进退适度、攻守自如，有时还要忍受媒体的评议和受众的不解。公众有误解，也不要去迎合，如果公众传说得不对，依然要坚持真实原则，宁可被“批评”，也要说真相。

话说回来，无论中国还是外国，新闻发言人面对成百上千的媒体和记者，面对他们提出的涉及内政、外交、政治、经济、文化、科技、教育、民生、国防等各种问题，不可能全知全晓，偶尔出现“无可奉告”的情况，难以避免。

令人惊奇的是，赵启正在担任中国政府新闻发言人和全国政协新闻发言人的十年时间里，主持过无数次新闻发布会，接受过无数次中外记者的采访、提问，从未出现过“无可奉告”的场面。几乎所有采访过他的记者，都得到了满意的回答。

在与中外媒体和记者的交往中，赵启正既准确地宣传了中国的主张，表达了中国的立场，扩大了中国的影响，又与许多中外记者成了心心相印的朋友，扩大了中国的朋友圈。

面对敏感问题和突发事件如何应对，是新闻发言人工作的一个难点，是对新闻发言人政治水平、职业素质和综合能力的真正考验。

对于“突发事件”的处理，赵启正提出了一条重要原则：在大多数情况下，还是“先发制人”好，也就是越快越好。绝不能把因为效率低而行动慢的做法，说成是“后发制人”。一个突发事件发生了，如果你不及时讲“真故事”，就会有人讲“假故事”，“假故事”往往因为离奇，传播得更快。因为人们有先入为主的习惯，往往后讲的“真故事”反而战胜不了先讲的“假故事”。

2002年5月初，赵启正率领中国媒体代表团在日本出席纪念中日邦交正常化30周年中日媒体研讨会期间，发生了5个朝鲜人闯入日本驻沈阳总领事馆的事件，日本舆论反应强烈，大肆炒作，借机制造了一片的反华噪声，电视台上反复播放武警战士阻拦几个朝鲜妇女试图闯入日本领馆的镜头，日本个别政要大放厥词，日本政府提出了数条无理的要求。日本自民党协调会的一个议员甚至说，中国武警侵入日本领馆，即日本领土。如果在以前这就是一场战争了。

此时赵启正正好在日本，对现场情况毫不知情，对事件本身也是从日本的电视上看到的那一点，但日本记者盯住要他表态。如果他用“人在国外，不了解情况”或“无可奉告”来回避，也情有可原，但他根据自己的经验和职业敏感，根据电视画面上透露的有限信息，回答日本记者说：最近几天，日本媒体对这一事件进行了大量的报道，我没有被授权就此事发表谈话，两国的外交部门正在就此进行调查，事实很快将公布于世，但用这个例子来分析一下媒体如何运作具有现实意义。这件事并不复杂，5个人硬闯日本总领馆，未能成功。中国武警战士拦住了其中3人，并在日方同意的情况下，把闯进去的3人拉了出来。中国武警的任务之一是要保卫外国驻中国使领馆的安全，这是担任这一任务武警战士的首要职责。在“9·11事件”之后，中国武警反恐怖教育和训练大力加强，战士头脑中时刻红灯闪烁，总想到随时防备恐怖分子闯来。相信大家对当年日本驻秘鲁大使馆被恐怖分子武装占领事件还记忆犹新。中国武警战士在很短的时间里把他们拉出来，完全是为了确保日本总领馆的安全，他们忠于职守，是冒着有可能牺牲的危险去阻拦闯入者，这不是危言耸听，这种事情在中国有过先例。从这一意义讲，对武警战士的行为应当予以感谢。对他们的这种勇敢的行为，为什么要夸大为抱有敌意的行为呢？为什么把这种事的性质搞颠倒了呢？为什么一些媒体大加炒作呢？有人一说要避难，有些媒体就表示无限的同情。反过来说，今后中国的武警战士对闯日本使领馆者再不阻拦，任其所为，那将造成怎样的事态，难道这是日本方面希望的吗？中国武警战士的任务就是保证领馆的安全。当时他们不知道闯入者身上有没有带炸弹，可以说是冒死阻拦，我要向中国的武警战士致敬。如果你们愿意容纳这些闯入者，可以照会给我们，我们可以将强行阻拦变成劝阻。这样闯入者就不会是5个，就会变成50个、500个。并且这件事事先有人[①]安排了专业级的电视摄像机录像，事后把这些录像反复播放，说明这个事件是有人设计的。赵启正说，他希望媒体在民众、政府中间发挥“稳压器”的作用。第二天，日本《朝日新闻》发表了社论，呼吁要冷静处理这一事件。这一喧嚣一时的外交风波，就很快平息了。

---

① 即日本共同社。

敏感问题，也常常是公众和媒体最关注的问题，问题越敏感，越有必要回答。在2011年全国政协第十一届五次大会新闻发布会上，有的记者提了一个十分尖锐问题：针对当时世界银行发表的一份题名《2030年的中国》的研究报告，有的学者和网民提出了很激烈的批评，认为这是要把中国的国企私有化，认为这是在给中国投毒，发言人对此有什么评价？这个问题既敏感又专业，是一个难题。赵启正从容应对，他说：这篇报告对中国今后20年经济社会发展作了综合性的研究。有的学者和网友认为，这篇报告是要将国有企业私有化，由此引起更多网民的质疑，他们表示强烈反对国有企业私有化。我的理解，他们是担心国有资产的流失。这篇报告的全文在世界银行的网站上有400多页，我用Word的检索功能做了检索，我没有查到国有企业私有化的建议。这篇报告是世界银行和中国国务院发展研究中心两家合作完成的，50多位专家工作了一年多。报告中提到了国有企业股份多元化的问题，提出国有企业占有较多的公共资源，理应承担更大的公共责任。国有企业的股权多元化是我国“十五大”以来的国家重要政策。实际上我国现有国有大企业中的多数已经上市，已经实现了股权多元化，这样可以改善管理、提高效率。我注意到的是，股权多元化还不等于私有制，这点请大家在研究这篇文章时细心一点。

这样心平气和、有理有据的回答，既解疑释惑，澄清了事实，又平息了学界和网民中的一场风波，让许多人惊叹不已，称赵启正是一位“百问不倒”的人。而所以能做到“百问不倒”，源自他渊博的学识，对国际国内形势深入的研究和跟踪，也源自他高度的责任心和一丝不苟的工作作风。

一位资深的新闻界朋友问赵启正：“你觉得作为新闻发言人举办好一次新闻发布会难点在哪里？”

赵启正坦诚相告：“最难的题就是我不知道。哪怕我们做错了，我还可以说，这件事我们做得不够好，我们可以改进。最怕的就是不知道。”

新闻发言人应对敏感问题和突发事件需要不需要某些技巧？当然需要，赵启正也说过：“用简单的语言讲复杂的问题叫水平高，用复杂的语言讲复杂的问题叫及格，用复杂的语言还没有讲明白叫不及格。”他还说：“立场是政府的，语言是自己的。”“套话是语言垃圾。”赵启正反复强调，“技巧不是最重要的”，“我不喜欢技巧这个词，造物所忌者巧，万类相感以诚，我喜欢真功夫，喜欢真挚”。

传播者的魅力从何而来

赵启正是一个富有魅力的传播者。

香港《大公报》这样评价他："严肃的新闻发言人、微笑的公关大使、爱挑战的新闻官、诲人不倦的学者、善解人意的长者。"

他是中国记者"最喜欢采访的官员"。报刊、广播、电视、网络媒体喜欢请他做嘉宾与观众对话，大学新闻传播专业师生喜欢请他讲课，青年学生把他视为良师益友，党政机关、企事业单位也常请他作报告，开讲座，参与咨询，出谋划策。

外国记者称他是"中国的形象代言人"。国际传媒集团喜欢跟他合作举办公共文化活动，邀请他在"财富全球论坛"、博鳌亚洲论坛、东京"亚洲未来"论坛，以及巴黎联合国教科文组织总部、纽约全美新闻俱乐部、英国议会，作为主讲人介绍中国的政治、经济、文化、改革开放和对内对外政策，发表对国际形势的见解和未来发展的展望。

不论在国内还是在国外，赵启正都是一个深受读者、听众和观众欢迎的传播者。

赵启正作为传播者的魅力从何而来?

第一，他喜欢跟记者交朋友。

许多官员常常怕记者。因为传媒负有舆论监督的责任，媒体常常要揭露政府工作的缺失，暴露社会的阴暗面，甚至追究失职的官员的责任。"言多必失，少说为佳"，不慎说错话，岂不影响自己仕途？赵启正恰恰相反，把与记者交流视为自己最大的乐趣。他常说，记者不是你的敌人，虽然有时他们会提一些尖刻的问题，但这多数是职业的需要。记者是新闻传播链上不可缺少的一环。他担任国务院新闻办主任和全国政协新闻发言人时，在举行重要的新闻发布会前，他常常会请一些记者朋友喝茶，听听他们的意见和想法，问问他们关注的社会热点，然后有针对性地做准备，满足他们采访的要求。他甚至还时常和记者讨论如何把报道写好。

第二，他待人没官气，讲话不念稿，做事喜欢亲力亲为。

秘书写稿，首长念稿，在中国官场司空见惯。有些官员似乎离开秘书就不能讲话发言。赵启正恰恰相反，他的文章都是自己写的，作报告、讲课都是自己动笔写提纲和讲稿。他说："自己不动手，能力会退化。如果自己不打字，是为了有时间做更重要的事。自己不构思，那么什么是更重要的事呢？"

他每一次演讲、作报告，都至少花几倍的时间认真做准备，包括文字稿和PPT（图文演示），但在台上从不照本宣科，而是喜欢与听众交流互动，随时准备回答听众的问题。有时听了别人的发言，受到启发，干脆放弃原来的稿子，重新构思，和前面的发言呼应，效果反而更好。他说，念稿和不念稿差别很大。炉火纯青的功夫是长期磨练的产物，感情得体并不需要备课，甚至不需要临时思考。

第三，他学识渊博，有强烈的求知欲和探索精神。

作为一个核物理专业出身的高级工程师，他熟悉当代自然科学的最新进展，又通过自学，掌握了丰富的中外人文科学、社会科学知识，因为长期负责外事、外经、外贸工作，曾到60多个国家考察参观，与中外政界、商界、学界精英人物广泛接触，频繁交流，使他见多识广，站得高，看得远，观察分析问题常能见人所未见，言人所未言。用美国宗教领袖路易·帕罗的说法，他"是依据逻辑、事实、规则和已被证实的结论来对事物进行衡量和判断"。他以核物理专家身份对考克斯报告的批驳，如石破天惊，令新闻界如获至宝，让始作俑者哑口无言。他与路易·帕罗的对话，对中西方哲学和科学、宗教的核心问题作了深入的探讨，对话不但包含了丰富的科学知识，而且上升到哲学高度，思维深刻，逻辑严密，智慧碰撞的火花，机智敏捷的应对，让人的灵魂和心智都得到升华，开创了无神论者和有神论者面对面友好交流对话的先河。在不同观点交锋时，既充分尊重对方又不隐瞒自己观点的绅士风度，也让听众和读者着迷。

作为一个学者、官员和传播者，赵启正对真理向往、对创新的追求永无止境，对“向世界说明中国”的热情长盛不衰。他每接手一项新工作，到一个新单位，在研究、学习前人经验的基础上，都会提出自己新的见解，努力开创新的局面，决不墨守成规。他接手浦东开发工作，提出了面向世界的开放开发、把功能开发放在第一位的新思路。他到国务院新闻办，提出了“向世界说明中国”的口号。他担任全国政协外事委员会主任后，从理论到实践，开创了公共外交的新局面。

第四，他是一个透明的人。

我们一般都喜欢天真的人、坦率的人，不喜欢城府很深、神秘莫测的人，但我们在交往中常常想给人留下好印象，又怕展示自己的优点被别人视为“出风头”，怕暴露自己的缺点让别人看轻自己。但掩盖自己的缺点难免会给人留下不透明、不坦率的印象。这是一个矛盾。赵启正与众不同之处，是他不怕甚至喜欢暴露自己的优点和缺点。

他有他的逻辑。他每改行到一个新单位，换一个新岗位，难免有人会说：他是外行。听到这样的话，有人可能会觉得没面子，下不了台。可他总是说，谁说我外行，我向谁鞠躬。因为提醒自己是外行，就会谦虚谨慎，向内行学习，变成内行。就像读书看报念错字，人人都会有，有人提醒你念错了，下次就会改过来，没人提醒，下次还会念错。对提醒的人当然要感谢。对朋友、同事、上级，他都不掩饰自己的优点和缺点。

成功的案例启人心智

赵启正同志是我的老领导，也是我的同行。

有两件事让我难忘。

一件是上世纪 80 年代初，我在光明日报当记者，到上海航天局广播器材厂采访。该厂研制成功低成本、达到国际先进水平的彩色电视摄像机的关键器件——摄像管偏转焦线圈，大大提高了电视画面的质量，这是一项重大科研项目。我采访了该项目的主持人赵启正，并根据他提供的材料，写了一篇报道，在光明日报发表。报社寄来稿费，我觉得报道的材料是赵启正提供的，我几乎没费什么工夫，不该拿这份稿费，就把稿费寄给了赵启正。当时，不论是工程师还是记者，每月都是几十元的工资，稿费虽不多，还是很派用处的。想不到他又把稿费退给了我，说稿子是你写的，稿费应该给你。后来，这个科研项目得了奖，获得发明专利，赵启正把科研攻关小组里的老师傅和年轻工人都列入专利名单，到了分奖金时，由工会分给全厂职工 2000 多人，每人分了 7 角多钱。

另一件是上世纪 90 年代末，我在上海市委宣传部和市政府新闻办工作，从电视和报纸上看到赵启正以国务院新闻办公室主任名义举行新闻发布会，批驳美国国会众议院特别委员会发布的污蔑中国偷窃美国核武器和航天技术机密的《考克斯报告》，当场把美国反华势力精心泡制的 800 多页的报告驳得体无完肤。在几十年的新闻生涯中，这是我看到最精彩的新闻发布会之一，每一句话、每一个字都有根有据，除了中方提供的证据，还有当场从互联网上下载的美国权威部门公开发布的文档，铁证如山，不容置疑，因而得出的结论无懈可击，令人心服口服，击节称奇。

2016年11月，在一次聊天时，我跟赵启正同志说起，我在大学里读新闻专业，后来在新闻单位工作，感到在我们的新闻传播专业教学、培训工作中，比较偏重理论阐述和传授，不太重视对案例的搜集、整理、总结并用于教学，导致许多学生眼高手低，操作、实战能力不足。而赵启正在国务院新闻办和政协工作期间发表的许多文章、讲话，既有理论创新，又有实践经验，针对性、操作性强，特别是有些案例，是新闻传媒专业学生和从业人员培训很好的教材，可以帮助青年同行提高操作、实战能力。我建议赵启正同志把他在这方面的著述编纂出版，满足社会的这一需求。

赵启正同志想了一下，对我的这一建议表示同意。我反复阅读了启正同志已经出版的20多本著作和一些尚未发表的文章、演讲、对话记录，边读边想。赵启正虽然只比我大一岁，我们可以说是同龄人，但读他的文章、听他的报告，感觉受益匪浅，他观察问题、分析问题、解决问题的思路、方法，他亲历的许多案例，是书本上看不到的，令人有茅塞顿开之感。

歌德说，理论是灰色的，生活之树长青。赵启正说，故事比理论更接近生活，更接近真理。我则觉得，案例比纯理论著作更贴近实际，易于理解，便于仿效，更启人心智。

作为一个编辑，我做了三件事：一是从赵启正的几百篇文章、演说、谈话、采访记录中精选出数十篇，分成八编，这实际上是赵启正在新闻传播领域八个方面的创新和贡献；二是撰写本书各编及部分篇目的“导读”，是对有关文章、案例的背景介绍和内容提要；三是撰写了序言和“解读篇”的一组短文，是我对赵启正职业生涯的一些观察和理解，不一定符合赵启正同志的本意，只能作为“一家之言”，供读者参阅。

这些概括也许不太准确，不够完整，但是，一个人在短短20多年的职业生涯中有这么多的建树，足以告慰平生了。

习近平同志对领导干部提出，抓工作要“踏石留印，抓铁有痕”，赵启正就是这样的人。因为工作需要，他每过几年就调动一次工作，换一个岗位，从内行变成外行，但他通过自己的努力，不但很快从外行变成内行，而且很快变成行业的领军人物，在前进的道路上留下了深深的攀登的脚印，在负责的每一项工作中，留下了他攻坚克难、开拓创新、抓铁有痕的记录。

依我之见，对于在校学生或刚踏上新闻传播岗位不久的青年朋友来说，本书的作用就像赵启正常说的：

“年轻人聪明，年长者智慧。如果好学的年轻人与智慧的长者勤于交往，三十岁就可以有四十岁的人生体验，拥有四十岁的智慧，就可能取得更大的成功。”

这可能是赵启正一生事业成功最大的秘密。他把这个秘密公开了，并无偿地献给青年朋友。

我没有如此珍贵的礼物，唯一能相赠的，是一段出自肺腑的话，一分钟就能读完：对于从事新闻宣传传播工作的人来说，赵启正是一位向导，他不能代替你跋涉攀登事业的高峰，却可以让你少走弯路。假如我能在五十年前、三十年前读到赵启正的这本书，我相信一定能做一个更好的自己。遗憾的是，五十年前、三十年前没有这本书，这是我的不幸。但现在有了，这是您的幸运。

图书在版编目(CIP)数据

中国故事　国际表达：赵启正新闻传播案例/贾树枚解读. —上海：上海人民出版社，2018
ISBN 978-7-208-15117-8

Ⅰ.①中…　Ⅱ.①贾…　Ⅲ.①新闻-文学评论-中国-当代　Ⅳ.①I207.5

中国版本图书馆 CIP 数据核字(2018)第 077466 号

责任编辑　熊　捷
封面设计　今亮后声

中国故事　国际表达
——赵启正新闻传播案例
贾树枚 解读

出　版　上海人民出版社
（200001　上海福建中路 193 号）
发　行　上海人民出版社发行中心
印　刷　常熟市新骅印刷有限公司
开　本　720×1000　1/16
印　张　20.75
插　页　6
字　数　306,000
版　次　2018 年 6 月第 1 版
印　次　2018 年 6 月第 1 次印刷
ISBN 978-7-208-15117-8/G·1892
定　价　68.00 元